マインクラフト レジェンズ
MINECRAFT™ Legends
ピグリン来襲！

マット・フォーベック／作

石田享／訳

TAKESHOBO

MINECRAFT™ Legends:Return of the Piglins

by

Matt Forbeck

This translation is published by arrangement with Random House Worlds, an imprint of Random House, a division of Penguin Random House LLC through Japan UNI Agency, Inc., Tokyo

マインクラフト　レジェンズ　ピグリン来襲！

おもな登場人物

クリッテン……ネザー砦《とりで》を支配《しはい》するピグリンのひとり。乱暴《らんぼう》なピグリンの中で知力に長《た》けている。

ファーナム……町に立派《りっぱ》な動物園を作るのを夢見《ゆめみ》るオーバーワールド人。冒険《ぼうけん》や戦いは苦手。

グレート・バンガス……ピグリンたちを支配《しはい》する王。腕力《わんりょく》と恐怖《きょうふ》で砦《とりで》に住むピグリンを従《したが》えている。

ユーガッブ……バンガスの副官をつとめるピグリン。頭はよくないが腕力《わんりょく》が強く、野心を隠《かく》し持つ。

メイクレア……ファーナムの友達のオーバーワールド人。友達思いな冒険者《ぼうけんしゃ》。

グリンチャード……ファーナムの友達のオーバーワールド人。経験豊《けいけんゆた》かな冒険者《ぼうけんしゃ》。

マインクラフト　レジェンズ　もくじ

アン、マーティ、ローラ、パット、ニック、ケン、ヘレンに本書を捧《ささ》げる。
きみたちはいつも私に最高の楽しみ方を教えてくれる。

プロローグ　ピグリン砦《とりで》の危機《きき》

「クリッテンはどこだ？」グレート・バンガスの怒鳴《どな》り声がピグリン砦《とりで》のいまにも崩《くず》れ落ちそうなおんぼろ謁見室《えっけんしつ》に響《ひび》きわたった。「あいつの頭脳《ずのう》が必要なのだ、いますぐ！」

ネザー全土のリーダーにして並《なみ》はずれた巨体《きょたい》の持ち主であり――おそらくピグリン族の中でも最強のパワーを誇《ほこ》る――バンガスは、気ままに命令を発し、しかもその命令がすぐに実行されないと怒《おこ》りだす。たとえ馬鹿げた命令であっても実行させる力があったからこそ、こうしてトップの座《ざ》にのぼりつめることができたのだ。そうした怒《いか》りからあからさまに逃《に》げまわっているわけではなかったが、クリッテンがときおり姿《すがた》をくらますことにバンガスは怒《いか》り心頭であった――その血は、崩《くず》れかけの壁《かべ》越《ご》しに見える溶岩湖《ようがんこ》のようにグツグツと煮え立っていた。

「あんなやつは無用です！」ユーガッブがうなるように言った。「おれがいるじゃないですか！」

バンガスは冷ややかな目をごついピグリン族の副官に向けた。「おまえに頭脳《ずのう》はない！　あるのは腕力《わんりょく》だけだ！　われらがいま直面している問題は筋肉《きんにく》では解決《かいけつ》できぬ。頭脳《ずのう》が必要なのだ！　クリッテンのような！」

腕力《わんりょく》で問題を解決《かいけつ》する能力《のうりょく》を否定《ひてい》されたユーガッブは、むっとして言い返した。「その筋肉《きんにく》があったからこそ砦《とりで》を手に入れ、いままで守り抜《ぬ》くことができたのですぞ！」

バンガスは石造《いしづく》りの玉座《ぎょくざ》からぬっと立ち上がると、手の甲《こう》でユーガッブを張《は》り倒《たお》した。「自《じ》慢《まん》の筋肉《きんにく》はどうした？　やすやすと倒《たお》されたではないか？」

ユーガッブは口もとを拭《ぬぐ》いながら跳《は》ね起《お》きた。そしてバンガスを睨《にら》みつけた。まるで相手の脳《のう》ミソを射抜《いぬ》く矢のように鋭《するど》い視線《しせん》だ。

バンガスは鼻を鳴らした。「われらを滅《ほろ》ぼしかねない問題がネザー全土に山積みになっておる！　われらの財産《ざいさん》をつけ狙《ねら》うピグリン部族は数知れず！　そやつらを腕力《わんりょく》だけで抑《おさ》え込《こ》むことはできぬ！　この砦《とりで》も持ちこたえられるかどうかわからん！　問題が多すぎてな！　だからすぐれた頭脳《ずのう》が必要なのだ！」

バンガスの言い分を聞いているうちに、クリッテンはイチかバチかの勝負に出ることに決めた。うんと小柄《こがら》なクリッテンは長衣の乱《みだ》れを直すと、隠《かく》れ場所《ばしょ》であった玉座《ぎょくざ》の背後《はいご》からぴょんと飛び出した。穴だらけの屋根から差《さ》し込《こ》む明かりが、その姿《すがた》を照らし出す。

「頭脳《ずのう》ならお任せあれ！」クリッテンはいかにも明るく朗《ほが》らかに言ったが、押《お》し隠《かく》せぬ恐怖《きょうふ》のせいか声がかすかに震《ふる》えていた。「ご入用《いりよう》の頭脳《ずのう》なら、ほらここに、この頭の中にございます！　いかようにもお役に立てます！」

バンガスはくるりとふり向くと、熱心に売《う》り込《こ》んできたピグリンを手の甲《こう》で殴《なぐ》り飛《と》ばした。大柄《おおがら》なバンガスやユーガッブの半分にも満たないクリッテンは、しゃぶりつくされた髑髏《どくろ》のようにゴロゴロと転がり、奥《おく》の壁《かべ》にぶつかった。まさかこのような仕打ちを受けるとは思わず、クリッテンは倒《たお》れたまま呆然《ぼうぜん》とした。

クリッテンは気を取り直そうと頭を振《ふ》った。「わたしが何をしたというのです？」

バンガスは両手を固く握《にぎ》りしめながら、ドスドスと大股《おおまた》に歩《あゆ》み寄《よ》ってきた。「おまえのやったことを責《せ》めておるのではない！　何もしなかったことを問題にしておるのだ！」

リーダーの大きな影《かげ》がのしかかるように迫《せま》ってくると、クリッテンはすくみあがった。「わたしなりに努力しております！　それはご存知《ぞんじ》のはず！」

「努力では足りんのだ！」バンガスはブーツでくるまれた足をドンと踏《ふ》み鳴《な》らした。「おのれの口車に乗らぬよう注意していたのに！　それがこのザマだ！」

「わたしはこの砦《とりで》を奪《うば》い取《と》るお手伝いをしました！」クリッテンは叫《さけ》ぶように言い返した。「守り抜《ぬ》くお手伝いもいたします！」

「おのれが力を貸《か》すだと？」ユーガッブは鼻を鳴らした。「もし守れなかったら、ほかの部族に砦《とりで》を奪《うば》われるのだぞ！」

バンガスはうっと息をのんだ。胸《むね》のうちに秘《ひ》めていた不安をユーガッブが遠慮《えんりょ》なく口に出したからだ。じつはバンガスの一族は弱くなる一方で、いつほかの部族にこの砦《とりで》を奪《うば》い取《と》られても不思議はなかった。それどころか、もっと悲惨《ひさん》な目にあうかも！

だが、そうなっても仕方ないだろう、とクリッテンは思った。バンガスだってそうやって砦《とりで》をわがものにしたのだから。

「そうはさせるものか！」バンガスはユーガッブを怒鳴《どな》りつけた。「絶対にそうはさせん！　手放すものか！」

ユーガッブは賛成《さんせい》できないとばかりに鼻を鳴らした。「グランジャートもそう言ってましたよ——あなたに砦《とりで》を奪《うば》われるまではね。これがピグリンの掟《おきて》というやつでしょ！　わがものにできるのは奪《うば》い取《と》られるまでなのです！」

バンガスは断固拒否《だんこきょひ》した。「今回は違《ちが》う！　そうはさせんぞ！　わしから奪《うば》うことは許《ゆる》さん！」

ユーガッブはほんの少しだけ背《せ》の高いバンガスに鼻を鳴らしてみせた。「自分だけが特別だという理由は？」

クリッテンはユーガッブの言葉には、裏切《うらぎ》りの匂《にお》いがあると感じた。こいつの分厚《ぶあつ》い頭蓋骨《ずがいこつ》の中ではすでにバンガスに反逆《はんぎゃく》する意思が芽生《めば》えつつあるらしい。

バンガスは傷痕《きずあと》のある太い指をクリッテンに突《つ》きつけた。「なぜならこの賢人《けんじん》が食い止めてくれるからだ！　われらと砦《とりで》を守る名案を考えだしてな！」

「われら？」クリッテンは首を振《ふ》った。ユーガッブの頭の中で育ちつつある反逆《はんぎゃく》の意思が、自分にも影響《えいきょう》をおよぼしてきたのかもしれない。「それは、わしの間違《まちが》いでは？」

バンガスは歯を剥《む》いて笑った。「これはもはやわし個人の問題ではない！　われらみんなの問題なのだ！」

ユーガッブは眉《まゆ》をひそめた。バンガスの言い分がよく飲《の》み込《こ》めなかったからだ。この筋肉《きんにく》男《おとこ》は頭がさほどよくなかった。「どうしてそうなるのですか？」

「もしわしが倒《たお》されたら、みなも道連れになるからだ。わし抜《ぬ》きでこの砦《とりで》を守ることはできぬ。絶対にな！　味方の数が足らぬところへ――」

クリッテンがそのあとをつづけた。ずっと小さな声で。「敵《てき》がやって来たら、残されたものを皆殺《みなごろ》しにするでしょう」

クリッテンの声はとても小さかったが、その声は静まり返った謁見室《えっけんしつ》に響《ひび》きわたった。

ユーガッブにもそう思えた――それだけに怒《いか》りがつのった。筋肉男《きんにくおとこ》は小柄《こがら》なピグリンを振《ふ》り返《かえ》った。その顔は憤怒《ふんぬ》にゆがんでいた。「だったらどうにかすべきじゃないのか、賢人《けんじん》さまよ？」

クリッテンは身をこわばらせながら、唯一《ゆいいつ》の出口に目をやった。その扉《とびら》の両側《りょうがわ》には武装《ぶそう》した衛兵《えいへい》が立っている。謁見室《えっけんしつ》でのやり取りなど知ったことではないといった顔だ。この衛兵《えいへい》たちを押《お》しのけて逃《に》げるのは無理だった。

追いつめられたクリッテンは、跳《は》ね起《お》きると、バンガスに真正面から向き合った。恐怖《きょうふ》で震《ふる》えたりしないよう全力をつくしたが、うまくいかなかった。そこで怒《いか》りのあまり身震《みぶる》いが止まらない、そんなふうに見せかけることにした。

「わたしが何もしてこなかったですと？　できることは何でもやっていますよ！　こうなったのはわたしのせいじゃありません！」

バンガスが近づいてきたので、クリッテンはあわてて言《い》い訳《わけ》をならべた。「もちろん、あなたのせいでもありません！　砦《とりで》の主たちを五代さかのぼって調べましたところ、いずれも同じ運命をたどっておられます！」

バンガスはクリッテンの胸《むね》に太い指を突《つ》きつけると、小柄《こがら》な相手を壁《かべ》に押《お》しつけた。心臓《しんぞう》が痛《いた》みだすまで。「おまえのせいかもしれぬし、わしのせいかもしれぬ。どちらにせよ、おまえに解決《かいけつ》するチャンスをくれてやる、あと一回だけな！」

「で、もしそれが失敗した場合は？」クリッテンはこうした理《り》不《ふ》尽《じん》な言いがかりにほとほと嫌《いや》気《け》がさしていた。バンガスとはずっとうまくやってきたし、その協力関係は両者に利益《りえき》をもたらした。この砦《とりで》もそうやって力を合わせて手に入れ、長いあいだ守り抜《ぬ》いてきたのだ。しかし、その友好関係も期限《きげん》切れのようだ。これからどうなるのだろう?

バンガスは親指でのどを真一文字に切《き》り裂《さ》くまねをすると、肩《かた》ごしに後ろを指さした。「ここから追放する！　ネザーの荒地《あれち》へ放り出してやる！　ひとりぼっちでな！」

クリッテンは後ずさりしようとしたが、後退《こうたい》できる余地はほとんどなかった。「それじゃ死《し》刑宣告《けいせんこく》と同じではないですか！　ホグリンに生きたまま食われちまう！」

バンガスは声高に笑った。「それなら本望だろう。少なくとも何かの役には立つのだからな！」

第1章　夢《ゆめ》の動物園

自分の動物園を持とうなんて、われながら正気とは思えない。ファーナムはオーバーワールドをハイキングしながらそう思った。ここならたとえ心に秘《ひ》めた思いをつぶやいても他人に聞かれる心配はない。友人たちにそっぽを向かれないよう体面をとりつくろうだけでも、ひと苦労だった。ファーナムは嘘《うそ》が下手なのだ。

太陽が雲のほとんどない高い空の上からファーナムを照らしていた。なだらかに起伏《きふく》する土地が、彼《かれ》の生まれ育った町の外に連《つら》なる山並《やまな》みに向かってつづいている。そこでは、いろいろな動物たちがうろつきまわり、生い茂った草を食べたり、近くの川で泳いだりしていた。そうした動物たちのことならファーナムはよく知っていた——知りすぎるくらいに。

動物園を仕事にするなんて、やっぱり無理かなあ。

問題は、ファーナム自身が動物好きということだった。動物園で暮《く》らす動物のために、野生《やせい》状態《じょうたい》よりずっと快適《かいてき》な居住施設《きょじゅうしせつ》をつくってしまうのだ。自然の中でのびのびと生きる自由を奪《うば》うのだから、その負担《ふたん》に見合う新居《しんきょ》を用意するのは当然だ、と思っていた。

さらなる問題は敷地《しきち》がせまくて、展示《てんじ》されている動物たちもありふれたものばかりだという点にある。ちょっと町の外に足《あし》を延《の》ばせば見かけるような動物ばかりが顔をそろえているのだ。この動物園の唯一《ゆいいつ》の利点は、そうした動物たちをまとめて見られるところだろう。

それはまた最大の短所でもあるのだが、ファーナムにはどうしようもなかった。そもそも動物園を開こうなんて気持ちはみじんもなかったのに、気づくとオーナーになっていたのだから。

そのきっかけは、今日みたいに天気のいい日にハイキングに出かけて、傷《きず》ついたキツネに出くわしたことにある。そのキツネはタイガ地帯に生息するタイプで、遠くはなれたこのあたりに迷《まよ》い込《こ》んだものらしかった。素手で野生動物をあつかう経験《けいけん》なんてなかったが、そのキツネは傷《きず》が痛《いた》むにもかかわらず、抱《だ》き上《あ》げても暴《あば》れることはなかった。ファーナムはそのキツネを自宅《じたく》へ連れ帰ると、傷《きず》が治るまで看病《かんびょう》をつづけた。

ルナールと名づけたキツネが元気になると、ファーナムは野に帰そうとしたが、当のキツネは野生に戻《もど》るのを拒《こば》んだ。いつまでもファーナムの自宅《じたく》のまわりから離《はな》れず、甘い果実をねだったのだ。とうとう根負けしたファーナムはキツネを飼《か》うことにした。しかし家の中に入れると、ファーナムの持ち物をくわえて外に持ち出したり、部屋中を荒《あ》らしまわったりするので、自宅《じたく》の敷地内《しきちない》に大きな囲《かこ》いをこしらえた。その囲《かこ》いはもともとルナールを閉《と》じ込《こ》めるものではなく、キツネ専用のエリアに人間が入《はい》り込《こ》まないよう仕切るものだったのだが、キツネの存在《そんざい》に気づいた人々が続々と見物に訪《おとず》れるようになった。

やがてルナールの餌代《えさだい》にいくらか寄付《きふ》してもいいという人まで現れた。そうなると動物園を本格的《ほんかくてき》に始めようとファーナムが決心するのも時間の問題で、やがてルナールの囲《かこ》いの外側《そとがわ》に新たな囲《かこ》いを建《た》て増《ま》ししていった。

残念なことに、めずらしい動物はなかなか見つからず、生き物の種類はいっこうに増《ふ》えなかった。いまのところこの動物園にいるのは、ルナールをのぞくと、牛、ロバ、羊二頭、ウサギ、カメだけで、いずれもそこらへんにいる生き物ばかりである。

そんな見慣《みな》れた動物をわざわざ見に来る客などいるわけがない。

にもかかわらずファーナムは手厚《てあつ》く世話をした。その姿勢《しせい》はビジネスというより動物保護に近かった。野生に帰りたがらない動物たちを無理やり追い出すようなまねはとてもできない。

しかしこのまま居座《いすわ》りつづけられたら、ずっと餌《えさ》をやらなくてはならず、その資金《しきん》となる寄付金《きふきん》はほとんど底をつきかけていた。めずらしい新顔を早いとこ見つけないと、世話をしている動物どころかファーナム自身まで干上《ひあ》がりかねない。

そんなことを考えていると胃が痛《いた》くなってきて、ファーナムは背負《せお》っている防水《ぼうすい》パックをかつぎなおした。軽食も口にせずにどれほど歩いてきたことか。

「すくなくとも天気だけはいいものな」ファーナムは誰《だれ》にともなく語りかけた。

そのとき洞穴《ほらあな》が目にとまった。小高い丘のふもとに、大きな横穴がぽっかり口をあけているのだ。なんだかゾッとするような眺《なが》めである。こんなに町から遠く離《はな》れた場所まで来るのは、地下世界事故《アンダーワールドじこ》とファーナムが呼《よ》んでいる子ども時代のアクシデント以来、初めてのことだった。

ファーナムは生まれたときから暮《く》らしている町が大好きだ。誰《だれ》もが顔見知りで、とても居心《いごこ》地《ち》がいい。新しい動物を見つけるという用事がなかったら、こんなところまで足《あし》を延《の》ばそうなんて考えもしなかっただろう。

だが今は、めずらしい動物を手に入れたい一心で、ずっと歩いてきていた。そんな動物が自分の家の近所にいるわけもないので、思わぬ遠出《とおで》になったが、とりあえず町の周辺の土地から探してみるというのは、出だしとしては悪くなかった。

しかし、あの洞穴《ほらあな》まで調べる必要があるだろうか？　できれば地上にいたかった。たとえ危《き》険《けん》な敵《てき》が現れても遠くからそれとわかる場所にいて、すぐさま逃《に》げ出《だ》せるように。子ども時代の恐《おそ》ろしい体験《たいけん》はアンダーワールドで味わったもので、二度と同じ目に遭《あ》いたくなかった。

しかし、とファーナムは思った。あの洞穴《ほらあな》は地下の世界へつながっているのだろうか？　穴を掘《ほ》り進《すす》んだりしなければ、問題ないのでは。あの洞穴《ほらあな》はこちらに向かってぽっかり口をあけているだけだろう。

そう思いたかったが、確信《かくしん》はなかった。やがて、あの洞穴《ほらあな》の中に何があるのだろうかという好奇心が恐怖《きょうふ》にまさった。

知らず知らずのうちに足が動き、洞穴《ほらあな》の入り口へと近づく。もっと近づいても大丈夫だ。こんなに晴れて、お日様がぽかぽかと暖《あたた》かい日に、アンダーワールドから魔の手が伸《の》びてきて引《ひ》っ張《ぱ》り込《こ》まれるなんてあり得《え》ない。だろ？

ファーナムは目を伏《ふ》せて懸命《けんめい》に自分をなだめながら、洞穴《ほらあな》の入り口へと忍《しの》び寄《よ》った。それこそ一歩ずつ必死の思いで。まる一日経《た》ったような気がして目を向けてみると、横に大きくひろがった洞穴《ほらあな》のとば口に立って、中をのぞきこんでいた。

陽射《ひざ》しが斜《なな》めに差《さ》し込《こ》んで、入り口から一メートルほどのところまで岩肌《いわはだ》の床を照らしている。しかし、その先は何も見えない。思ったよりずっと奥行《おくゆ》きがあった。この奥《おく》に何がいるか知りたければ、この中に入《はい》り込《こ》んで調べるしかない。

そんな勇気が自分にあるのだろうか。

ファーナムは松明《たいまつ》を取り出すと灯《あか》りをともした。その松明《たいまつ》を頭上にかざしながら、恐《おそ》る恐《おそ》る洞穴《ほらあな》の中を照《て》らしてみる。ここはかなり奥《おく》の深い洞窟《どうくつ》になっているようで、先の方までは松明《たいまつ》の光が届《とど》かない。小首をかしげて耳をそば立ててみる。もし生き物がいれば何か物音を立てるはずだ。聞こえてきたのは、どこか遠くの方で水のしたたる音だけだった。

ファーナムはその場で凍《こお》りついた。いくらがんばっても足が動かず、もはや一歩も進めなかった。心臓《しんぞう》が鼓動《こどう》するドキドキという音がひどく大きく聞こえ、ほかの音は何も聞こえなくなった。いますぐ回れ右をして自宅《じたく》へ逃《に》げ帰《かえ》りたいという気持ちが猛烈《もうれつ》に強くなった。

そのとき背後《はいご》から近づく足音が聞こえた。

第2章　謎《なぞ》の洞窟《どうくつ》

ファーナムは本能的《ほんのうてき》に逃《に》げようとしたが、足音は背後《はいご》から迫《せま》ってくるので、どうしても前へ、つまり洞窟《どうくつ》の中へ進まなくてはならない。だがそこは真っ暗で、そんな恐《おそ》ろしいところに足を踏《ふ》み入れるくらいなら、振《ふ》り返《かえ》って足音の主と対決した方がましだ。

「ファーナム、おまえなのか？」聞き覚えのある声が呼《よ》びかけてきた。「一体全体、こんなところで何やってんだ？」

思わずファーナムの口から笑い声が漏《も》れた。洞窟《どうくつ》へ近づいてきたのはクリーパーやスケルトンといった化け物ではなかった——そもそもまだ日があって彼《かれ》らの活動時間ではないのに、恐《きょう》怖《ふ》のあまりとんでもない勘違《かんちが》いをしてしまったらしい。

そう、声の主は友だちだった！　それもひさしぶりに再会《さいかい》する友人だ。「グリンチャード！

きみだったのか！」安堵《あんど》のあまり泣きそうになったファーナムは松明《たいまつ》を放り出すと、涙《なみだ》をこらえながら探険家《たんけんか》の友人に駆《か》け寄《よ》った。さきほどまでの恐怖《きょうふ》はどこかへ吹き飛んでしまった。

「当たり前だろう。ほかに誰《だれ》がいる？」グリンチャードは、ファーナムが両腕《りょううで》をひろげて抱《だ》きついてくると、笑いながら答えた。

ファーナムはうれしさのあまり、もう一人いることに気づかなかった。

「もう、あたしのこともお忘《わす》れなく！」グリンチャードのすぐ後ろからかん高い声で呼《よ》びかけてきたのは、メイクレアだ。メイクレアは探険家《たんけんか》の右側《みぎがわ》から飛び出すと、抱《だ》き合《あ》うファーナムとグリンチャードを包《つつ》み込《こ》むようにしてハグに加わった。「あんたが見つかってよかったわ！」

ファーナムは後ろへさがって、二人に笑顔を向けた。友だちに会えたことはうれしかったが、戸惑《とまど》いも覚えていた。「つまり、ぼくを捜《さが》してたってこと？」

グリンチャードが答えた。「そうだよ、冒険《ぼうけん》の旅から戻《もど》ってまず友だちの顔を見たいと思ってさ」

「で、途中《とちゅう》、ついでにあたしのところにも立《た》ち寄《よ》ったってわけ」メイクレアは説明を加えた。

「そういうこと。二人そろって、おまえに会おうとしたのさ」

ファーナムはわかったというふうにうなずいた。「でも自宅《じたく》にはいなかったわけだ！」

グリンチャードはクスッと笑った。「そのとおり！　だからおれは驚《おどろ》いたんだけど、メイクレアは平気な顔してた」

「そこで教えてあげたの、動物園のことを」メイクレアは説明した。「あんたがあちこち歩き回って動物を集めているってね」

グリンチャードは首を伸《の》ばして、洞窟《どうくつ》のまわりにひろがる風景《ふうけい》を見つめた。「本気でめずらしいものを見つけようと思ったら、もっと遠くまで足《あし》を延《の》ばさないとダメだろう」

ファーナムは決まり悪そうに苦笑をうかべた。ここは再会《さいかい》の喜びを優先して批判《ひはん》は無視《むし》することにした。「わざわざこんなところまで捜《さが》しに来なくてもよかったのに」

「そりゃそうだけど、待ちきれなくてさ」グリンチャードは答えた。「それに、もうすぐ日《ひ》が暮《く》れるだろう」

「こんなに遅《おそ》くまで町の外をうろつくなんて、あんたらしくないもの」メイクレアは説明をつづけた。「事故《じこ》にでも遭《あ》ったんじゃないかと心配になってね」

ファーナムは胃を鷲掴《わしづか》みにされるようなショックを受けた。「まさか捜索隊《そうさくたい》をつのったんじゃないだろうね？」

メイクレアはくすくす笑いかけた。「ご心配なく。あたしたち二人だけよ」

グリンチャードは目をぐるりと回してみせた。「彼女《かのじょ》にも言ったんだけどさ、おれたちの手に余るような捜《さが》しものをこなせるようなやつが他にいるかってんだ」

おまえを守ってやっているんだとばかりのグリンチャードの恩着《おんき》せがましい態度《たいど》は、洞窟《どうくつ》におびえていなければファーナムを怒らせたかもしれない。子ども時代に地下に迷《まよ》い込《こ》んで出られなくなったときは、町の住人たちが総出《そうで》で捜《さが》しに来た。そのいやな記憶《きおく》はいまも生々しく残っている。またあのファーナムが、などと町の噂《うわさ》になることだけは避《さ》けたかった。

メイクレアは洞窟《どうくつ》の奥《おく》の方へ目を向けて、松明《たいまつ》の灯《あか》りが届《とど》くところまで見渡《みわた》した。「とにかく、こうやって無事見つかったわけだから、さっさと帰りましょうよ。いますぐ出発すれば、暗くなるまでに町へもどれるわ。こんなところに、夜いたくないもの」

ファーナムは感謝《かんしゃ》を込《こ》めてグリンチャードとメイクレアにうなずいてみせた。「きみたちは本当に得《え》がたい友人だよ」

「いつか礼をしてもらうから、その言葉を忘《わす》れるなよ」グリンチャードはカラカラと笑い声を響《ひび》かせた。

そんなことを言っているが、グリンチャードには人にねだるようなものは何もなかった。家は持っていない。たいてい星空の下で寝《ね》るからだ。必要なら小さなテントを立てる。唯一《ゆいいつ》の財《ざい》産《さん》は剣《けん》だ。グリンチャードはそれをふるって、身の安全を求めてくる人たちを警護《けいご》することで生計を立てている。

ただ、グリンチャードはよく姿《すがた》を消してしまう。それは数週間だったり数か月だったりするが、かならず帰ってくる。旅の土産話《みやげばなし》をたずさえて。びっくりするような話ばかりなので、誰《だれ》からも文句《もんく》はつけられないのだ。

「よくぼくの居所《いどころ》がわかったね」ファーナムは横目で洞窟《どうくつ》の入り口をながめた。

「おれは足跡《あしあと》さがしの名人でね」グリンチャードは答えた。「おれと野山を歩いてみればよくわかるよ。おまえの足跡《あしあと》はくっきり残っていた」

「それってマズいことなのかな?」

メイクレアは笑顔を向けた。「見つかりたくなければね」

ファーナムはため息をつくと、あらためて洞窟《どうくつ》の入り口を振《ふ》り返《かえ》った。あれほど勇気をふるい起こして足を踏《ふ》み入《い》れようとしたのに、いまやそんな気力はすっかり消えうせていた。

「じゃあこのまま帰るのか？」グリンチャードはいたずらっぽい眼差しを向けた。「あれほど物欲しそうに見回していたくせに！」

メイクレアはグリンチャードを叱《しか》りつけるように眉《まゆ》をつり上げた。「子どものとき、ファーナムが地下に閉《と》じ込《こ》められたことを忘《わす》れたの？　黒曜石に囲《かこ》まれて穴を掘《ほ》ることもできなかったんでしょ？」そして気の毒そうにファーナムを見つめた。「どれくらい地下にいたの？」

「二日間」ファーナムは当時の恐《おそ》ろしい記《き》憶《おく》を振《ふ》り払《はら》うかのように答えた。「二日間だよ」

「もっと長かったような気がしたけど」メイクレアは反論《はんろん》した。「だって暗闇《くらやみ》の中にずっといたわけでしょ。時間の経過《けいか》なんてわからないじゃない。いつ逃《に》げ出《だ》せたかなんて……」

ファーナムの苦しみに思いを馳《は》せたメイクレアは途中《とちゅう》で口をつぐんだ。

「作り話じゃないよ」ファーナムは言った。「本当にそこにいたんだ。きみの言うとおり、とっても怖《こわ》かった」

グリンチャードは剣《けん》の柄《つか》に手をかけると冗談《じょうだん》めかして言った。「恐《おそ》ろしいほど昔の話だものな」

その言葉にファーナムはハッとなって答えた。「いまでも悪夢《あくむ》を見るんだ」メイクレアの目に同情の色がうかんだので、あわてて言《い》い添《そ》える。「毎晩《まいばん》じゃないよ。ときどき」

「それじゃ、洞窟探険《どうくつたんけん》なんてできやしないだろう」グリンチャードは言った。

「採掘《さいくつ》もね！」メイクレアがいきなり大声で言ったので、ファーナムとグリンチャードはびっくりして彼女《かのじょ》を見つめた。「何よ？　採掘《さいくつ》は世界一の仕事なんだから。みすみすチャンスを逃《のが》すなんて残念だわ！」

「ひとつやってみたらどうだ」グリンチャードはファーナムをそそのかした。

「そんな、無理強《むりじ》いしちゃダメよ」メイクレアはファーナムを振《ふ》り返《かえ》って謝《あやま》った。「ごめんなさい。あたし、ときどき興奮《こうふん》して我《われ》を忘《わす》れちゃうことがあるの」

そして今度はグリンチャードを振《ふ》り返《かえ》った。「あんたわかってないわね。彼《かれ》だって、やろうと思えば冒険《ぼうけん》できるタイプだと思うわ。彼《かれ》は町を出なかったかもしれないけれど、動物園なんてものを始めたのよ!?」

グリンチャードは肩《かた》をすくめた。「きみやおれは世界中を歩き回って、いろんな冒険《ぼうけん》をしてきたろ。みんながうらやむような経験《けいけん》をさ。彼《かれ》はどう見ても地元密着型《じもとみっちゃくがた》だ。町に暮《く》らす大半の連中と同じように」

　ファーナムは反論《はんろん》しようと口をひらきかけたが、メイクレアに先《さき》を越《こ》された。「それは偏《かたよ》った見方だわ！」

「そう言うけどさ」グリンチャードは食い下がる。「ここ何年も動物園とやらにかかりっきりなんだぜ。ところがその目玉ときたら、そこいらへんの農場で見かける家畜《かちく》ばかり」

「ちょっと待ってよ」ファーナムは口をはさんだ。「それはそうかもしれないけれど……」

「すべては子ども時代の悲惨《ひさん》な経験《けいけん》が原因なのよ」メイクレアがファーナムをかばうかのように断言《だんげん》した。「あの恐《おそ》ろしい事故《じこ》がいまだに尾を引いているんだから！　だけどそんな中でもなけなしの勇気をふるい起こして、未知の世界に踏《ふ》み込《こ》もうとしていたわけでしょ、ついさっきまで？」

「ちょっと待ってったら」ファーナムはようやくメイクレアを制《せい》すると、一気にまくし立てた。「たしかにあのアンダーワールド事故《じこ》のトラウマはずっとつづいていたよ。そのせいで、きみたちみたいに世界へ飛び出すなんてまねはできなかった。でも、だからといって、落ちこぼれってことにはならないだろ？」

グリンチャードとメイクレアは突然《とつぜん》自分たちが一方的な決め付けをしていることに気づいた。ファーナムにはファーナムなりの生き方があるのに、そこに目《め》が届《とど》いていなかったのだ。二人がなかなか返事をしてくれないのでファーナムは落胆《らくたん》した。「で、どうなの？」ファーナムは返事を催促《さいそく》した。

「もちろんよ」メイクレアは反射的《はんしゃてき》に答えた。

「それを決めるのはおれたちじゃない」グリンチャードは慎重《しんちょう》に答えた。

「じゃあ、誰《だれ》が決めるんだい？　ぼくにとって動物園は、面倒《めんどう》をみなくてはならない大切なものだ。勝手に放り出すわけにはいかないんだ」

グリンチャードは顔をしかめた。この問題はもうたくさんなので話題を変えることにした。

「さっきは熱心に洞窟《どうくつ》をのぞきこんでたじゃないか。声をかけたら、びっくりして跳《と》び上《あ》がっちゃってさ」

ファーナムは決まり悪そうに顔を赤めた。「そうだっけ？」

グリンチャードは肩《かた》をすくめた。「だからさ、思い切ってはいっちゃえよ」

赤かったファーナムの顔からたちまち血の気が引いた。「どうしていま？」

「いまここにいるからさ」グリンチャードは気楽そうな作り笑いをうかべた。「善《ぜん》は急げっていうだろ？」

ファーナムは逃《に》げる口実をあれこれ考えた。「さっききみが言ったように帰るべきじゃないかな。遅《おそ》くならないうちに」

グリンチャードはクスッと笑った。「そう言ったのはメイクレアさ。おれじゃない」

ファーナムは応援《おうえん》を求めてメイクレアを振《ふ》り返《かえ》ったが、そのメイクレアは小声でうなりながら空を見上げていた。「さっきは早く帰らせてあげようと思ったからよ。まだそんなに遅《おそ》くないし。あとは洞窟《どうくつ》の大きさ次第ね。どこまで行けるかは……」

ファーナムの失望は怒《いか》りに変わった。「で、真っ暗な洞窟《どうくつ》を探険《たんけん》するのを拒《こば》んだら、また落ちこぼれの烙印《らくいん》を押すんだろ？　こいつはやっぱり役立たずだと？　そんなのフェアじゃないよ！」

メイクレアは同情をこめて肩《かた》をすくめてみせた。「そんなつもりはないわ。全然。どっちにしても、あんたのことは好きだもの、ファーナム」

「おれはおまえに会えただけで満足さ」グリンチャードは言った。嫌《いや》なことは忘《わす》れろとばかりに笑顔で。

ファーナムは怒《いか》りにまかせて、このまま一人で帰ろうかと思った。二人が会いに来てくれたのはうれしかったが、こんなふうに腫《は》れものあつかいされるのはごめんだ——とりわけ友人たちには。

できたら大声でぼくを放っておいてくれと言いたかった。だが、言い争いをしたまま帰ってしまったら、二度と口をきくことはないかもしれない。それとも彼《かれ》のほうから声をかけたら、また友だちとして認《みと》めてくれるだろうか？

ファーナムは友人たちを順番に睨《にら》みつけたが、二人とも人を見下すような目はしていなかった。ただ心配そうにしているだけだ。二人とも本当に彼《かれ》のことを案じてくれているのだ。もし彼《かれ》らに同行しなくても非難《ひなん》されることはあるまい。だがファーナムはそんな自分を許《ゆる》せるだろうか？　ファーナムは唇をすぼめた。上の唇と下の唇がしばらく格闘《かくとう》するかのように動いていたが、ようやく口をひらいた。

「わかったよ」ファーナムは深いため息をつきながら言った。口にするのがこれほど難《むずか》しい言葉はなかった。いったん口に出したら取り消せないのだから。

「わかった？」グリンチャードは戸惑《とまど》いの色をうかべた。ひょっとして友人関係に終止符《しゅうしふ》を打つつもりだろうか。「わかったって何を？」

ファーナムはちょっとためらった。大変な思いをして決心したのに、さらにその説明までやらせようというのか？

「とにかく、わかったから、いますぐ行こう」半《なか》ばやけっぱちな気持ちになって叫《さけ》ぶ。「洞窟《どうくつ》探険《たんけん》に！」

「おまえが行くのか？」グリンチャードは信じられないという顔になった。

「本気なのね」メイクレアも驚《おどろ》きの声をあげた。

「もちろん」ファーナムは一方で安堵《あんど》していた。友人たちと一緒《いっしょ》に冒険《ぼうけん》ができるのであれば、長年の恐怖《きょうふ》にも正面から立ち向かえそうだ。いまも彼《かれ》を悩ませている恐怖《きょうふ》の根源《こんげん》を解《と》き明《あ》かしてやる。

もう一方では、自分はなんてことに足を突《つ》っこんでしまったのだろうかと、不安をつのらせてもいた。

第3章　探険隊《たんけんたい》出発！

ファーナムはふと思った。グリンチャードたちは調子を合わせているだけかもしれない。しかし実際《じっさい》こうやって探険《たんけん》に踏《ふ》み切《き》ってみると胸《むね》が躍《おど》った。世界を旅してきた友人たちにくらべると肩身《かたみ》が狭《せま》かったが、こうやって一歩ずつ前進することで人生に変化が訪《おとず》れるような気がした。

もちろん怖《こわ》い。だが、あえてそれを無視《むし》した。この洞窟《どうくつ》の入り口でさんざん迷《まよ》ったあげく、ようやく決心したのだ。この友人たちが一緒《いっしょ》ならきっとやりぬける。

グリンチャードはバックパックに手を入れると松明《たいまつ》を取り出して火をつけた。メイクレアも同じようにしてから、ファーナムに問いかけるような視線を向けた。ファーナムはその意味がわからず、相手の顔をぼんやりと見返した。

「あんた、松明《たいまつ》は？」メイクレアはしびれを切らして尋《たず》ねた。

「あっ、そうだ！」ファーナムはあわててパックに手を突《つ》っこんだ。そして、もたもたしながら引っ張り出した新しい松明《たいまつ》に何とか火をつけると、誇《ほこ》らしげに頭上にかざした。

そのあいだ、二人の友人はしんぼう強く待っていた。メイクレアとチラッと視線を交わしたグリンチャードは、力強くうなずいた。「よし、おれが先頭に立つ」

ファーナムが異を唱えようとしたときにはすでに、グリンチャードは松明《たいまつ》を高々とかざしながら洞窟《どうくつ》に踏《ふ》み込《こ》んでいた。

ファーナムはためらいながらも、すぐその後につづいた。ゆらめく炎《ほのお》が闇《やみ》を追《お》い払《はら》い、内部を明るく照らし出す。

ファーナムが洞窟《どうくつ》へ入るのをためらった理由はたくさんあるが、その一つが、ここをねぐらにしている危険動物《きけんどうぶつ》の存在《そんざい》だった。めずらしい動物が見つかるのは大歓迎《だいかんげい》だが、そいつに食われるかもしれないと思うと足がすくんだ。

「目をよくあけて動物を見分けてよ」ファーナムはグリンチャードに呼《よ》びかけた。「いいやつと悪いやつとを」

「その違《ちが》いは？」

「こちらを殺《ころ》そうとしないのが、いいやつ」

グリンチャードは平気な顔をして笑い声をあげた。「でも動物園の目玉にするなら、悪いやつの方がいいんじゃないのか！」

探険家《たんけんか》の友人の言うとおりだ。危険《きけん》な動物は来園者を引きつけるだろう。しかし、このぼくに世話できるだろうか。たしかにカネにはなるが、はたしてリスクに見合うものなのか？どんな動物でも好きになれるだろうと思う一方、ゾンビやクリーパーなんかもそのうちに入るかというと、これがなかなか難《むずか》しい。ただチャンスがあったら、じっくり考えてみよう。

とにかくいまのところ洞窟《どうくつ》には何の気配もない。動物は影《かげ》もかたちもなかった——すくなくとも松明《たいまつ》の灯《あか》りが届《とど》く範囲《はんい》には。

ファーナムは安堵《あんど》すると同時に失望した。

「何もいないなあ」ファーナムは言った。

メイクレアが後ろから近づいてきて、自分の松明《たいまつ》で前方を照らした。「このまま前に進みましょう」

ファーナムは大きく息《いき》を呑《の》むと、メイクレアの言うとおりにした。ついさっきまで恐怖《きょうふ》におびえていたのが嘘《うそ》のようだ。二人の前に立ったグリンチャードが前方を照らして、異状《いじょう》がないことを見せつける。

「ほら」探険家《たんけんか》は満面に笑みをうかべた。「ヤバいのはいないだろ」

ファーナムも認《みと》めた。そのとおりだ。いままでずっと恐怖心《きょうふしん》に抑《おさ》えつけられるまま新しい世界へ飛び出そうとしなかった。内心ではずっと望んでいたのに。いまも怖《こわ》いことは怖《こわ》いが、友人が一緒《いっしょ》なので心強かった。

かなり洞窟《どうくつ》の奥《おく》までやって来たが、人を食うようなモンスターは現れなかった。ファーナムの見るかぎり、ここにいる生き物は探険隊《たんけんたい》の三人だけのようだ。

ファーナムは思わず安堵《あんど》のため息をついた。ずっと胸《むね》にため込《こ》んでいた息を吐《は》き出《だ》したのだ。ふと目にとまったのは、奥《おく》のほうで花《はな》を咲《さ》かせている植物だった。グリンチャードがすぐにその名を告げた。「おい見ろよ！　あれはツツジじゃないか！」

「こりゃラッキーだ」グリンチャードが続ける。「どこにでも生えている植物じゃないからな」

「どこがラッキーなの？」ファーナムは純粋《じゅんすい》な好奇心《こうきしん》から問いかけた。

「ツツジはかなり深く根を張るんだ。だからずっと根をたどっていけば、この下に別の洞窟《どうくつ》が見つかるかもしれない」

ファーナムはドキッとした。胸《むね》の鼓動《こどう》が一拍《ぱく》飛んだような気がする。すでに洞窟《どうくつ》の入り口からかなり離《はな》れているのに、さらに穴を掘《ほ》ってアンダーワールドまで進もうというのか。

「それって賢明《けんめい》な行動なの？」

「探険隊《たんけんたい》なら当然だろ」グリンチャードはファーナムの背中《せなか》をポンとたたいた。「ここじゃ動物は見つからなかったんだ、別の洞窟《どうくつ》をためしても損《そん》はない。そんなに遠くないし」

「そうかなあ？」降《ふ》りかかってきそうな災難《さいなん》が、たちまちファーナムの頭に山ほど浮《う》かんだ。

グリンチャードはクスッと笑った。「そんなにビビらなくても大丈夫だって」

メイクレアはファーナムの不安そうな表情に気づくと近寄《ちかよ》ってはげました。「彼《かれ》のいうことは本当よ。ツツジの根はすぐ下の洞窟《どうくつ》につながっていることが多くてね。そこはちょうど上からふたをしたような密閉空間《みっぺいくうかん》だから、びっくりするようなお宝《たから》が眠《ねむ》っているわけ。金属《きんぞく》とか鉱《こう》物《ぶつ》とか生き物とか」

最後の生き物はファーナムの気を引くための餌《えさ》だが、ファーナムはそれと知りながら食いついた。

「これくらいなら経験済《けいけんず》みでしょ？」メイクレアは小声でたずねた。

ファーナムはしぶしぶうなずいた。「まあ、ちょっとためしてみるくらいなら……」

メイクレアはにっこり笑顔を見せると、うれしそうにぴょんぴょん跳《と》びはねた。「それでは先陣《せんじん》をつかまつります」そう言いながらダイヤモンド製のつるはしを取り出した。プロの鉱山《こうざん》技師《ぎし》にとって道具は命なので、最高の品をそろえているのだ。

グリンチャードはくすくす笑いながらツツジの方へ手招《てまね》きした。「どうぞお先に」

ファーナムは大きく息《いき》を吸《す》い込《こ》んだ。ツツジの根をたどるのにあんな上等な道具は必要ないのに、あえて引っ張り出したところにメイクレアの本気ぶりが見てとれた。

まるで坑道《こうどう》を掘《ほ》るかのようなかまえだ。

ファーナムはそのあとにつづいた。

おそらくファーナム一人ならこんなまねはできない。間違《まちが》いなくためらっただろう。アンダーワールドまでトンネルを掘《ほ》るなんて考えただけでも震《ふる》えがくる。しかしプロの友人のあとをついていくなら話は別だ。なにせ経験豊富《けいけんほうふ》で、彼《かれ》のことを決して見捨《みす》てない親友が掘《ほ》ってくれるトンネルなのだから。

先頭がメイクレアで、二番手がファーナム、そしてしんがりがグリンチャードという順番で進む。根の下の土をどんどん掘《ほ》り起《お》こして、根に沿《そ》った通路を確保《かくほ》してゆく。ファーナムはグリンチャードからつつかれて、メイクレアがせっせと動かすつるはしにぶつからないよう距離《きょり》を置いた。

ほかの二人はどう考えているか知らないが、この順番はファーナムを安心させた。友人二人に前後をはさまれる格好《かっこう》なので、何が起きても守ってもらえそうだ。アンダーワールドのことを考えると不安でいっぱいになるが、そんな不安を吹き飛ばしてくれる。

メイクレアが作業をつづける中、ファーナムはふと思った。もっと早く、彼《かれ》らの力を借りてこうすればよかった。恐怖感《きょうふかん》でがんじがらめになって貴重《きちょう》な時間をむだにしてしまった。

しかしようやくいま、冒険《ぼうけん》に出ることができた。

ファーナムは笑みが浮《う》かぶのを抑《おさ》えようとしたが、できなかった。といっても誰《だれ》も見ていないのだが。

メイクレアが下の洞窟《どうくつ》を掘《ほ》り当てたときもファーナムはまだニヤニヤしていた。プロの鉱山《こうざん》技師《ぎし》であるメイクレアは、自分で掘《ほ》った穴に転落するようなヘマはしない。これがファーナムならそのまま穴に落ちていただろう。メイクレアはすかさず足を止めると、火のついた松明《たいまつ》を穴に差《さ》し込《こ》み、中の様子をうかがった。

「かなりデカいわよ」メイクレアはすこし経《た》ってから報告《ほうこく》した。「けっこう奥行《おくゆ》きがあるもの」

ファーナムにはどうしても気になる問題があった。「この下の洞窟《どうくつ》の高さはどれくらい？」

メイクレアはそんな不安を笑い飛ばした。「大丈夫。そんなに高くないから。ちょっと飛《と》び降《お》りればいいだけ。楽勝よ」それでも心配そうな顔をしているファーナムを安心させようとメイクレアは宣言《せんげん》した。「あたしが先に降《お》りるからね！」

ファーナムどころか誰《だれ》の返事も待たずに、メイクレアは掘《ほ》りぬいたばかりの穴に身を沈めるとそのまま姿《すがた》を消した。ファーナムは耳をすませたが、着地の音は聞こえなかった。友人の身を案じたファーナムはその穴に駆《か》け寄《よ》ると顔を突《つ》っこんだ。

「メイクレア！」

すぐにくすくす笑う声が聞こえて、ファーナムを見上げる顔が松明《たいまつ》の灯《あか》りに浮《う》かび上《あ》がった。

メイクレアはベッドのように受け止めてくれたツツジの繁《しげ》みの上にすわっていた。「早く降《お》りておいでよ！」メイクレアは下から呼《よ》びかけた。「ここ最高！」

ファーナムはいったん顔を引《ひ》っ込《こ》めてから身構《みがま》えた。グリンチャードに先《さき》を越《こ》されて地下トンネルに取り残される不安が一瞬《しゅん》頭をよぎった。しかし振《ふ》り返《かえ》ってみると、探険家《たんけんか》の友人はファーナムが穴に降《お》りるのをしんぼう強く待っていた。

「心の準備《じゅんび》ができたら行けよ」グリンチャードは言った。

ファーナムは小さくうなずくと、ゆっくり穴に身を沈めて腕《うで》が伸《の》びきるまで穴のへりをつかんでいた。床まであと一メートルくらいだろう。そんなことを考えながらしばらくしがみついていたが、とうとう力尽《ちからつ》きて、やわらかい繁《しげ》みの上にドサッと落ちた。

その瞬間《しゅんかん》、大きく息を吐《は》いたが、すぐに小さな声で笑いだした。ほとんど間を置かずにその横に着地したグリンチャードが、ファーナムの背中《せなか》をポンとたたいた。

「これ見てよ！」メイクレアは息をはずませながら言った。「すごくきれい！」

ファーナムもくすくす笑いをやめると、思わず息《いき》を呑《の》んだ。

ここは、さっきまでいた上の洞窟《どうくつ》よりずっと大きかった。そして天井から壁《かべ》にかけて光《ひか》り輝《かがや》く実をつけたつる草にびっしり覆《おお》われていた。その実は一生かかっても食べきれないほどの数があった。まるで粉々《こなごな》になった月が壁《かべ》一面に張り付いているようでもあり、岩壁《いわかべ》が内側《うちがわ》から光っているようにも見えた。

三人が着地した繁《しげ》みのそばに、別の繁《しげ》みがでこぼこの床を覆《おお》うようにひろがり、アーチ状《じょう》の天井からもツツジがうねるようにして垂《た》れ下《さ》がっていた。つまり、たどるべき根っこがいくつもあるわけで、どれを選べばいいか迷《まよ》ってしまう。

ファーナムはずっとぐずぐずしていたことを詫《わ》びようと二人の友人を振《ふ》り返《かえ》った。いまさら言《い》い訳《わけ》はしたくなかった。こんなことならもっと早く探険《たんけん》にくればよかったのだ。

しかし友人の方はファーナムの懸《け》念《ねん》など気にもとめていなかった。メイクレアは驚《おどろ》くべき風《ふう》景《けい》に目をまるくするばかりで、ファーナムのことなど忘《わす》れてしまっていた。長年にわたる恐怖《きょうふ》をついに克服《こくふく》したことにも気づいていない。ファーナムもわざわざ口に出す勇気がなかった。

そこでグリンチャードを振《ふ》り返《かえ》ってみると、探険家《たんけんか》の友人は満面に笑みをうかべていた。グリンチャードはこのすばらしい風景《ふうけい》を見ろよとばかりに手を振《ふ》った。「な、言ったとおりだろ？」

第4章　ウーパールーパー発見！

「ホントそうだね」ファーナムは自分自身のダメさ加減《かげん》に呆《あき》れたように首を振《ふ》った。「もっと早く来ればよかったなあ！」

「いまからでも遅《おそ》くないさ」グリンチャードはずっと満面の笑《え》みだ。

ファーナムは周囲《しゅうい》を見回した。この洞窟《どうくつ》はどこまでつづいているのだろう。「ここって、きみの知ってる洞窟《どうくつ》の中でいちばんデカい？」

グリンチャードは冗談《じょうだん》言うなとばかりに笑い飛ばした。「こんなの目じゃないよ。南へ行けば、ここより十倍も大きい洞窟《どうくつ》があるんだぜ」そして両腕《りょううで》を可能《かのう》なかぎりひろげてみせた。

「マジで」

「ところでずっとニコニコしているのはどうして？」

グリンチャードは唇をぺろりとなめると、さらに笑みを大きくした。「びっくりするような景色《けしき》を目にしたからさ！」

ファーナムもそうだねとばかりにうなずいた。

「しかも、おれ一人じゃなく、二人の友だちも一緒《いっしょ》だ。これ以上楽しいことはないだろ？」

グリンチャードはそう言い残すと、洞窟《どうくつ》の奥《おく》の方へ駆《か》け出《だ》した。その松明《たいまつ》の灯《あか》りが暗闇《くらやみ》を払《はら》いのけてゆく。カラカラという笑い声があたりにこだました。

「あいつ、何をするつもりなんだろう？」ファーナムは首を振《ふ》った。「大丈夫かな？」

そんなファーナムにメイクレアが笑いかけた。「探険《たんけん》に決まってるでしょ！　大好きなんだから！」

そして、あんたこそどうするつもり、と言いたげないたずらっぽい視線を向けると、グリンチャードの後を追って駆《か》け出《だ》したが、途中《とちゅう》で急カーブを切って角をまがり、笑い声を残して姿《すがた》を消した。

ファーナムもしばらくためらったのち、二人の後を追った。そしてメイクレアがまがった角まで来ると、その向かいの小道に進んだ。

すっかり夢中《むちゅう》になっていたので怖《こわ》さを忘《わす》れた。洞窟《どうくつ》は言葉で言《い》い尽《つ》くせないほどすばらしく、友人たちの笑い声が四方から反響《はんきょう》して聞こえてくるので、独りぼっちという感じはしなかった。

しばらくすると地下の川に出くわした。洞窟《どうくつ》の真ん中を大きな水音を立てながら流れている。おそらく山の奥《おく》から湧《わ》き出《で》た水が、勢《いきお》いのある流れとなってここに洞窟《どうくつ》をこしらえたのだろう。どこから流れ出し、どこへ流れ着くものなのか。

解放的《かいほうてき》な気分になったファーナムは、その流れを追うようにして進んだ。右にまがり左にまがったりするうちに、あるものが目に留《と》まった。

ウーパールーパーである。

この両生類の姿《すがた》は図鑑《ずかん》でよく目にしていたが、本物を間近で見るのはこれが初めてだ。しかし、一目でそれとわかった。

ぬめりのある肌《はだ》と丸っこい体をした小型動物で、四肢はひょろ長い。相手の正体を見抜《みぬ》くような大きな目。横長の大きな口はこちらに笑いかけているように見える。

たちまち魅了《みりょう》されたファーナムは、すくなくとも一匹《ぴき》は持ち帰ることに決めた。さっそく防《ぼう》水《すい》パックからバケツを取り出した。こんなこともあろうかと、いつも持ち歩いているのだ。もっとも、ここ数年めったに使うことがなかったので、わざわざ携行《けいこう》することに疑問《ぎもん》を感じてはいたが。それでも長年の習慣《しゅうかん》を改めなかったのは、まさに天《てん》の配剤《はいざい》。これぞ運命だろう。

そんなことを思いながらウーパールーパーの群れに近づくと、バケツを頭上に振《ふ》りかざした。そしてすばやく水中にくぐらせた。驚《おどろ》いたことに、群れの中の一匹《ぴき》がするりとバケツに入ってきた。

すかさずバケツを持ち上げてみると、中でウーパールーパーが身をよじらせていた。ファーナムは目をまるくしてその姿《すがた》に見入った。

一方ウーパールーパーも、自分を冷たい水の中から引っぱりあげた相手をいぶかしげに見返していた。ファーナムはたちまち気に入って語りかけた。

「びっくりさせてゴメンよ」ファーナムはなだめるような口調で言った。「心配しないで、きみを傷《きず》つけたりしないから。それどころか、動物園に来てもらったら、ごはんをたっぷりあげるし、安心して眠《ねむ》れる寝床《ねどこ》も用意するからね！」

ウーパールーパーはいささか疑《うたが》わしげに身をよじらせていたが、見知らぬ相手に身をまかせる覚悟《かくご》を決めたのか、しばらくするとおとなしくなった。

「キャッホー！」ファーナムは叫《さけ》んだ。その声に仰天《ぎょうてん》したウーパールーパーがまた身をよじりだした。

「大丈夫？」メイクレアが呼《よ》びかけてきた。その声は洞窟《どうくつ》の中で何重にもこだまし、メイクレアのいる方角はわからなかった。

「この上なく快調《かいちょう》！」ファーナムは答えた。「ここ最高だね！」

「だからそう言ったろ！」グリンチャードの声が別の方角から聞こえてきた――もっともそう聞こえただけで、断定《だんてい》はできない。

「お二人さんはいまどこ？」メイクレアが問いかけてきた。「この洞窟《どうくつ》はすごく面白いけど、迷子《まいご》にならないようにね！」

グリンチャードは高笑いを響《ひび》かせた。「人生は楽しまないと！　もうちょっと探険《たんけん》させてくれよ！　そうしたら、分かれ道のところで落ち合おう！」

心楽しいやり取りだった。メイクレアが迷子《まいご》の心配をしてくれたことがありがたかった。ファーナムも気になっていたが、興《きょう》ざめなやつだと思われるのが嫌《いや》だったし、いまのところ楽しすぎて心配なんか口にする気分ではなかったのだ。

ファーナムはバケツの中でくねくねと身をよじらせるウーパールーパーに笑顔を向けた。こいつを目にしたときの町の人々の反応《はんのう》が楽しみだ。間違《まちが》いなく動物園のスターになるぞ！

そのとき川の中のあるものが目に留《と》まった。最初は目の錯覚《さっかく》かと思った。青黒い川面《かわも》ごしにピカッと白く光るものが見えたのだが、気のせいだろうか。確《たし》かめる必要があった。

ウーパールーパーのバケツを抱《かか》えて岸辺に近づいたファーナムは、チラッと目にしたもの――あるいはその幻影《げんえい》――を求めて川面《かわも》に目を走らせた。流れはかなり速く、波立っているので、最初は見定めるのに苦労した。

しばらくすると、今度ははっきりと見えた。水面を割って白く輝《かがや》く体が現れたのだ。その生き物は顔をチラッと見せると、ふたたび水にもぐった。

ファーナムは思わず息をのんだ。それが何であるか瞬時《しゅんじ》にわかったのだが、同時にあり得《え》ないという気持ちも強かった。

白子《しらこ》のウーパールーパーだ。

日光の届《とど》かない洞窟《どうくつ》で育ったために、体から色素が抜《ぬ》け落ちてしまったウーパールーパーである。そのため全身が幽霊《ゆうれい》みたいに白くなる。まさにいま目の前で見たように。

大半のウーパールーパーは黒っぽい色をしている。だから白く光るような肌色《はだいろ》をした白子《しらこ》はきわめてめずらしい——と動物図鑑《どうぶつずかん》に書いてあった。それが手《て》の届《とど》くところにいたのだから、胸《むね》の鼓動《こどう》は高まるばかりだ。

ずっと息を詰《つ》めていたことに気づいたファーナムは、あえぐようにして大きく息《いき》を吸《す》い込《こ》んだ。それから、ふたたび岸辺に近づいた。もう一度あの姿《すがた》を見つけようと。

歩《あゆ》み寄《よ》りながら、バケツをもう一つ引《ひ》っ張《ぱ》り出す。はたして二匹《ひき》も地上まで持って帰れるだろうか。それはもう一匹《ぴき》を捕《つか》まえてから考えればいいことだ。

たぶん先に捕《つか》まえたやつはメイクレアが運ぶのを手伝ってくれるだろう。そして、もし白子タイプを捕獲《ほかく》できたらそれはファーナムがみずから運ぶつもりだ。動物園に着くまで一瞬《しゅん》たりとも手放したりしない。

とにかく、まず捕《つか》まえることだ。

さっき見かけた所まで行ってみたが、姿《すがた》はなかった。これは想定内だ。おそらく深く潜《もぐ》ったか、流れに乗って下流へ向かったのだろう。ファーナムも下流をめざした。

川面《かわも》に見返されているような気がするまで、水面にじっと目を凝《こ》らす。しかし何も見つからず、松明《たいまつ》の灯《あか》りが反射《はんしゃ》してくるだけだ。この灯《あか》りはない方が見つけやすいのでは。ファーナムはふとそう思い、松明《たいまつ》の火を消した。

ファーナムの目はすぐにほの暗さに慣《な》れた。天井から壁《かべ》にかけてびっしり張り付いたつる草のグロウベリーがほんのり光っているので、あたりは完全な暗闇《くらやみ》ではなかった。その微《かす》かな光は充分ではないものの、助けになった。

ファーナムは思い切って川に入った。その方がよく見えるからだ。水は冷たく透《す》きとおっており、泥土ならぬ岩肌《いわはだ》を噛《か》むようにして流れてゆく。そんな川面に目を向けると、まるで透明《とうめい》ガラス越《ご》しに水の中をのぞいているような気分になる。

それでもつる草のグロウベリーがまだ邪魔《じゃま》だった。ファーナムはもうひと工夫することにした。思い切り息《いき》を吸《す》い込《こ》むと、そのまま水中に潜《もぐ》ったのだ。

氷のように冷たい水だったので思わず息を吐《は》き出《だ》しかけたが、なんとか全身のバランスをとることができた。防水《ぼうすい》パックが浮《う》き輪の働きをしてくれるお陰《かげ》で、ウーパールーパーを入れたバケツを水面の上に出しておける。

ファーナムは冷たい水の中を見まわした。水面越《すいめんご》しに見ていたときよりずっと視界《しかい》が鮮明《せんめい》だ。

やがて目当てのものを見つけた！　間違《まちが》いない、あの白子のウーパールーパーだ！

青白いウーパールーパーはまったくファーナムに気づいていないみたいだ。おそらく天敵《てんてき》がそう多くないので警戒《けいかい》する相手はかぎられているのだろう。たとえファーナムが見えているとしても、気にならないのだ。

このチャンスを活《い》かそう。ファーナムはいったん水面から顔を出すと、新鮮《しんせん》な空気をたっぷり吸ってからまた水中に潜《もぐ》った。そして潜行《せんこう》したままウーパールーパーに向かって泳ぎだした。

青白いウーパールーパーが近づくにつれて、捕獲《ほかく》したいというファーナムの気持ちはますます強いものになった。大発見だぞ！

しかし、その姿《すがた》がふいに消えた。ファーナムはあわてて追いかけた。おそらく川のカーブに入《はい》り込《こ》んだのだろう。

そう、たしかに川は曲がっていた。

右に曲がっているのか左に曲がっているのか。それはかり考えて、もう一つの可能性《かのうせい》を忘《わす》れていた。ファーナムは一気に泳ぐスピードを上げた。あのめずらしいウーパールーパーを逃《に》がしてなるものか。

そのことで頭がいっぱいだったので、目の前に滝《たき》が迫《せま》っていることには、まったく気づかなかった。

第5章　不思議なゲート

川の先が滝《たき》になっていることに気づいたときには、水の流れは思った以上に勢《いきお》いを増《ま》していた。まるで巨人《きょじん》の手で鷲掴《わしづか》みにされて引っぱられているみたいだ。向きを変えて流れをさかのぼろうとしたが、むだな努力に終わった。

ピンチに追《お》い込《こ》まれたファーナムは、仕方なく捕《つか》まえたウーパールーパーを手放した。ファーナムにとって――そして彼《かれ》の動物園にとっても――貴重《きちょう》な存在《そんざい》だが、生きて帰れなければ、持っていても意味がない。

全力で流れに逆《さか》らってみたが、かえって流されるばかりだ。おびえながらも、どうにか水面に顔を出して息《いき》を吸《す》った。

そのときあたりを見まわしてみると、洞窟《どうくつ》の天井が頭上にのしかかるように迫《せま》ってきた。もうじき息継《いきつ》ぎをするスペースもなくなりそうだ。

「助けて！」ファーナムは声のかぎりに叫《さけ》んだ。「助けてくれ！」

そうやって声を張りあげることしかできないうちに、ふたたび水中に押《お》し戻《もど》された。大声をあげたところで何の助けにもならない。ひどく反響《はんきょう》してしまって、かえってファーナムの居所《いどころ》がわかりにくくなるばかりだ。

何もかも手遅《ておく》れだった。

パニック状態《じょうたい》のファーナムだったが、ようやく流れに逆《さか》らうのをやめた。流されるまま泳げばいいのだ。空気はたっぷり吸《す》い込《こ》んだばかりなので、無駄遣《むだづか》いさえしなければしばらくもつだろう。

早いとこ別の洞窟《どうくつ》にたどり着いてくれたら助かるのだが。さもないと溺《おぼ》れ死《し》ぬことになる。ちょうど身をよじったときに川の底がぬけて、ファーナムはどこまでも落ちていった。悲鳴をあげることができたなら、ずっと悲鳴をあげつづけていただろう。

ようやく滝《たき》つぼに達して体の落下は止まったが、こんどは水が容赦《ようしゃ》なく降《ふ》りかかり、その場に釘付けにされた。

こんな水の力と闘《たたか》っても勝ち目はない。疲《つか》れきったファーナムにできることは、水に逆《さか》らわないことだけだ。

水流に身をまかせて岩だらけの水底まで一気にもぐる。底にぶつかった反動で滝《たき》の中央から弾《はじ》き飛《と》ばされた。おかげですり傷《きず》だらけになったが、滝《たき》つぼの外へ押《お》し出《だ》された。

その直後、釣《つ》りの浮《う》きみたいにぽっかり川面に浮《う》かび上《あ》がった。水面に顔を出したファーナムは、あえぐように息《いき》を吸《す》ったが、その空気の味は格別《かくべつ》だった。視界《しかい》がひらけてくると、別の洞窟《どうくつ》にやって来たことがわかった。

高い天井はつる草やグロウベリーに覆《おお》われているが、さきほどまでいた洞窟《どうくつ》にくらべると見《み》劣《おと》りがした。すくなくとも目《め》の届《とど》く範囲《はんい》では。川幅《かわはば》はひろくなり、流れはゆるやかだった。

そのままぷかぷか浮《う》かんだまま流れていくうちに、呼吸《こきゅう》も心拍《しんぱく》も落ち着いてきたので足《あし》を伸《の》ばしてみると、川の底に届《とど》きそうな感じがした。ひょっとしたら立てるのではないか。

思い切って足を振《ふ》り下《お》ろしてまっすぐ立ってみると、川の深さは腰《こし》のあたりまでしかなかった。ファーナムは流れの中に突《つ》っ立ったまま、新たな洞窟《どうくつ》を見まわした。

洞窟《どうくつ》の中はほぼ川の水に覆《おお》われている。これほど天井が高くなかったら、おそらく溺《おぼ》れ死《し》んでいただろう。グロウベリーのおかげで、左岸に小島のような陸地があるのが見えた。ファーナムは深みや危険物《きけんぶつ》に用心しながら陸地に向かった。そうやって水の中を歩きながら、白子のウーパールーパーを探してみたが、どこにも見当たらなかった。

ファーナムはすっかり気落ちしてしまった。散々《さんざん》な目に遭《あ》ったすえ命拾いできたのはうれしいが、どうせならウーパールーパーも見つかってほしかった。それでこそ必死の苦労が報《むく》われるというものだろう。

川《かわ》の端《はし》にあるちっぽけな陸地にたどり着いてみると、意外にも、先に捕《つか》まえたウーパールーパーが流れ着いていた。しかもバケツに入ったままで。滝《たき》に落ちたり大変な目に遭《あ》ったにもかかわらず傷《きず》ひとつなかった。

それどころかバケツの水の中でバシャバシャ動きまわったり、まるでひなたぼっこでもするかのように水面に浮《う》かんだり、元気いっぱいだ。

ファーナムはその横にすわると、なでようと手を伸《の》ばした。うれしいことに、ウーパールーパーの方も頭をあげてファーナムの手を迎《むか》えてくれた。

こいつを失うのは残念だが、このまま洞窟《どうくつ》の外へ出られないのなら持っていても意味がない。

ファーナムの身に何かあった場合、こいつまで巻《ま》き添《ぞ》えにするのは気が引けた。そこでバケツを傾《かたむ》けて、ウーパールーパーを自由にした。

ウーパールーパーはしばらくファーナムを見つめていた。そしてよたよたと近づいてくると、なでて欲しそうに頭をあげた。ファーナムは喜んでその要望にこたえた。

「心配するなって」ファーナムはウーパールーパーに語りかけた。「なんとか脱出《だっしゅつ》するからさ」

あたりをじっと見つめる。「その方法はこれから考えるよ」

頭もなでてもらって満足したのか、ウーパールーパーは方向転換《ほうこうてんかん》するとみずから新天地の探《たん》訪《ぼう》に乗り出した。

苦境《くきょう》に立たされ疲《つか》れきったファーナムはそのうしろ姿《すがた》を見送った。ウーパールーパーはちっぽけな陸地の方へゆっくりと進み、徐々《じょじょ》に遠ざかっていった。

その前方に何かが見えた。なんだろうあれは。薄暗《うすぐら》い中に黒いものが見えるのだ。長方形の、くっきりした輪郭《りんかく》を持つ背《せ》の高い物体。まるでドアみたいだ。

しかし、こんなところにドアを作ってどうする？

好奇心に駆《か》られたファーナムは、よいしょと腰《こし》をあげると、その黒い物体めざしてよろよろと歩き出した。近づいてみると、陸地の端《はし》に立っていたのはドアのフレームだった。しかし、そのドアフレームを支える壁《かべ》はない。洞窟《どうくつ》の壁《かべ》にも接触《せっしょく》しておらず、ドアフレームなのに肝心《かんじん》の扉《とびら》がどこにも見当たらなかった。

誰《だれ》がこんなものを作ったのだろう。何に使うものなのか。ひょっとして芸術作品？　かつてここにあった建物《たてもの》の残骸《ざんがい》とか？

このドアフレーム――本当にそうであればの話だが――は黒色の火山岩で作られているみたいだ。それだけでも謎《なぞ》めいているのに、フレームをのぞきこんでみると、もっと不可解《ふかかい》なものが見えた。

フレームの向こうに見える洞窟《どうくつ》の壁面《へきめん》には、いっぱいに文字らしきものが記されており、全体として巨大《きょだい》な壁画《へきが》のように見えるのだ。

もちろん読めないし、実際《じっさい》に文字であるかどうかも確信《かくしん》はない。ただ、じっと見ていると、原始的な象形文字《しょうけいもじ》によく似ているような気がしてきた。

象形文字《しょうけいもじ》なら初めて目にするタイプだが、アンダーワールドに閉《と》じ込《こ》められて友人たちとも離《はな》れ離《ばな》れになった身としては、事態《じたい》を打開する手がかりとして調べてみる価値《かち》はある。

グロウベリーの光だけでは心許《こころもと》なかった。もっと明るく照らしてくれるものが必要だ。

そのときゴロゴロと腹が鳴って、明かりよりも重要な問題があることを知らせてくれた。それに濡れネズミのままで震《ふる》えているありさまだったが、そうした問題をまとめて解決《かいけつ》する方法を思いついたのだ。

まず防水《ぼうすい》パックから、たきぎに使える枯れた枝木と石炭を一塊《ひとかたまり》取り出すと、それをていねいに積み上げた。入念に調べてみたが、あれだけ水につかったにもかかわらず乾燥《かんそう》したままだ。運がよかったというほかない。

さらにパックの底の方から火打ち道具を引っ張り出した。友人たちみたいにこれで火をおこした経験《けいけん》はなかったが、使い方は知っていた。要するに、火打ち石を打ち金にぶつけて火花を散らし、その火花でたきぎに火をつければいい。それだけの話だ。な、楽勝だろ？

ためしに二、三度やってみたが、まるで反応《はんのう》なし。火花は散るものの、たきぎに点火しないのだ。

そこで両手をフルに使って、本格的《ほんかくてき》に火打ち作業に取り組んだ。謎《なぞ》のドアフレームのかたわらにひざまずき、火打ち石と火打ち金をくりかえしカンカン打ち合わせる。

やがてたきぎに火がつき、炎《ほのお》がボワッと勢《いきお》いよく燃え上がった。あたりは一気に明るくなり、心地のいい暖《あたた》かさに包まれた。ファーナムは松明《たいまつ》に火をつけて壁面《へきめん》の象形文字《しょうけいもじ》を照らしてみたが、依然《いぜん》として意味はわからなかった。

火のついた松明《たいまつ》をそのままフレームの横に置き、パックから料理用の食材を取り出そうとした。ちょうどそのとき、フレームの内部に濃い紫色《むらさきいろ》の渦巻《うずま》きが現れて、不気味に光りだした。

第6章　砦《とりで》からの逃走《とうそう》

「もうおまえにはうんざりだ、クリッテン！」グレート・バンガスは黒い火山岩造《づく》りの玉座《ぎょくざ》と呼《よ》びならわしている席から勢《いきお》いよく立ち上がると、黄金色の戦斧《せんぷ》を引っ張り出して振《ふ》りかざした。「ごたくは聞《き》き飽《あ》きた！　おまえの命運はもはやこれまでだ！」

クリッテンはびくつきながら、じわじわと謁見室《えっけんしつ》の奥《おく》へ動きはじめた。顧問《こもん》のわたしをいますぐ打《う》ち殺《ころ》すとは思えないが、このピグリンの支配者《しはいしゃ》は気まぐれなので何をするかわからない。とにかく怒《おこ》りだすと抑制《よくせい》がきかなくなるのだ。

「あれから、おおせつかった通り、何でもやりました！　思いつくかぎりのことを！　ただうまくいかなかっただけです！」

「ならば、おまえに用はない！　すぐさまここから出てゆけ。二度とその面を見せるなよ！」

クリッテンは青くなった。この砦《とりで》から追い出されてネザーを独りぼっちでさまようなんて。「いっそ、いまここでひと思いに殺《ころ》してください！　ネザーの荒野《こうや》をうろついたあげく野垂《のた》れ死《じ》ぬよりずっとマシですから！」

バンガスは戦斧《せんぷ》を持ったまま間合いを詰《つ》めて、クリッテンを部屋の隅《すみ》へ追いやった。バンガスが近づいてくると、クリッテンは逃《に》げ道《みち》をさがして出口に立つ衛兵《えいへい》に目をやった。衛兵《えいへい》たちはバンガスとクリッテンには目もくれない。というより、グレート・バンガスの怒《いか》りが自分たちに降《ふ》りかかるのを恐《おそ》れて目をそらしていた。

「こっちへ来い！」バンガスは命じた。「おまえの悩みをいますぐ解決《かいけつ》してやるわい！」

いつもならバンガスに罵倒《ばとう》されるまま頭を下げていれば嵐《あらし》は収《おさ》まるのだが、あの目の色は本気だ。このピンチを乗り切れたら、さっさと逃《に》げ出《だ》さないと――本当にヤバい。

クリッテンはバンガスの予想を裏切《うらぎ》る行動に出た。真《ま》っ向《こう》から逆襲《ぎゃくしゅう》して、その膝《ひざ》を蹴飛《けと》ばしたのだ。

バンガスは黄金色の戦斧《せんぷ》を取り落とすと、膝《ひざ》をかかえて苦悶《くもん》の叫《さけ》び声《ごえ》をあげた。出口にいた衛兵《えいへい》たちが何事かと駆《か》け寄《よ》ってきた。そして、うめきながら床にうずくまっているリーダーを見つけると、そのかたわらに近づいた。

　クリッテンはこのチャンスを見逃《みのが》さなかった。すぐさま出口を駆《か》け抜《ぬ》けて謁見室《えっけんしつ》の外へ出ると、隠《かく》れ場所《ばしょ》をさがした。

　しかし、急を告げる怒号《どごう》がたちまち追いついてきた。こうなったら、砦《とりで》の敷地内《しきちない》に安全な場所はない。もし見つかったら、せいぜい運がよくても塔《とう》のてっぺんから突《つ》き落《お》とされてネザーをさまようことになる。

　どうせ同じ目に遭《あ》うのなら、正門から堂々《どうどう》と出て行った方がいい。ネザーではサバイバルするだけでも大変なのに、脚《あし》の骨《ほね》が折れたりしたらそれこそ万事休すだ。

　クリッテンは砦《とりで》の中を歩きまわり、今後生《い》き延《の》びていくのに役立ちそうなものを片っぱしからくすねた。まず食糧《しょくりょう》。それから、歪《ゆが》んだキノコ。これがあればホグリンよけになる。そしてネザーウォート。とりわけクリッテンみたいな賢《かしこ》いピグリンにとって、これはいろんな役に立つ。さらに袋いっぱいの砂金も。

　ユーガッブの部屋からは黄金色の戦斧《せんぷ》をいただいた。もっとも、使い道があるかどうかはわからないが。

クリッテンは頭を使うことで異例《いれい》の昇進《しょうしん》をとげてきた。そのクリッテンから見ると、大半のピグリンは腕力《わんりょく》にしか興味がない。あからさまな暴力《ぼうりょく》とよこしまな精神でライバルを蹴落《けお》としトップに君臨《くんりん》するのだ――さらに強いやつが現れるまで。

腕力《わんりょく》を何より尊《たっと》ぶピグリンたちの中で、クリッテンだけが例外だった。この顧問《こもん》は小柄《こがら》で背《せ》が低く、ピグリン愛用の武器であるクロスボウも満足に使えない。こうしてクリッテンは力でのし上がるのを諦《あきら》めた。唯一《ゆいいつ》残った武器が知能《ちのう》である。クリッテンは勉学《べんがく》にはげみ、思索《しさく》を重ね、カミソリより鋭《するど》い頭脳《ずのう》を育ててあげた。

今日までこの戦略《せんりゃく》は上手《うま》くいっていた。

腕力《わんりょく》で仲間にかなわないのなら、とびっきり腕《うで》っ節《ぷし》の強いやつを味方にすればいい。クリッテンが見出すまで、バンガスは仲間をたたきのめして、食べ物を横取りするくらいしか能《のう》がないピグリンだった。それをたきつけて、ただの乱暴者《らんぼうもの》から砦《とりで》の支配者《しはいしゃ》にまで押《お》し上《あ》げたのは知《ち》恵者《えしゃ》のクリッテンであった。

だからバンガスはずっとクリッテンに感謝《かんしゃ》してきた。頭脳明晰《ずのうめいせき》な顧問《こもん》の協力がなければ、今の地位は望むべくもなかったからだ。しかしトップにのぼりつめてみると、今度は責任《せきにん》の重さが負担《ふたん》になってきた。そのため感謝《かんしゃ》の気持ちも急速にうすれていった。

やがて感謝《かんしゃ》は疑念《ぎねん》と敵意《てきい》に変わった。

クリッテンはバンガスの変貌《へんぼう》ぶりを責《せ》める気《き》にはなれなかった。むしろ責《せ》めるとすれば、こうした事態《じたい》を予測《よそく》できなかったおのれの不明である。こうなることを見越《みこ》して事前に手を打つべきだったのだ——たとえばバンガスをトップの座《ざ》から早めに追《お》い払《はら》っておくとか。

しかし、それだけではない。バンガスが変わってしまった原因はほかにもあった。ユーガッブの存在《そんざい》である。

この副官はことあるごとにクリッテンの悪口をバンガスの耳に吹《ふ》き込《こ》んだ。ユーガッブはあきらかにバンガスを排除《はいじょ》してその後釜《あとがま》に座《すわ》ることを狙《ねら》っていたが、そのためにはクリッテンが邪魔《じゃま》だったのだ。苦情の山を持《も》ち込《こ》んでバンガスをてんてこ舞《ま》いさせておき、その責任《せきにん》をクリッテンに押《お》し付《つ》けるのがユーガッブのやり口で、クリッテンはことごとく濡《ぬ》れ衣《ぎぬ》を着せられた。

残念ながら、クリッテンはそれに気づくのが遅《おそ》すぎた。ユーガッブは見かけほどバカではなかった。勉強はしていないが、ピグリンらしい狡猾《こうかつ》さを持ち合わせていたのだ。

クリッテンは戦略《せんりゃく》の見直しを迫《せま》られたが、まずはこのピンチをしのぐのが先決だった。

本当に必要かどうか不明だが、とにかく持ち運べるだけ荷物をまとめると、クリッテンは砦《とりで》の正門に向かった。バンガスの怒号《どごう》が響《ひび》きわたる中、何事かと謁見室《えっけんしつ》へ向かう連中がクリッテンのかたわらを通《とお》り過《す》ぎていった。止めようとする者は一人もいない。すくなくとも正面ゲートまではいなかった。

そこにユーガッブが腕組《うでぐ》みをして待ちかまえていた。通り道を完全にふさいだバンガスの副官は、クリッテンを見ると、せせら笑いながら言った。「どこへ行くつもりだ？」

「命令にしたがっているだけだ！」クリッテンは口からでまかせをならべた。ユーガッブの戦《せん》斧《ぷ》をいただけたのはラッキーだった。「グレート・バンガスの問題を解決《かいけつ》できなかったので、砦《とりで》から追放されたのさ！」

ユーガッブはクリッテンの全身を見まわし、抱《かか》え込《こ》んだ荷物を調べた。「で、その荷物は餞《せん》別《べつ》の品というわけか？」

クリッテンは鼻を鳴らして、ユーガッブの愚《おろ》かさをあざけりながら胸《むね》のうちでつぶやく。まさにそのとおり、グレート・バンガスから追放の代償《だいしょう》にいただいた贈《おく》り物《もの》さ、と。「タダでわたしを追い出せると思っているのかい？　他人に知られたくないグレート・バンガスの秘密《ひみつ》をいくつも知っているこのわたしを。わが偉大《いだい》なるリーダーは、わたしのことをひどく嫌《きら》っているけど、それなりに敬意《けいい》をいだいてくれていたんだよ！」

ユーガッブは同意しかねるとばかりに眉《まゆ》をつり上げた。「とてもそんなふうには見えんがな」

「わたしの持ち味は意外性《いがいせい》だからね！」

クリッテンは強引に前進して、ごつい副官をわきへ押《お》しやった。ユーガッブが道をあけたのは、恐《おそ》れのためか、それとも敬意《けいい》の表明か、あるいは最強のライバルに勝利した満足感のせいか。

いずれにせよ、ユーガッブはクリッテンを通してくれた。小柄《こがら》な顧問《こもん》は堂々《どうどう》と砦《とりで》をあとにした。いつか奪《うば》い返《かえ》しに戻《もど》ってくる支配者《しはいしゃ》のような態度《たいど》で。

ちょうどそのとき、ことの真相を知る者が砦《とりで》の城壁《じょうへき》のてっぺんから大声で呼《よ》びかけてきた。

「そこにいるのはクリッテンか？　それなら逃《に》がすな！　グレート・バンガス様がそやつの死をお望みだ！」

わざわざユーガッブの顔色を確《たし》かめるまでもなかった。クリッテンは脱兎《だっと》のごとく駆《か》け出《だ》した。

第７章　赤い森の恐怖《きょうふ》

砦《とりで》を逃《に》げ出《だ》したクリッテンめがけて城壁《じょうへき》から矢が何本も飛んできた。幸運にも体には当たらなかったが、荷物の方に一本突《つ》き刺《さ》さり、穴をあけた。

クリッテンはあえて矢をかわそうとはしなかった。そもそも、やろうとして出来ることではないからだ。ひたすら頭を低くして鼻を突《つ》き出《だ》し全力疾走《ぜんりょくしっそう》した。短い脚《あし》を可能《かのう》なかぎり動かして。

このときばかりは生まれて初めて長い脚《あし》がほしいと思った。明晰《めいせき》な頭脳《ずのう》に不満はないが、いまはその一部と速い足を交換《こうかん》したい気分だ。

砦《とりで》の外へ出るなど、ふだんなら怖《こわ》くてできないが、いまは砦《とりで》の中にいる方が危険《きけん》だった。しかし弓矢の射程外《しゃていがい》へ逃《のが》れると、じわじわと恐怖《きょうふ》がこみあげてきた。

どこか安全なところへ隠《かく》れる必要があった。敵《てき》はバンガスの配下だけではない。ネザーには物騒《ぶっそう》なケモノがわんさかいるのだ。見つかったらたちまち襲《おそ》いかかってくるので、気づかれないよう注意する必要があった。

グレート・バンガスの砦《とりで》は——もちろんクリッテンの協力があって奪取《だっしゅ》できたものだが——このエリアでは最大の規模《きぼ》を誇《ほこ》っている。赤い森の中央に位置するこの砦《とりで》は、ネザーの大地よりずっと安全な場所なのだ。血の色をした巨大《きょだい》なキノコがおびただしくそびえたつこの森は弓矢からクリッテンを守ってくれた。そのキノコのてっぺんのシュルームライトがほのかに発光して、赤黒い霧の海を行く旅人の道しるべとなってくれる。ただ、巨大《きょだい》なキノコの陰《かげ》に身をひそめて待《ま》ち伏《ぶ》せしているケモノがいないか気をつける必要があった。

幸運にも、クリッテンは以前このあたりを見回ったことがあった。砦《とりで》に害をなすものがいないかどうか調べて、その対策《たいさく》を練《ね》る必要があったからだ。思えばその頃から、万一の場合にそなえて脱出《だっしゅつ》経路《けいろ》を考えていた。

残念なのは、そんな悲運がわが身に降《ふ》りかかるとは思いもしなかったことだ。まさかこんな形で追い出されるとは。バンガスをトップに押《お》し上《あ》げたのはクリッテンである。そのクリッテンに頼り切っていたバンガスが、今後リーダーとしてやっていけるのか疑問《ぎもん》だ。

結局、バンガスはそうした協力関係の大切さを見失ってしまったのだろう。

クリッテンの方も思い上がっていた。最上級顧問《さいじょうきゅうこもん》としてぬくぬくと暮《く》らすうちに、すっかり油断《ゆだん》してしまったのだ。砦《とりで》の外部から押《お》し寄《よ》せてくる脅威《きょうい》にばかり注意を向け、内部から忍《しの》び寄《よ》る危機《きき》には気づきもしなかったのだから。

すくなくとも数か月前に、隠《かく》れ家《が》を見つけておいたのは幸運だった。砦《とりで》の監視区域《かんしくいき》の外にあり、危険《きけん》なケモノからも身を守ることのできる場所だ。あとはそこにたどり着けばいい。

それはそんなに難《むずか》しいことではなかった。このエリアのケモノたちは騒《さわ》ぎに引きつけられるようにして、砦《とりで》の周囲《しゅうい》に集まっていたからだ。長年の経験《けいけん》から、矢の射程内《しゃていない》には踏《ふ》み込《こ》まないが、それでもピグリン側《がわ》はまぐれ当たりを狙《ねら》って矢を射《い》るのをやめなかった。

これがクリッテンに幸いした。ケモノたちの注意が砦《とりで》に向けられているあいだに、無事であることを願《ねが》いながら隠《かく》れ家《が》に駆《か》け込《こ》んだのだ。そこは巨大《きょだい》キノコの切《き》り株《かぶ》に囲《かこ》まれた洞穴《ほらあな》だった。何本もびっしり立ち並《なら》ぶ切《き》り株《かぶ》が目隠《めかく》しの役割をしてくれている。クリッテンはそのねぐらに飛《と》び込《こ》むと、危険《きけん》な先客がいないことを確《たし》かめてから、安堵《あんど》のため息をついた。

ようやく緊張《きんちょう》がゆるむと、ドキドキと脈打つ心臓《しんぞう》の音が聞こえるような気がした。いままでひたすらあわてふためき、目前に迫《せま》った死以外のことは頭になかった。その頭を切り落とされないようにするだけでくたびれ果てたので、ほんの一休みのつもりで目を閉《と》じた。

くすねてきた品々にうずもれながら、クリッテンは先のことをあれこれ考えはじめた。このちっぽけな洞穴《ほらあな》でずっと暮《く》らすことはできない。いずれ食糧《しょくりょう》と水がなくなり、どこかで補給する必要がでてくる。そうなったとき、ちゃんとした当てがあれば大助かりだ。

ネザーにはほかにもピグリン族がいる。その中には砦《とりで》の主もおり、しかもそうした砦《とりで》は獰猛《どうもう》なケモノたちにさほど荒《あ》らされていない。もしかしたらクリッテンを受け入れてくれる砦《とりで》があるかもしれない。

このあたりのピグリン族——とくにそのリーダーたちは——クリッテンのことをグレート・バンガスの顧問《こもん》だと思っている。そうした連中が純然《じゅんぜん》たる好意から移住《いじゅう》を受け入れてくれるとは思えない。

そもそもピグリンの親切心に頼ろうとするのが間違《まちが》いなのだ。ありもしない親切を当てにしたところで得《え》るものは何もない。交渉《こうしょう》には見返りになるものが必要になる。それもかなり値打《ねう》ちのあるものが。たとえば大量の金《きん》とか――いったん渡《わた》しておいてあとで奪《うば》い返《かえ》すという手もあるが。

いちばん近くの一族は建物《たてもの》をこしらえるのが好きなのだが、造《つく》りが雑《ざつ》なのですぐに壊《こわ》れてしまう。もっと頑丈《がんじょう》な構造《こうぞう》になるよう手伝ってやってもいいが、さほど感謝《かんしゃ》されるとは思えない。

その次に近い一族は赤い森の巨大《きょだい》キノコにほれ込《こ》み、ほとんど信仰《しんこう》の対象《たいしょう》にしている。残念なことに、その信仰《しんこう》に体を洗うことはふくまれていなかった。あの強烈《きょうれつ》な体臭《たいしゅう》にはとても耐《た》えられるものではない。

ホグリンに乗って、遊動民のように森の中をうろつきまわる一族もいる。その居所《いどころ》を見つけるだけでもひと苦労だが、やはりクリッテンはちゃんとした屋根のある暮《く》らしがしたかった。

ピグリンは強欲な連中だから、クリッテンを一瞥《いちべつ》しただけでその困窮《こんきゅう》ぶりを見抜《みぬ》くだろう。行きがけの駄賃《だちん》にバンガス砦《とりで》からかっぱらってきた品物だけでは、とても足りない。いま手にしている金《きん》くらいでは、会って話を聞いてもらえるのがせいぜいで、居場所《いばしょ》を確保《かくほ》する助けにはならない。

もっと値打《ねう》ちのあるものを差し出さないとダメなのだ。

たとえばグレート・バンガス本人とか！

クリッテンはバンガスのことなら裏《うら》も表《おもて》も知《し》り尽《つ》くしていた。その強みと弱点、そして砦《とりで》の隅々《すみずみ》にいたるまで。あの砦《とりで》をバンガスから奪《うば》い取《と》りたい野心家がいるとすれば、クリッテンが与《あた》える情報《じょうほう》はきわめて貴重《きちょう》なものになる。砂金を一袋差し出すかわりに、バンガスの金《きん》をまるごと提供《ていきょう》しようというのだ。それこそ一粒残らず。

事実、そうした情報《じょうほう》を使って野心家の顧問《こもん》になれれば、クリッテンはバンガス砦《とりで》における権《けん》威《い》と名誉《めいよ》ある地位へ返《かえ》り咲《ざ》ける。クリッテンが知恵《ちえ》と努力で営々《えいえい》と築《きず》きあげてきた地位を取り返せるのだ。唯一《ゆいいつ》の違《ちが》いは、支配者《しはいしゃ》がバンガスではないという点だった。

もしそうなったら、同じ過《あやま》ちを犯《おか》してはならない。内部の裏切《うらぎ》りに注意して、二度と地位を奪《うば》われぬよう万全の体制を作り上げる必要があった。

まずは最適《さいてき》の候補者《こうほしゃ》を見つけることだ。

クリッテンは心地よくうなずきながらそんな夢想《むそう》にふけった。

それからいくらも経《た》たないうちに、クリッテンはいきなり胸《むな》ぐらをつかまれて、洞穴《ほらあな》の外へ引きずり出された。

そして洞穴《ほらあな》の入り口を隠《かく》している大きな岩の向こうに放り投げられた。地面にたたきつけられたクリッテンは肺に残っている空気を残らず吐《は》きだしてしまった。その場に倒《たお》れたまま呼吸《こきゅう》を整えようとしていると、襲撃者《しゅうげきしゃ》が大きな岩を跳《と》びこえてクリッテンの目の前に降《お》り立《た》ち、視《し》界《かい》をさえぎった。

それはユーガッブだった。大柄《おおがら》な副官は高笑いを響《ひび》かせた。

そしてかがみ込《こ》むとクリッテンの胸《むね》に太い指を突《つ》きつけた。「おまえは賢《かしこ》いつもりだろ？　ピグリンの誰《だれ》よりも！　グレート・バンガスよりも！　このおれ様よりも！」

「ちょっと待ってくれ――！」

ユーガッブはしゃべるのをやめなかった。「たしかに賢《かしこ》いかもしれんが、同時に愚《おろ》かでもある！　本当に賢《かしこ》いのなら、とっとと逃《に》げおおせたはずだ！　こんなところで休んだりせずに！」

「お願《ねが》いだ！」

クリッテンにも言い分があったが、ユーガッブはそんな相手を力まかせに引き起こすと、ガミガミと怒鳴《どな》りつけた。「本当に賢《かしこ》いのなら、跡《あと》をたどられるような手がかりを残したりしないはずだ！　おまえみたいな弱虫は連れて帰るだけ無駄《むだ》だ！」

クリッテンは耳を疑《うたが》った。ユーガップに追跡《ついせき》の能力《のうりょく》があるなんて。事実、砦《とりで》の周囲《しゅうい》を巡回《じゅんかい》するときだって始終道を間違《まちが》えていたのに。それが驚《おどろ》いたことに砦《とりで》を離《はな》れてクリッテンのあとを追いかけてきたのだ。しかも居所《いどころ》まで突《つ》き止められるとは。

「でもどうやって――？」

最後まで言い終わらないうちにクリッテンは逆《さか》さまに持ち上げられて、その理由を知ることになった。ほとんど顔すれすれの地面に目をやると、ネザーウォートの破片《はへん》がこぼれ落ちていた。それがずっと向こうから隠《かく》れ家《が》まで点々とつづいているのだ。

クリッテンはわが目を疑《うたが》った。どうしてこんなものが？　用心に用心を重ねたはずなのに。足跡《あしあと》にもひとしい手がかりを残すなんて。

そのときネザーウォートの破片《はへん》が顔に降《ふ》りかかり、ようやく事情がのみこめた。砦《とりで》を逃《に》げ出《だ》すときから持ち歩いていた荷物袋が矢で射《い》られて穴があき、そこから破片《はへん》がこぼれ落ちていたのだ。そして点々と跡《あと》を残すことになった。ユーガップみたいなうすのろでも、一目でそれとわかる道しるべだったろう。

クリッテンはあまりのうかつさに自分の頭を殴《なぐ》りつけたくなったが、その手足すら思うように動かせない。ユーガップにつかまって逆《さか》さまにぶら下げられながら自分のまぬけぶりを聞かされるのだから気分は最低だった。さらに大笑いしたユーガップは足首をつかんだままクリッテンを後方へ投げ出すと、その体をひきずりながら歩き出した。大きな石や切《き》り株《かぶ》や倒木《とうぼく》がクリッテンの頭にゴツンゴツンとぶつかる。

「なんたる大バカ野郎だ！」ユーガップは言った。「賢《かしこ》いなんて悪い冗談《じょうだん》だろう！　われらピグリンもびっくりの天才的なアホなのに！　そのくせ自分は誰《だれ》よりも賢《かしこ》いと思いこんでいるんだからな。とんだお笑いぐさだ！」

大柄《おおがら》な副官は高笑いを響《ひび》かせたが、さんざん地面に頭をぶつけられたクリッテンは反論《はんろん》する気力もなかった。ただ、相手の得意《とくい》げな笑い声を聞くだけだ。

そのユーガップがふいに立ち止まった。「このあたりでいいだろう！」

「どうした？」この時点で、クリッテンはほとんど息も絶《た》え絶《だ》えのありさまだった。「ここはどこだ？」

まわりの風景《ふうけい》を見るかぎり、砦《とりで》でもなければその近辺でもない。クリッテンはグレート・バンガスの前に引きずり出されることを覚悟《かくご》していた。そこでしかるべき処罰《しょばつ》を言《い》い渡《わた》されるだろうと。たとえそれが死刑《しけい》であっても驚《おどろ》くにはあたらない。思えば、バンガスはクリッテンを追放したがっていた。小柄《こがら》な顧問《こもん》はみずから砦《とりで》を逃《に》げ出《だ》し、その望みを事実上かなえてやったことになる。

「これまで何度もバンガスを言いくるめて罪《つみ》を逃《のが》れてきたおまえにこれ以上チャンスをあたえるつもりはない！」ユーガッブは宣告《せんこく》した。「もはやこれまでと思え！」

ユーガッブはそう言いながらクリッテンを逆《さか》さまに吊《つ》り下《さ》げた。地面すれすれの視点《してん》から見えたのは、いかにも深そうな縦穴《たてあな》であった。そこは赤い森とネザーの荒地《あれち》の境目《さかいめ》にある地点で、森の外れから果てしなくひろがる恐《おそ》ろしげな大地が見えた。縦穴《たてあな》は底が見通せないほど暗く、誤《あやま》って転落したら命にかかわるだろう――まして故意《こい》にたたき込《こ》まれたりしたら！

「今日はここが終点だ！」ユーガッブは言った。「そう、おまえのな！」

「そんな！」クリッテンはわめきだした。「よせ！　やめろ！」

クリッテンは悲鳴をあげながら穴の底へ落ちていった。

第8章　未知との遭遇《そうぐう》

目が覚めたとき、どれくらい時間が経《た》ったのかわからなかった。あたりは真っ暗で、これは溶岩《ようがん》の明かりにたえず照らされているネザー世界ではめずらしかった。

クリッテンは両ひじをついて半身を起こし、あたりを見まわした。もちろん穴の中に投げこまれたことは覚えている。そして落ちてゆくクリッテンを追いかけるようにユーガップの高笑いが響《ひび》きわたったことも。

いちばん驚《おどろ》いたのは生きていたことだ。死んで当然の状況《じょうきょう》なので命拾いしたことが奇跡《きせき》のように思われた。まず傷《きず》の具合を調べ、それから自力でこの穴――投げこまれた穴の底にそのまいるとすればの話だが――から這《は》い出《で》る方法がないものかじっくり検討《けんとう》してみよう。

ケガは、後頭部のひどいこぶをはじめ打ち身の跡《あと》がいくつも見つかった。切り傷《きず》やすり傷《きず》もかなりあったが、ありがたいことに五体満足であった。

なによりも驚《おどろ》いたのは、クッションの役割を果たした生き物がいたことだ。これが落下の衝撃《しょうげき》をやわらげてくれたらしい。本当にそうなら、思いもかけない衝突事故《しょうとつじこ》がクリッテンの命を救《すく》ったことになる。

その一方、下敷《したじ》きになった生き物にとっては災難《さいなん》であった。クリッテンは横にころがって生き物の体から離《はな》れると、その無事を確《たし》かめた。生き物の正体はいまのところ不明だが、驚《おどろ》いたことにまだ息をしている。

はるか上方に目を向けてみると、あの穴が見えた。ユーガップのやつにあそこから投げ落とされたのだ。光はほとんど差《さ》し込《こ》んでこないので、クリッテンはじっと目を凝《こ》らすしかなかった。

幸運なことに、クリッテンが持ち歩いていた荷物袋も投《な》げ込《こ》まれている。その袋が一メートルも離《はな》れていないところに落ちていた。

クリッテンは荷物袋に這《は》いよると手提《てさ》げランプを取り出して火をつけ、その灯《あか》りであたりを照らした。縦穴《たてあな》の底は洞窟《どうくつ》のようになっており、かなり奥行《おくゆ》きがあった。見渡《みわた》すかぎり人影《ひとかげ》はなく、目ぼしいものは何一つない。ただクッションの代わりになった生き物がいるだけだ。

その生き物のところに引き返してみると、ストライダーであることがわかった。ピグリンはこのストライダーを好む。ネザーに生息するケモノの中で唯一《ゆいいつ》ピグリンを食《く》い殺《ころ》したりしない生き物だからだ。それに、上に乗って移動に使うこともできた。灼熱《しゃくねつ》の溶岩流《ようがんりゅう》も平気で横切るのだ。しかも抜《ぬ》け落ちた体毛は弓の弦をはじめいろいろなものに利用できる。

そのストライダーがどうしてこんなところに。それも一頭だけ。あやまって転落したのか。それとも穴の深さを確認《かくにん》するためにユーガップが投げ落としたのだろうか。

とにかく、ここにいてくれたことはクリッテンにとって幸運だった――巻《ま》き添《ぞ》えになってケガをしたストライダーには少々気の毒だったが。そのケガもなんとか治して助けてやるつもりだ。

だが、まずは脱出方法《だっしゅつほうほう》を見つけなくては。さもないとストライダーともどもあの世へ行くことになる。

クリッテンは全身の痛《いた》みをこらえながら立ち上がると、手提《てさ》げランプを高くかかげた。まわりの壁《かべ》はいずれもけわしく、かんたんに這《は》い登《のぼ》れそうもない。こんなところで飢え死にするのはごめんだ。

その壁《かべ》ぞいに真っ暗な奥《おく》へと向かう。進むにつれて道はしだいに左へカーブしていき、そのまがり角の先からうっすらと紫色《むらさきいろ》の明かりが漏《も》れていた。

まがり角の先に誰《だれ》がいるにせよ気づかれるのはまずい。クリッテンはランプの火を吹き消すと目が暗闇《くらやみ》に慣《な》れるのを待った。こんなところに明かりがあるなんて。しかもいちだんと強くなってきた。クリッテンはできるだけ物音を立てないようにしながら進んだ。

まがり角が近づくと、今度は物音が聞こえてきた。なんの音かはっきりとはわからないが、誰《だれ》かが独り言をつぶやいているような感じだ。

まがり角から先をのぞきこんだクリッテンは、あやうく口から出そうになった驚愕《きょうがく》の声をとっさにのみこんだ。紫色《むらさきいろ》の光は黒曜石のゲートから放射《ほうしゃ》されていた！

前にも同じようなゲートを目にしたことがあるが、作動しているところを見るのは初めてだ。いつもゲートは空っぽで、スイッチが入るのを待つかのようであった。

この周囲《しゅうい》をうろつく連中――何匹《なんびき》ものケモノやけっこうな数のピグリンたち――はゲートがオンになって獲物《えもの》が通《とお》り抜《ぬ》けてくるのを待《ま》ち伏《ぶ》せていたが、クリッテンは仕事で忙《いそが》しかったので、それに加わったことはなかった。なんでもゲートが作動すると、ネザーとは別の、クリッテンたちの知らない世界へ道がつながるというのだが、そんな噂話《うわさばなし》は愚《ぐ》にもつかない夢想《むそう》にすぎない。

しかしそのゲートが実際《じっさい》に作動しているのだ！　しかもその前に何者かが立っている！

クリッテンはチャンスが来たのを直感した。信じがたい展開《てんかい》であったが、どうやらユーガッブに投げ落とされたおかげで運が向《む》いてきたらしい。その運に乗らなくてどうする。

クリッテンは顧問《こもん》をクビになったのだろうか？　それはバンガスが勝手に決めたことで、クリッテン自身は認《みと》めていない。新たなリーダーを見つけてその顧問《こもん》の座《ざ》につくか、みずから砦《とりで》の支配者《しはいしゃ》になればいい。

今度はやり方を間違《まちが》えないことだ。ユーガッブの言うとおり。クリッテンは賢《かしこ》いが、頭脳《ずのう》だけでは砦《とりで》のピグリンたちを束《たば》ねることはできない。腕力《わんりょく》がものをいう場合だってあるのだ。

クリッテンは荷物袋からユーガッブの戦斧《せんぷ》を取り出すと、謎《なぞ》の人物の背後《はいご》にこっそり忍《しの》び寄《よ》った。足音を立てず、息《いき》も殺《ころ》す。胸《むね》がドキドキしていたが、黒曜石のゲートで渦巻《うずま》く紫色《むらさきいろ》の光に見とれている人物の耳にまでその心音が届《とど》くとは思えなかった。

しかもその人物はこちらに背《せ》を向けているのだ！　クリッテンは自分の幸運が信じられなかった！

しかし、手《て》の届《とど》くところまで近づいたちょうどそのとき、その人物はこちらを振《ふ》り返《かえ》って驚《おどろ》きの表情を見せた。

絶好《ぜっこう》のチャンスをふいにしてなるものか。そう思ったクリッテンは相手に飛びかかって押《お》し倒《たお》した。

クリッテンは間違《まちが》っても戦士ではない──事実、ユーガッブやバンガスといったマッチョとくらべたら腕力《わんりょく》では足元にもおよばない──ので、相手があっけなくひっくり返ったことに驚《おどろ》いた。それでも勢《いきお》いづいて馬乗りになると、相手の喉元に戦斧《せんぷ》の刃《は》を突《つ》きつけた。

ふつうのピグリン戦士なら二、三発で息の根をとめて獲物《えもの》として持ち帰るところだが、クリッテンは人を痛《いた》めつけたことなど一度もなく、まして殺すなんてあり得《え》なかった。そうやってためらっているうちに、相手がピグリンでないことに気づいた。

なんとオーバーワールド人であった。

第9章　アンダーワールドからオーバーワールドへ

そのオーバーワールド人は両手をあげて情けない声を出した。とても反撃《はんげき》してくるとは思えない弱々しい態度《たいど》である。それでもクリッテンは、相手の喉元《のどもと》に戦斧《せんぷ》の刃《は》を突《つ》きつけたまま怒《ど》鳴《な》りつけた。「おまえは何者だ？　ここで何をしている？　さっさと白状《はくじょう》しろ！」

オーバーワールド人は泣きそうな声で意味不明の言葉をつぶやいた。クリッテンの知るかぎり、オーバーワールド語のわかる者はいない。それでもおびえきったオーバーワールド人はしゃべるのをやめようとしなかった。

クリッテンもオーバーワールド人と接《せっ》したことはあまりない。ただ、わかっていることが一つだけある。オーバーワールド人には二種類のタイプがいるということだ。一番目は恐《おそ》ろしくパワフルな連中で、ネザー世界を荒《あ》らしまわったあげく、略奪《りゃくだつ》のかぎりを尽《つ》くし、邪魔《じゃま》する者は容赦《ようしゃ》なくたたきのめした。

このタイプのオーバーワールド人はピグリンにもよく理解《りかい》できる。ピグリンだって同じくらい強ければ、まったく同じことをやってのけただろう。それに、どちらかというとピグリンは嫉妬《しっと》深く、そうした嫉妬《しっと》は激《はげ》しい怒《いか》りを呼《よ》び起《お》こすものだ。

二番目は、弱虫タイプだ。うっかりゲートをくぐり抜《ぬ》けたとたん、ネザーの凶暴《きょうぼう》なケモノに出くわし腰《こし》を抜《ぬ》かしてしまう連中である。たちまち食《く》い殺《ころ》されてしまうのでピグリンに出会う機会はほとんどない。いまクリッテンが押さえつけているやつも間違《まちが》いなくそのタイプだ。

たまたまピグリンに出くわす弱虫タイプもいないわけではないが、数分もしないうちに殴《なぐ》り倒《たお》されるか尻尾をまいて逃《に》げ出《だ》すかのどちらかだ。

このオーバーワールド人に憐《あわ》れみを覚えるのは、クリッテン自身がすこし前まで命の危険《きけん》にさらされていたせいかもしれない。だからその窮状《きゅうじょう》に同情する気持ちになれたのだろう。いや、同情というより利用価値《りようかち》を見出したというべきか。この地の底から抜《ぬ》け出《だ》す役に立つかもしれない。

クリッテンは首切りを中断《ちゅうだん》して相手の体から腹ばいのまま離《はな》れると、すばやく立ち上がって一メートルほど後ずさった。

まだ気はぬけないので、戦斧《せんぷ》は振《ふ》りかざしたままだ。もし隙《すき》をついて逆襲《ぎゃくしゅう》してきたら、痛《いた》い思いをさせてやる。

そのオーバーワールド人は体面――そんなものがあればの話だが――を取りもどすのにすこし時間を要した。自由になったオーバーワールド人は半身を起こすと、両手をあげて敵意《てきい》がないことを強調した。どこまで信用できるものやら。クリッテンはそう思いながら、成り行きにまかせることにした。

オーバーワールド人は尻をついたまま後ずさり、戦斧《せんぷ》の攻撃圏外《こうげきけんがい》に出た。それでも敵意《てきい》のないことを大げさに示し、立つ許可《きょか》を求めてきた。クリッテンは寛大《かんだい》な気分になり――こわもての態度《たいど》をいくらかやわらげながら――立ってもかまわないというふうに戦斧《せんぷ》の刃《は》を動かしてみせた。

オーバーワールド人はクリッテンの肩《かた》ごしに切望するようなまなざしを向けた。クリッテンはわざとオーバーワールド人とゲートのあいだに身を置いたのだが、それに気づいたらしい。まだこの侵入者《しんにゅうしゃ》を逃《のが》すつもりはなかった。

クリッテンは戦斧《せんぷ》を突《つ》きつけるようにして要求した。何か収穫《しゅうかく》があることを願《ねが》いながら。

「見つけたものをよこせ！」

オーバーワールド人は戸惑《とまど》いの表情を浮《う》かべて力なく肩《かた》をすくめた。まったく話が通じていない。

オーバーワールド人が自分自身を指さしながら何ごとか言った。クリッテンは小首をかしげて耳をすませる。

「ファーナム」オーバーワールド人は言った。「ファーナム」

ファーナム。おそらくこのオーバーワールド人の名前だろう。クリッテンは空いてる手で自分の胸《むね》を指さしたが、戦斧《せんぷ》をつかんだ手は片時も下ろそうとしなかった。「クリッテン！　クリッテン！」

オーバーワールド人はその言葉をまねたが、いささかなまっている。「クリーテン」

「惜《お》しいな！」クリッテンは言った。「さあ、見つけたものを残らずよこせ！」

オーバーワールド人のファーナムは、何を言われているのかわからないというふうに首を振《ふ》った。クリッテンは苛立《いらだ》たしげにため息をついた。このバカに言葉を教えるような忍耐力は持ち合わせていない。

いっそひと思いに始末するか。しかしクリッテンは体のあちこちが痛《いた》くてくたびれていたし、ここがどこなのか、どうやったらここから抜《ぬ》け出《だ》せるのか見当もつかなかった。こいつは安全な場所を見つける手がかりになるかもしれない。

ファーナムを殺《ころ》したら損《そん》になる。それでなくても手持ちのコマが少ないのにこれ以上へらしてどうする。クリッテンはうんざりしながら黒曜石のゲートの前に腰《こし》を下《お》ろすと、逃《に》げられるものなら逃《に》げてみろとばかりにファーナムを睨《にら》みつけた。

ちょうどそのとき、まがり角から脚《あし》をくじいたストライダーが現れた。

先に気づいたクリッテンはファーナムの反応《はんのう》を観察《かんさつ》することにした。こんな罪《つみ》のない動物を痛《いた》めつけたりはしないだろうが、もしそうなっても制止するつもりはなかった。愚《ぐ》にもつかないことをやらせて体力を消耗《しょうもう》させるのだ。

クリッテンは戦斧《せんぷ》をにぎった手をそのまま伸《の》ばしてストライダーに向けた。その身ぶりの意味を悟《さと》るのに時間を要したが、戦斧《せんぷ》が指す先に目を向けたファーナムは近づいてくるストライダーに気づいた。

驚《おどろ》いたことに、ファーナムは悲鳴をあげたり恐怖《きょうふ》にすくんだりしなかった。それどころか、うれしそうにぴょんぴょん跳《と》びはねながら手をたたいた。

クリッテンには理解《りかい》できない反応《はんのう》だった。目を丸くして見守る中、オーバーワールド人はストライダーに歩《あゆ》み寄《よ》って自己紹介をはじめた。

奇妙《きみょう》なことに、ストライダーも同じように興味津々《きょうみしんしん》といった顔つきで応答《おうとう》しているように見えた。

そして、そろって円を描き、回転するごとに距離《きょり》を縮《ちぢ》めていった。やがてストライダーの具合が悪いこと——顔が青ざめ、体を震《ふる》わせているのだ——に気づいたオーバーワールド人は、同情のこもった声をかけた——ピグリン社会ではまず見かけない光景《こうけい》である。

ファーナムはクリッテンに歩《あゆ》み寄《よ》ると、懇願《こんがん》するようなまなざしを向けた。言葉がわからなくても、その表情を見ればオーバーワールド人の願《ねが》いは一目瞭然《いちもくりょうぜん》だった。クリッテンは戦斧《せんぷ》を持った手でストライダーとファーナムを順番に指すと、気に入ったのならストライダーを譲《ゆず》ってやると身ぶりで示した——とはいっても、そのストライダーの正式な所有者はクリッテンではないのだが。

ファーナムは文字どおり歓喜《かんき》の声をあげた。その興奮《こうふん》ぶりは尋常《じんじょう》ではなく風船みたいにパンと破裂《はれつ》しても不思議はなかった。ファーナムは喜びを抑《おさ》えきれずにぐるぐる回りだした。

そしてめまいを起こしてひっくり返ると、地面に倒《たお》れたままバカみたいに笑いだした。ストライダーが歩《あゆ》み寄《よ》り、心配そうにその顔をのぞきこむと、ファーナムはまたしてもバカ笑いをはじめた。

ようやく落ち着いたファーナムはパックに手を突《つ》っこんで中をかきまわした。その動きがクリッテンの警戒心《けいかいしん》を呼《よ》び覚《さ》ました。クリッテンは立ち上がって戦斧《せんぷ》を振《ふ》りかざし、バカなまねをしたら許《ゆる》さんぞとばかりにファーナムに突きつけた。

ファーナムはすぐに両手を出してひろげて見せた。クリッテンが戦斧《せんぷ》を下ろすと、ファーナムはまたパックに手を入れて、今度はずっと慎重《しんちょう》に探しものをつづけた。そしてなにやら特別の品を取り出すと、手に持ったままクリッテンに差し出した。

クリッテンは疑《うたが》わしげな目を向けた。それはすみれ色の液体を詰《つ》めたガラス瓶《びん》でコルクの栓がしてあった。クリッテンはその瓶《びん》を睨《にら》みつけたまま首を振《ふ》った。

ファーナムはクリッテンの疑念《ぎねん》を感じ取った。そうした疑《うたが》いを払拭《ふっしょく》するためにファーナムはコルクの栓を抜《ぬ》くと、すみれ色の液体を一口すすってみせた。そしてごくりと飲《の》み込《こ》むと、これで元気になったとばかりに口を大きくあけて、満足げな吐息《といき》をもらした。それからもう一度クリッテンにガラス瓶《びん》を差し出した。

依然疑《いぜんうたが》わしげな表情を浮《う》かべながらも、いつもより警戒心《けいかいしん》をゆるめ気味のクリッテンはそのガラス瓶《びん》を受け取った。そして相手の反応《はんのう》に注意しながら瓶《びん》の口を唇に当てた。ファーナムに毒を盛《も》っているような雰囲気《ふんいき》はなく、純粋に喜んでいるように見えた。

クリッテンはその粘《ねば》っこい液体を一口すすってみた。液体はゆっくり喉《のど》を下っていったが、味はよかった。

やがて指先やつま先にまで効能《こうのう》がゆきわたり、全身が温かくなった感じがした。

その直後、クリッテンは何も考えずにその液体を残らず飲み干していた。とてもおいしくて、気分が最高にいい。

ファーナムは打ち身だらけだったクリッテンの腕を身ぶりで示した。思わず目をやってみると打ち身の跡《あと》がなくなっている。びっくり仰天《ぎょうてん》したクリッテンは戦斧《せんぷ》を下ろして袖をまくりあげ、腕全体をじっくり調べた。生傷《なまきず》は一つ残らず消えていた！

クリッテンは目を丸くしてオーバーワールド人を見つめた。治癒《ちゆ》のポーションのことは聞いたことがあるが、ネザーでは材料がそろわない。ファーナムはその材料に困らない場所からやって来たのだ。

笑顔のオーバーワールド人を見つめるうちにだんだんわかってきた。こいつらはどうしようもない弱虫だが、そもそも戦意というものがないのだ。クリッテンは信じがたいことに、みずから善意《ぜんい》を示すことになった。戦斧《せんぷ》を下ろし、ありがとうというふうにファーナムに一礼したのだ。

オーバーワールド人は安堵《あんど》のため息をついて満面に笑みを浮《う》かべた。

一方、ストライダーは黒曜石のゲートに興味津々《きょうみしんしん》で、いつのまにかゲート内に踏《ふ》み込《こ》み、あたりを見回していた。ファーナムはあわててその行く手をさえぎろうとする。勝手なふるまいが許《ゆる》されるとは思えなかったからだが、クリッテンは逆《ぎゃく》にそのまま一緒《いっしょ》に通《とお》り抜《ぬ》けるよう促《うなが》した。

もしかしたら愚《おろ》かな判断《はんだん》かもしれないが、このままファーナムを足止めしたところでいいことは何一つない。クリッテン絡みのトラブルに巻《ま》き込《こ》まれても守ってやれないし、手に入るものは何もない。

しかし人食いのケモノなんか影《かげ》も形もない安全地帯へ送り返してやれば、治癒《ちゆ》のポーションとか謝礼《しゃれい》の品を山ほどかかえて再訪《さいほう》してくるかもしれない！

その決意をかためるように、荷物袋に手を入れたクリッテンは歪《ゆが》んだキノコの一片を取り出した。これはストライダーの好物なのだ。それをうなりながら差し出すと、オーバーワールド人はありがたそうに受け取った。

ファーナムはストライダーにつづいてゲートに足を踏《ふ》み入《い》れた。それも逃《に》げ出《だ》すという印象をあたえないよう注意深い足取りで。そして誘うようにクリッテンを手招《てまね》きした。

一瞬《しゅん》、クリッテンも同行することを考えたが、オーバーワールドでピグリンは生存できないと言われていることを思い出した。

もしそうでないのなら、ピグリンはとっくの昔にオーバーワールドへ侵攻《しんこう》し征服《せいふく》しているはずだ。そうした侵略戦争《しんりゃくせんそう》については伝説が数多く残っているものの、どうやって攻《せ》め込《こ》み、いかに敗退《はいたい》したのかを物語る箇所《かしょ》は、すっぽり抜《ぬ》け落ちていた。

クリッテンは同行の誘いを断《ことわ》るかのように、ファーナムに向かって手を振《ふ》った。この穴から抜《ぬ》け出《だ》す方法がなにかあるはずだが、ファーナムはそれを見つける助けにはならない。クリッテンは独力でピンチを乗り切る覚悟《かくご》を決めた。

ファーナムは「なんとか帰り道を見つけるよ」とばかりに肩《かた》をすくめると、ストライダーを連れて黒曜石のゲートをくぐった。紫色《むらさきいろ》の電光が渦巻《うずま》いたとたん、ファーナムとストライダーは忽然《こつぜん》と姿《すがた》を消した。

第10章　地上をめざして！

ストライダーを連れてアンダーワールドへ戻《もど》ったファーナムは、わが身に起きたことが信じられなかった。ネザー世界に迷《まよ》い込《こ》むなんていままで考えたこともない。いろいろ聞いた話によれば、一番行きたくない場所だったからだ。

あの黒曜石のゲートを通りぬけたとたん、もうオーバーワールドへは引き返せないのではないかと思い、絶望的《ぜつぼうてき》な気分になった。しかしネザーからウーパールーパーよりずっとめずらしい生き物を連れ帰ったいま、ファーナムは自信にあふれていた。あのピンチを切り抜《ぬ》け――新しい友だちまでできたのだ――帰り道だって見つけてみせるさ。

しかし、あたりを見回しても、いい考えは浮《う》かばなかった。また絶望感《ぜつぼうかん》にとらわれそうになった。そのとき、ストライダーが身《み》を寄《よ》せてきて暗い気分を吹き飛ばしてくれた。ネザーの外へ出たというのに、ストライダーの顔は青白く、身《み》を震《ふる》わせていた。どうしていいかわからないので、ファーナムはその頭をやさしくなでてやり、しばらく相手をしてやった。こんな生き物がよく見つかったものだ。きっと動物園の人気者になるにちがいない！

そろって家まで帰れたらの話だが……。

ファーナムは腰《こし》を下《お》ろして防水《ぼうすい》パックの中身をあらためることにした。何か役に立つものがあるかもしれない。これはだいぶ前に荷造《にづく》りをしたとき、あれこれ口を出してくるグリンチャードにまかせて造《つく》ってもらったものだ。好きなおやつとかちょっとした日用品は自分で放《ほう》り込《こ》んだが、それ以外は何がはいっているのかわからない。

ファーナムはパックから荷物を一つずつ取り出すと、目の前にならべていった。ゲートの光のおかげで見分けがついた。

松明《たいまつ》（とても重宝《ちょうほう》、とりわけ暗いところでは）
火打ち道具一式（すでに使用済《しようず》み）
食糧《しょくりょう》の包み（まだたっぷり残っている）

水筒《すいとう》（川の水で満タンにしてある）
治癒《ちゆ》のポーションがあと数本（万一の場合にそなえて）
バケツ数個（ウーパールーパーとか水棲動物《すいせいどうぶつ》捕獲《ほかく》用《よう》）
簡易《かんい》ベッド（前日の昼寝《ひるね》のときもあえて使用せず）
鉄《てつ》の剣《けん》（使い方もよくわからないのに、昔グリンチャードから押《お》しつけられた）
作業台（長旅に出ると思わぬものを自作しなくてはならない場合がある）
木製のつるはし

最後の品を目にしたファーナムはショックを受けた。こんなものを入れた覚えはない。おそらく数週間前に、メイクレアがだまって忍《しの》び込《こ》ませたのだろう、ファーナムが知っていれば、絶対に反対したはずだ。トンネル掘《ほ》りの道具だけは持ち歩きたくなかったからだ。

しかしメイクレアの見方は異なっていた。経験豊富《けいけんほうふ》な鉱山技師《こうざんぎし》にしてみたら、荒地《あれち》に踏《ふ》み入《い》るつもりなら、安物でもいいからつるはしくらい持っていけということだろう。ハイキングへ行くときにブーツをはくように。たしかに用心に越《こ》したことはないが、そこまでやる必要があるのだろうか？　ファーナムはつるはしに触《ふ》れるだけでもゾッとするのだ。

だが、ほかに脱出方法《だっしゅつほうほう》は見当たらない。魚にでもならないかぎり。

それでもあきらめきれずに考えられる可能性《かのうせい》を一つずつ消していった。

やがて松明《たいまつ》とつるはしを残して、荷物をまとめ直した。ストライダーに餌《えさ》をあたえた。夢《む》中《ちゅう》になって食べているあいだはどこにも行かないだろう。ファーナムは松明《たいまつ》に火をつけた。

そして洞窟《どうくつ》のつきあたりまで歩き、閉《と》じ込《こ》められていることを確認《かくにん》した。出口はどこにもなかった――すくなくとも安全で乾燥《かんそう》している脱出口《だっしゅつこう》は。

思えば、洞窟《どうくつ》の中を流れていた川は途中《とちゅう》でいきなり地下へもぐりこんだ。その段差《だんさ》が滝《たき》になってファーナムを飲《の》み込《こ》み、あやうく溺死《できし》させられるところだった。あんな目には二度と遭《あ》いたくない。

ストライダーと一緒《いっしょ》のいまはなおさらだ。

そのストライダーを松明《たいまつ》の明かりでしげしげと眺《なが》めてみると、具合が悪そうだ。脚《あし》をいためて引きずっていたのは知っているが、ネザーで遭遇《そうぐう》した出来事に仰天《ぎょうてん》して――たとえばクリッテンにいきなり殺《ころ》されそうになったり――すっかり忘《わす》れていた。

治癒《ちゆ》のポーションがネザーで生まれ育った生き物に効くかどうかわからない。でも、クリッテンの場合は効能《こうのう》を発揮《はっき》したのだから、こいつにだって効き目があるのでは。

思い切ってあたえてみることにした。瓶《びん》に残っていた治癒《ちゆ》のポーションを一口飲ませたとたん、ストライダーは首をピンと立てた。その反応《はんのう》に気をよくしたファーナムは、残りのポーションをまるごとあたえた。ストライダーはたちまち飲み干した。

その直後から、ストライダーは洞窟《どうくつ》の中の陸地を元気よく駆《か》け回《まわ》りだした。ケガなど元々なかったかのように。

生き物が苦しむ姿《すがた》を見ていられないタイプで、いままでも可能《かのう》なかぎり救《すく》いの手を差《さ》し伸《の》べてきたファーナムは、そんな姿《すがた》を目にしてうれしそうに笑った。

痛《いた》みがとれて高まっていた気分がひとまず落ち着くと、ストライダーはファーナムのもとに引き返し、また身《み》をすり寄《よ》せてきた。なつかれるのは悪くない気分だが、しばらくしてストライダーが震《ふる》えていることに気づいた。身《み》を寄《よ》せるのは暖《だん》をとるためだったのだ！

洞窟《どうくつ》内はうすら寒く——ネザーよりずっと冷《ひ》え込《こ》んでいた。ストライダーを地上へ出してやれないのなら、ネザーに送り返すべきだろう。

その地上へ出る方法が一つだけある。

ファーナムはつるはしを手にして持ち上げた。こいつはひどい安物だ。おそらく急場しのぎのまがい物だろうが、いまはこれで間に合わせるしかない。こいつがへし折れたら、ファーナムはここから動けなくなる。おそらく死ぬまで。

そんな勝負に出るのをやめても、結果は同じだ。

どんなに怖《こわ》くても、やるしかないのだ。

ファーナムは陸地のすぐ近くの壁《かべ》に歩《あゆ》み寄《よ》ると、上方に向かって穴を掘《ほ》りだした。

第11章　古代の象形文字《しょうけいもじ》

クリッテンは地面にすわりこんで黒曜石のゲートをずっと眺《なが》めていた。さっさと立ち去って脱出口《だっしゅつこう》を見つけるべきだろう。ストライダーがここにいたこと——そしてクリッテンが上から落ちてきてぶつかるまでは無傷《むきず》だったことを考え合わせると——どこかに別の出入り口があるはずなのだ。

もちろん、じっと見つめている理由はそれだけではない。

クリッテンの原動力は好奇心だ。クリッテンは頭がいいと言われているが、じつは並《なみ》はずれて好奇心が旺盛《おうせい》なのだ。知りたいことは何でもとことん調べつくす。

クリッテンにとって知識《ちしき》はパワーだ。

大半のピグリンにとって筋肉《きんにく》こそパワーなので、クリッテンは変わり者あつかいされる。知《ち》識《しき》は先を見通す唯一《ゆいいつ》の手立てだし、いくらでも積み上げることができる。しょせん筋肉《きんにく》の強化には限界《げんかい》があるが、知識《ちしき》は際限《さいげん》なく学んでいける。

この黒曜石のゲートは無限《むげん》の知識《ちしき》を象徴《しょうちょう》するもので、これほど興味をそそられるものは他にない。ひどく危険《きけん》な存在《そんざい》でもあるが。

オーバーワールドはピグリンにとって有毒な場所だといわれている。つまり、この紫色《むらさきいろ》の渦巻《うずま》きを通《とお》り抜《ぬ》けたとたん死ぬ可能性《かのうせい》があるのだ。

本当にそうなのか、確《たし》かめる方法が一つだけある。

クリッテンはあきらめる口実をならべるのをやめて腹を決めた。おもむろに立ち上がると、ゲートに向かって身構《みがま》え、決然と踏《ふ》み出《だ》そうとした。

ところが驚《おどろ》いたことに、足が前に出るのをこばんだ。

クリッテンは生きることにさほど執着はない。バンガスをトップの座《ざ》につけようとしていたときには、けっこう危《あぶ》ない橋を渡《わた》ったものだ。砦《とりで》でぬくぬく暮《く》らすうちにすっかり精神がなまってしまったらしい。

まずそのやわな性根《しょうね》からたたき直す必要がある。

クリッテンは一歩ずつ押《お》し出《だ》すように足を進め、ようやく鼻先数センチのところまで達した。

視界《しかい》いっぱいに紫の渦巻《うずま》きが見え、他には何もなさそうだ。

さらに嫌《いや》がる体を無理やり前にかがめて一センチずつ前進をつづけ、ついに鼻の先が紫色《むらさきいろ》の渦巻《うずま》きに触れた。

そのとたん景色《けしき》が一変した。

クリッテンは黒曜石のゲートを通《とお》り抜《ぬ》けてオーバーワールドへ入《はい》り込《こ》んでいた。勢《いきお》いあまってころびそうになったが、なんとか踏《ふ》みとどまって川へ転落するのをまぬがれた。しかし多量の液体を目にしたとたん息をのみ、その場にひざまずいて呆然《ぼうぜん》と見とれた。

ネザーにはこんな液体は存在《そんざい》しない。ファーナムが飲ませてくれたポーションからして驚《おどろ》きだった。あれほどの量の液体を一度に見たのは生まれて初めてのことだ。そんな液体がこの洞《どう》窟《くつ》いっぱいにたまっているなんて、驚《おどろ》きだ。

なんて素晴らしいところだろう！　ピグリンたちがここへやって来てこの洞窟《どうくつ》を占領したらどうなる？　これだけの液体を好きなだけ使えたら？

そんなことを夢想《むそう》しているうちに、めまいがして胃がむかついてきた。クリッテンはあわてて立ち上がった。何か体によくないものがあるのだろうか。

この世界自体が有毒なのか――それとも何かが欠けているのか。

こうした現象は本で読んだことがある。オーバーワールドの環境《かんきょう》はピグリンに向いていない。長居《ながい》していると病《やまい》に倒《たお》れ、死にいたる場合もある、と。

いくら素晴らしくても命まで奪《うば》われてはたまらない。クリッテンは回れ右をすると、手遅《ておく》れになる前に黒曜石のゲートへと向かった。

しかし紫色《むらさきいろ》に光る渦巻《うずま》きフィールドへ足を踏《ふ》み入《い》れる直前、川の水よりすごいものが見つかった。古代の象形文字《しょうけいもじ》である。絵柄から判断《はんだん》すると、どうやらピグリンの侵略《しんりゃく》を描写《びょうしゃ》したものらしい。

はるか昔のある時期に、ネザーから――おそらくこの黒曜石のゲートを通《とお》り抜《ぬ》けて――やって来た何者かが、三〇センチほどの高さの絵文字を岩壁《いわかべ》に刻《きざ》みつけたのだろう。象形文字《しょうけいもじ》はあたりの壁《かべ》いっぱいに残されており、一度では読みきれない分量があった。

立ち止まったところから見える文字に、同じような人物を描いたものが数個あった――おそらくピグリンだろう――そうした連中が大地を横切り、見たこともない敵陣《てきじん》に攻撃《こうげき》をしかけている。敵軍《てきぐん》は四種類のタイプの戦士で編成されており、その一つはネザーをうろつきまわるスケルトンそっくりだった。

全軍の指揮《しき》をとるのはファーナムみたいなオーバーワールド人の――もちろんずっと強そうだが――英雄《えいゆう》で、なにやら武器らしきものを高々と掲《かか》げている。画面の上方に、異彩を放つ砦《とりで》みたいなものが浮《う》かんでいるが、これが攻防《こうぼう》の対象なのだろうか？

ピグリン軍がオーバーワールドに攻め入ったときはこんな感じだったのだろうか――そう、伝説で物語られているように？　いまとなっては確《たし》かめようがなかった。

ところで、このピグリン戦士たちはどうなったのだろう？　オーバーワールドの有毒な環《かん》境《きょう》に影響《えいきょう》されずに侵攻《しんこう》できたとすれば、その方法は？　疑問《ぎもん》が次から次にわきあがってきたが、妥当《だとう》な答えは思いつかず首をひねるばかりだ。

全然わからない。そうこうするうちに体を二つ折りにして嘔吐《おうと》してしまった。できるだけ早くここを出なくては。ここが体に悪いということだけはよくわかった。

クリッテンはよろめきながら黒曜石のゲートに足を踏《ふ》み入《い》れ、今度はためらうことなく一気に突《つ》き抜《ぬ》けた。

ネザーに引き返すと、頭のてっぺんからつま先まで、全身が安堵感《あんどかん》に包まれた。胃のむかつきはまだ残っていたが、死の恐怖《きょうふ》は消え去っていた。へとへとに疲《つか》れてしまったので、地面に大の字になって横たわり、息をすることに集中した。そうやってふつうに呼吸《こきゅう》をしているうちに、恐怖体験《きょうふたいけん》のショックがしだいにうすれていった。

気分がよくなるとクリッテンは半身を起こして黒曜石のゲートを睨《にら》みつけた。ゲート内のフィールドに変化はない。何事もなかったかのように渦《うず》を巻《ま》いている。

クリッテンが通《とお》り抜《ぬ》けたくらいでは全然平気なのだ。クリッテンにしても気分が悪くなる程度なら問題ない。もう一度向こうへ行って、ピグリン文字の解読《かいどく》に挑戦してみよう。長居《ながい》さえしなければ致命的《ちめいてき》な事態《じたい》にはおちいるまい。その点だけ注意して行き来をくりかえせばいいのだ。腹が少々痛《いた》くなるくらい何てことはない。あの象形文字《しょうけいもじ》の謎《なぞ》を解《と》くまで二つの世界を往復《おうふく》してやろう。

そうやって計り知れないほどの知識《ちしき》が身につけば、それを武器に新たな挑戦に乗り出してやる。

第12章　奇跡《きせき》の生還《せいかん》！

果たして地上までたどり着けるか、ファーナムに自信はなかった。とにかく怖《こわ》くて途中《とちゅう》で息がとまりそうになったりした。それでも、ふたたびお日様を拝みたい一心から、掘《ほ》っては登り、掘《ほ》っては登りをくりかえした。

ストライダーがずっとあとをついてきた。生まれてからペットだった生き物のように。その理由がよくわからない。ファーナムになついているからなのか、それともアンダーワールドにいたくないからなのか。どちらにせよ、相棒《あいぼう》がいてくれることは心強かった。ただ、体をひどく震《ふる》わせているのが気がかりだ。

ネザーに戻《もど》った方がいいのかもしれない。だけど、あそこでも具合は悪そうだった。戻《もど》りたければいつでも戻《もど》れるのだ。そうせずに自分の意思でついてくる。それがファーナムにはすごくうれしかった。

子ども時代にアンダーワールドに閉《と》じ込《こ》められたときには、独りぼっちだったことが一番こたえた。一人で閉《と》じ込《こ》められてそのまま一人で死に、誰《だれ》にも発見されないまま死んだ場所がそのまま墓《はか》になってしまうような孤独感《こどくかん》。

ストライダーがそばにいてくれると、そうした恐怖《きょうふ》を振《ふ》り払《はら》える。それどころか元気までもらえる。トンネルを掘《ほ》る手を休めて自分を哀《あわ》れむような暇はない。そんなことをしていたら、ストライダーまで余計に苦しませることになるからだ。それだけはダメだ。

そうやってついに地上へたどり着いて、ファーナムはまず何をやったかというと、後ろについてきたストライダーを引っぱりあげて力いっぱいハグした。自由までの道のりをふさいでいた岩と土砂に勝利したことを祝《いわ》って。もちろんストライダーはハグなどできないので、相変わらず震《ふる》えながら、また身《み》をすり寄《よ》せてきた。

「すぐ動物園へ連れて行ってあげるよ。その震《ふる》えをやわらげる方法があるはずだ」ファーナムはそう言うと、すぐさま実行にうつした。

幸いなことに、アンダーワールドからたどり着いた山の出口は、友人たちと始めた探険《たんけん》のスタート地点と同じ側《がわ》にあった。あとは町の方角さえわかれば問題ない。山並《やまな》みからまっすぐ離《はな》れてゆくと、見覚えのあるランドマークが目に留《と》まった。やや南側《みなみがわ》に寄《よ》っていることがわかったので、すぐさまコースを修正《しゅうせい》した。

やがて山の向こうからつづいているトロッコの線路《せんろ》を見つけて、ファーナムは文字どおり歓《かん》声《せい》をあげた。この道は町に通じているのだ。あとは、この道をたどるだけだ。

メイクレアとグリンチャードはどうしたのだろう。彼《かれ》らもあの洞窟《どうくつ》に閉《と》じ込《こ》められているのだろうか？　ファーナムが川に流されたことに気づかなかったのか？　いまも彼《かれ》のことを捜《さが》しているのだろうか？

どれも不明だが、ストライダーが苦しんでいることだけは確《たし》かだった。まずこいつの世話をしてやり、それから友人たちを捜《さが》そう。必要なら町で捜索隊《そうさくたい》をつのればいい。人助けをしようと思ったとたん元気が出てきた。

おそらく問題あるまい。いずれも経験豊富《けいけんほうふ》な旅人だ。ファーナムがいてもいなくても、あの二人ならどんな問題でも解決《かいけつ》してしまうだろう。ファーナムの最大のあやまちは、彼《かれ》らと別れ別れになったことだ。単独行動をやめて、三人まとまって動いていれば、ファーナムが危《あぶ》ない目に遭《あ》うこともなかった。それは全員に言えることだ。

ようやく町にたどり着いたときには夜になっていた。街中に入ってゆくと、中央広場で集会がおこなわれていた。最初はストライダーの世話をするために動物園へ直行するつもりだったが、集会も気になり見過《みす》ごせなかった。

大勢《おおぜい》の人が詰《つ》めかけているので、広場の中央で誰《だれ》が何の話をしているのか、さっぱりわからない。つま先立ちになって首を伸《の》ばしても多くの人に視界《しかい》をさえぎられて何も見えなかった。

しかしストライダーが低い声でうなりだすと、さすがにまわりも無視《むし》できなくなった。ファーナムのそばに立っていた人たちがめずらしい生き物を横目で眺《なが》めながらわきへどいてくれた。すかさず空いたスペースに進む。ファーナムたちはそうやって人波をかき分けていった。

しばらくして気づくと、聴衆《ちょうしゅう》たちの最前列《さいぜんれつ》に出ていた。もちろんストライダーも一緒《いっしょ》だ。視界《しかい》が一気にひらけると、メイクレアとグリンチャードが広場の中央にいることがわかった。女性町長《じょせいちょうちょう》をつかまえて捜索隊《そうさくたい》を編成するようしきりに訴《うった》えている。

「つぎの日暮《ひぐ》れまで彼《かれ》を見つけないと大変なことになる。苦しみながら死んでしまうかも」グリンチャードは言った。

「ちょっとお待ちなさいって」町長は落ち着けとばかりに両手をあげた。「荒野《こうや》を探険《たんけん》するうちに迷子《まいご》になるなんてよくあることでしょ。そんなに騒《さわ》ぎ立《た》ててどうするの」

しかしメイクレアは町長の反論《はんろん》に納得《なっとく》しなかった。「その迷子《まいご》になったのが誰《だれ》だか知ってますか？　子どものときからずっと地中に閉《と》じ込《こ》められるのを怖《こわ》がっていた人間。そう、あのファーナムなのよ！」

そんなメイクレアのわき腹をグリンチャードがひじでつついた。「そのファーナムって、あいつのことだよな？」

探険家《たんけんか》はめずらしい生き物を引き連れた動物園の園長を指さした。ファーナムは目を丸くしている友人たちに戸惑《とまど》いながら手を振《ふ》った。メイクレアがハッと息をのむと、聴衆《ちょうしゅう》もそれにつづいた。

町長は手をたたくと、その手のほこりを払《はら》うような仕草をみせて、長々とつづいた議論《ぎろん》に終止符《しゅうふ》を打った。「ほら？　心配することなんて何もなかったでしょ。騒《さわ》ぐようなことも」

大半の聴衆《ちょうしゅう》はその時点で動きだした。空騒《からさわ》ぎにあきれて首を振《ふ》りながら家路についたのだ。その中にはファーナムたちに笑顔を向ける人たちもいた。彼《かれ》が無事に帰還《きかん》したことと、見かけより元気そうなことを喜んでくれているようだ。メイクレアとグリンチャードはすぐさま駆《か》け寄《よ》ってくると、ファーナムを包《つつ》み込《こ》むようにして、ギュッとハグした。

メイクレアはファーナムの肩《かた》をつかんでケガしてないか全身を見まわした。「もう、心配させないでよ！」

グリンチャードはくすくす笑いながら困ったもんだというふうに首を振《ふ》った。「あやうく町中の人間を総動員して山を掘《ほ》り返《かえ》すところだったんだぜ。無事でよかったよ」

「あれから何があったの？」メイクレアはファーナムが無傷《むきず》だったことに安堵《あんど》していたが、それでもまだ心配そうだった。「叫《さけ》び声《ごえ》を残してそれっきり行方不明なんだもの。洞窟中《どうくつじゅう》さがしまわったのよ」

ファーナムは勢《いきお》い込《こ》んでなにもかも話そうとしたが、そのときストライダーがブルッと身《み》を震《ふる》わせて低くうなった。ファーナムはその体をなでてやって安心させると、友人たちに告げた。

「こいつを動物園に連れてゆくあいだに何があったか話すよ」

二人は、それぞれわかったというふうにうなずくと、ファーナムと一緒《いっしょ》に動物園へ向かった。

その道すがら、グリンチャードはファーナムの新しい友人をじろじろ眺《なが》めまわした。「これはストライダーだろ？　どこで見つけたんだ？　ネザーにしか生息していないはずなのに！」

友人の目に敬意《けいい》がこもっているのでファーナムは気をよくした。「話せば長くなるけどね」

うなずきながらそう言った。

しかし、それほど時間はかからなかった。三人そろって――それにストライダーも一緒《いっしょ》に――動物園の正門にたどり着くころには、思いがけず巻《ま》き込《こ》まれた冒険《ぼうけん》の数々についてあらかた話し終えていた。

グリンチャードはしみじみと安堵《あんど》のため息をついた。「おまえは本当に運がいいよ。何度も死ぬところだったんだぞ！」

メイクレアは信じられないというふうに首を振《ふ》った。「地下の滝《たき》に落っこちて、黒曜石のゲートを作動させて、ネザー世界に入《はい》り込《こ》み、ピグリンに殺《ころ》されそうになったけど命拾いしたんですって！」

「そしてストライダーを生きたまま連れ帰ったと！」グリンチャードはファーナムの背中《せなか》をたたいた。「よくやったな！」

ファーナムは満面に笑みを浮《う》かべながら動物園の正門をくぐった。自分よりはるかに勇敢《ゆうかん》で経験豊《けいけんゆた》かな友人たちからこんなに褒《ほ》めてもらえるなんて思いもしなかっただけに、とてもうれしかった。「ありがとう」ファーナムは言った。「それから、とんでもない手間をかけさせてごめん。捜索隊《そうさくたい》を集めようなんて、感謝《かんしゃ》の言葉もないよ。よく見捨《みす》てないでいてくれたね」

「当然でしょ」メイクレアは答えた。グリンチャードもそうだというふうに力強くうなずいた。

「うちに帰れて本当にうれしいよ」ファーナムは振《ふ》り返《かえ》るとストライダーに目を向けた。「こいつの具合の悪いところを見つけて治してやらないと」

ストライダーはまた身震《みぶる》いしたが、今度はずっと長かった。

「なんだか寒そうね」メイクレアが言った。「火を焚《た》いて温めてあげれば」

ファーナムがストライダーを空の囲《かこ》いに連れて行くと、グリンチャードがすぐに火をおこした。火はたちまち勢いよく燃え上がり、あたりに焼けるような熱を振《ふ》りまいた。ストライダーは炎《ほのお》に触れそうになるくらい近づいてきた。そして、さっきまでの苦しそうな声ではなく、心地よさそうなうなり声をもらした。

「いくらかマシになったみたいだけど、まだ寒そうだ」ファーナムは言った。「これくらいの火じゃ足りないのかな」

グリンチャードがわかったとばかりに中空を指さした。「ネザーは溶岩《ようがん》だらけだ。ストライダーはそんな溶岩《ようがん》の上を横切っていくんだぜ。燃えて灰になるどころか、火傷《やけど》一つしないで。燃えさかる炎《ほのお》のど真ん中に入れてやればいいんだ！」

ファーナムが振《ふ》り返《かえ》ってみると、ストライダーはすでに炎《ほのお》の中《なか》に入《はい》り込《こ》んでいた。問題は煙がもくもく出ることだ。

「うれしそうだけど、この方式だと長時間はむりだ。ここにいさせるつもりなら、もっと長続きする方法を見つけないと」

「で、どうしろと？」メイクレアは目を大きく見開いてファーナムを見つめた。たわごとを言うなとばかりに。「まさかネザーへ連れ帰って放してやるつもりじゃないでしょうね？」

「いい方法なら知ってるよ」グリンチャードが言った。「溶岩《ようがん》を使うんだ」

ファーナムは困惑《こんわく》して首をかしげた。「じゃあ、やっぱりネザーまで連れ帰らないとダメってこと？」

グリンチャードが笑い声をあげた。「溶岩《ようがん》があるのはネザーだけじゃない。地下でいくらでも見つかるよ。場所さえわかればね」

「それなら、あたしにまかせといて！」メイクレアは囲《かこ》いの外へ向かった。「すぐにもどってくるから！」

メイクレアが出かけると、ファーナムはストライダーに餌《えさ》を食べさせようとした。こちらがあたえる食物は鼻をそむけてほとんど食べようとしなかったのだが、動物園の食糧庫《しょくりょうこ》の片隅《かたすみ》で見つけたキノコにはおそるおそる口をつけるようになった。

ストライダーがキノコをむしゃむしゃ食べているのを見ていると、ファーナムはずっと食事をしていないことに気づいた。グリンチャードはファーナムにつづいてキッチンに入ると、自分がおいしい夕食をこしらえてやるからおまえは座《すわ》っていろと命じた。

ちょうど夕食が出来上がったころ、メイクレアが両手をはたきながら帰ってきた。「間に合ってよかったわ」メイクレアは食卓につきながら言った。「おいしそうな料理ね！」

「ストライダーはどう？」ファーナムが心配そうに尋《たず》ねた。

「ずっと元気になったわよ」メイクレアは満面に笑みを浮《う》かべた。「防火《ぼうか》タブをこしらえて、それを溶岩《ようがん》でいっぱいにしたの。いま泥遊びをする豚みたいにブヒブヒいいながら喜んでるわ」

「ありがとう」ファーナムはグラスを掲《かか》げた。「何があっても、いつも力になってくれる友人に」

「友だちに乾杯！」ほかの二人がそう答えると、三人そろってグラスをカチンと合わせた。

第13章　クリッテンのたくらみ

じっくり分析《ぶんせき》するのに思った以上の時間を要したが、クリッテンは洞窟《どうくつ》の壁《かべ》に刻《きざ》みつけられた象形文字《しょうけいもじ》の意味をようやく理解《りかい》した。その内容は驚《おどろ》くべきものだった。

象形文字《しょうけいもじ》の解読《かいどく》は厳密《げんみつ》にいえば科学ではない。絵の意味は時代によって異なるが、その分析《ぶんせき》に必要な歴史的知識《れきしてきちしき》をクリッテンは持ち合わせていなかった。せいぜいわかったのは、攻《せ》め込《こ》んだ側《がわ》には三つの派閥《はばつ》があったことくらいで、三派とも恐《おそ》ろしく強かったようだ。それが力を合わせて乗《の》り込《こ》んだので、たちまち敵《てき》を制圧《せいあつ》してしまったらしい。

唯一不可解《ゆいいつふかかい》な点は――もし彼《かれ》らが本当にピグリンだったのなら――いかにその偉業《いぎょう》を成《な》し遂《と》げたのか。これほどのピグリンの大軍がオーバーワールドに攻め入って財宝《ざいほう》をぶんどるためには、ネザーを離《はな》れる前に解毒剤《げどくざい》を服用する必要があったはずなのだ。

三派を描いた絵を見るかぎり、三派ともピグリンだと思われる。第一派を描いた絵はその動きを強調している。誰《だれ》よりも速く、トップスピードで戦場を駆《か》け抜《ぬ》け、瞬《また》く間《ま》に敵陣《てきじん》を包囲《ほうい》してしまう。

第二派を描いた絵のテーマは建設途中《けんせつとちゅう》の構造物《こうぞうぶつ》だ。その建物《たてもの》はネザーのあのつぶれかけの砦《とりで》そっくりである。侵略者《しんりゃくしゃ》たちはその建物《たてもの》に群がり、ブロックをせっせと積み上げている。まるで新築《しんちく》の砦《とりで》を造《つく》るかのように。この侵略者《しんりゃくしゃ》はどう見てもピグリンだろう。あんな格好《かっこう》の砦《とりで》をこしらえる連中が他にいるとは思えない——すくなくともクリッテンの知るかぎり。

最後の第三派の戦士からは、まがりくねった線が何本も描かれている。それが何を意味するのか判然《はんぜん》としないが、敵《てき》がそのねじれた線から逃《に》げようとしているところを見ると、強力なエネルギーを表現しているのではなかろうか。おそらくこれらのピグリンは強烈《きょうれつ》な臭気《しゅうき》を放っているのだろう。敵《てき》が我慢《がまん》できずに逃《に》げてしまうほどの。その解釈《かいしゃく》が正しいかどうか確証《かくしょう》はないが、ほかに考えようがない。

途方《とほう》もない武器を抱《かか》えた大柄《おおがら》なピグリン戦士の絵が、壁《かべ》の一角に描かれていた。その武器とは、ブンブン振《ふ》り回《まわ》せるようになった鎖《くさり》の先《さき》にトゲだらけの塊《かたまり》を取り付けたものだ。その絵は壁《かべ》の下方にあったのだが、そこから地面の盛《も》り上《あ》がった個所に向けて矢印が描いてあった。好奇心に駆《か》られてその盛《も》り上《あ》がった個所を掘《ほ》り返《かえ》してみると、鎖《くさり》が出てきた！　さらにその鎖《くさり》をたどって掘《ほ》ってゆくと、壁《かべ》に描かれていたあの恐《おそ》ろしげな武器がまるごと姿《すがた》を現した！

この発見は、絵文字が事実を物語っているというクリッテンの仮説を裏付《うらづ》けるものになった。この象形文字《しょうけいもじ》は絵空事ではなく、実際《じっさい》にあったことを記しているのだ！

武器を調べていたクリッテンは、鎖《くさり》の先《さき》に取り付けられた塊《かたまり》が黒ずんだ金属製《きんぞくせい》であることに気づいた。これはピグリンが好んで使いたがるタイプの武器である。ためしに振《ふ》り回《まわ》してみた。すると危《あや》うく頭にぶつけそうになり、たちまち自分向きでないことを思い知った。すくなくともいまのところは。

壁《かべ》に刻《きざ》まれた記述《きじゅつ》と武器の実物が出てきたことを考え合わせると、むかし聞かされた伝説は事実だったように思われるが、そのため、さらに答えようのない疑問《ぎもん》がわきあがってきた。もしピグリンがオーバーワールドを征服《せいふく》したのなら、どうしてここまで落ちぶれてしまったのか？　オーバーワールドからネザーへピグリンを追い返したのは何者なのだ？　どこかの有力な勢力に進軍をはばまれたのだろうか？　それとも内輪もめを起こして自滅《じめつ》したのか。

オーバーワールドの毒を消すはずの薬が効かなかったのか。それとも別の毒が作用したのだろうか？　ピグリンをあの土地から追い出したものは何だったのだろう？

クリッテンはこうした疑問《ぎもん》に頭を悩ませた。やはり古代ピグリンの解毒方法《げどくほうほう》に問題があったのだろうか？

その解毒方法《げどくほうほう》を再現《さいげん》することは可能《かのう》だろうか？

その失敗を踏《ふ》まえた上で別の対策《たいさく》を立てては？

それを確《たし》かめる方法が一つだけある。気は進まないが。この穴の中だと生き延《の》びるのが精いっぱいで、調べる手立てなどほとんどない。まして本格的《ほんかくてき》な調査研究《ちょうさけんきゅう》などできようはずもなかった。そうなると残された選択肢《せんたくし》は一つ。バンガスの砦《とりで》にもぐりこむしかない。

この穴から抜《ぬ》け出《だ》すのは思ったほど難《むずか》しくなかった。じつは黒曜石のゲートの後ろには、あのストライダーがここまで入《はい》り込《こ》んできた通路が隠《かく》れていたのだ。

恥ずかしいことに、そんな簡単《かんたん》なことに気づくのに思いのほか時間を要してしまった。あの紫色《むらさきいろ》の渦巻《うずま》きにびっくりしてゲートの周辺にまで目《め》が届《とど》かなかったせいだ。その代わりに、壁《へき》面《めん》の象形文字《しょうけいもじ》が見つかり、刻《きざ》まれた記述をたどるうちに隠《かく》れていた通路に突《つ》き当たったというわけだ。

おそらく古代ピグリンはこの通路を使ってバンガス砦《とりで》から黒曜石のゲートまで行き、そこから別世界に打って出たのだろう。ストライダーがゲートをくぐらなかったのはラッキーだった。ストライダーがこの洞窟《どうくつ》に迷《まよ》い込《こ》んだときにはゲートはまだ作動していなかったのだろう。ひょっとしたら、あのゲートをくぐり抜《ぬ》けて戻《もど》ってきた動物がいたかもしれない。たとえそうであっても、みずから説明してくれないかぎり、クリッテンには知りようもないのだが。

そんな思いをよそに、クリッテンはゲート裏《うら》の通路を進んだ。くねくねと折れまがった岩肌《いわはだ》の小道が何区画もつづき、やがてネザーの地表ではなく、クリッテンにも見覚えのない地下室にたどり着いた。しかし、いろいろ調べるうちに、バンガス砦《とりで》の地下室の一つに間違《まちが》いないことがわかった。

よりによってユーガッブがクリッテンを投《な》げ込《こ》んだ穴の底と、バンガス砦《とりで》が秘密《ひみつ》の通路でつながっていたとは！

古代ピグリンは想像以上に賢明《けんめい》で、驚《おどろ》くほど先見の明があった。グレート・バンガスやユーガッブみたいな連中がリーダー面《づら》している現状《げんじょう》をかんがみると、その落差に呆《あき》れるばかりだ。

なんとしても改革しなくては、とクリッテンは決意をあらたにした。

この秘密《ひみつ》の地下倉庫のことをクリッテンが知らなかったのはかえって幸運だった。だってそうだろう、彼《かれ》が知らないということは、ほかの連中にも知られていないということなのだから。つまり、誰《だれ》にも気づかれることなく、好きなように砦《とりで》の中を動き回れるわけだ。バンガスの配下たちは砦《とりで》の外は捜《さが》し回《まわ》っても、まさか自分たちの砦《とりで》のど真ん中にクリッテンがいるなんて夢《ゆめ》にも思わないだろう。

クリッテンは戦斧《せんぷ》をひっぱり出すと、必需品の探索にとりかかった。広大な倉庫《そうこ》への通路はすぐに見つかった。ここにはピグリンたちの食糧《しょくりょう》がしまいこまれている。その食糧《しょくりょう》をしこたま荷物袋に押《お》し込《こ》む。今度は最上品だけを選び、ほかの必需品もついでにもらっていく。

その作業中に期待していた物音が聞こえてきた。いびきの音である。

砦《とりで》の最下層《さいかそう》にいる連中のなかには、仕事をさぼって倉庫《そうこ》にしけこむ者たちがいると聞いていた。そうしたなまけ者に激怒《げきど》したバンガスはユーガッブに命じて、一人残らず捜《さが》し出《だ》しネザーの荒野《こうや》へ追放しろと命じた——そう、クリッテンと同じように。しかし、なまけ者たちはユーガッブよりずっと知恵がまわるので探索《たんさく》の目をやすやすとかいくぐってしまう。

だが、このクリッテンの目をくらますことはできないぞ。

乱雑《らんざつ》に積み重ねられたチェストの一つをわきへ押《お》しやり、その裏側《うらがわ》にこしらえられた秘密《ひみつ》の隠《かく》れ家《が》にそっと踏《ふ》み込《こ》む。そこには薄汚《うすよご》れたピグリンの若者が二人いたが、二人とも生まれてこの方まともに働いた感じはこれっぽっちもしない。ユーガップに見つけられなかったのが不思議なくらいだ。立《た》ち込《こ》める悪臭《あくしゅう》だけでも気づきそうなものだが。そのなまけ者二人組は腐《くさ》りかけた食べ残し、それに汚れきった衣服や寝具《しんぐ》などにうずもれていた。

二人ともくすねた食品をむさぼり食ったすえ気絶するように寝込《ねこ》んでしまったらしい。クリッテンはつま先でつついてみたが、何の反応《はんのう》もなかった。ただ、いびきの音が高まっただけだ――そう、邪魔《じゃま》するなと言わんばかりに。

そこで荷物袋からロープを取り出すと、ピグリンの喉元に戦斧《せんぷ》のエッジを押《お》し当《あ》てた。そして悲鳴をあげて飛び起きるまで、ぐいぐい押《お》しつけた。

クリッテンは目を大きく見開いて震《ふる》えている若者にロープを手渡《てわた》した。「それで仲間の手をしばれ。手をしばる前に仲間を起こしたら、それがおまえの最期《さいご》になるからな」

すくみあがった若者は無言でうなずくと悲鳴を押《お》し殺《ころ》しながら命令にしたがった。たちまち両手を前でしばりあげ、両足首も一緒《いっしょ》にしてしばる。

クリッテンはロープをもう一本手渡《てわた》した。「これでおまえの足首をしばれ」

若者が足首をしばり終えると、クリッテンはその結び目をチェックして、やり直しを命じた。わざとゆるめに結んでほどけやすくしたつもりかもしれないが、そんな小細工は通用しない。最後に手をしばるときに、痛《いた》そうなそぶりを見せたが、かまわずしばりあげてから、二人組の結び目をあらためてチェックする。両方とも問題なかった。

それから寝込《ねこ》んだままのなまけ者をたたき起こすと——もちろん目をさましたとたんびっくり仰天《ぎょうてん》していた——二人そろって倉庫《そうこ》から連れ出した。秘密《ひみつ》の地下倉庫を抜《ぬ》けたクリッテンたちはほどなく穴の底まで到達《とうたつ》した。黒曜石のゲートは依然《いぜん》作動中で、紫色《むらさきいろ》の渦巻《うずま》きがおいでおいでをするように光っていた。

なまけ者二人組はここまで来るあいだずっと震《ふる》えていたが、不気味なゲートを目にしたとたん今度は腰《こし》を抜《ぬ》かした。これはクリッテンにとって好都合だった。二人のうちの一方をゲートそばの岩の出っ張りにくくりつける。そして、もう一方を強引に立たせると、その体に長いロープを結びつけた。

クリッテンはその哀《あわ》れな若者を戦斧《せんぷ》の柄尻《えじり》でつついた。「そのゲートをくぐって向こう側《がわ》でじっとしてろ！　合図しないうちに引き返してきたら、この戦斧《せんぷ》で真っ二つにしてやる！」

「よせ！」岩にくくりつけた若者が叫《さけ》んだ。「やめろ！」

クリッテンは目の前の若者に戦斧《せんぷ》を突《つ》きつけたまま、反対する若者に声をかけた。「もしこいつが拒否《きょひ》したらただちに処刑《しょけい》して、おまえを代わりに行かせるぞ！」

反対していた若者は恐怖《きょうふ》のあまり息をつまらせると仲間に話しかけたが、その声はひび割れていた。「ええと、おまえら、なんか言い残すこととかある？」

胸元《むなもと》に戦斧《せんぷ》を突《つ》きつけられていた若者は不実な仲間を睨《にら》みつけると、クリッテンにうなずいた。「わかった！　おれがやるよ！」

そう言いながら黒曜石のゲートに向き直った若者は、ためらうことなく不気味に渦巻《うずま》く紫《むらさき》色《いろ》のフィールドに踏《ふ》み込《こ》んだ。結びつけたロープをそのまま引きずりながら。

クリッテンはその端《はし》をにぎりしめて、ロープが地面に触れないよう持ち上げていた。

驚《おどろ》いたことにロープは先の方が別世界にたどり着いたあとも、紫色《むらさきいろ》のフィールドのまん中あたりを、落下することなく宙に浮《う》いていた。

クリッテンは事態《じたい》が変化するのをじっと待った。彼《かれ》の予想だと、向こうに行った若者は毒に恐《おそ》れをなし、たちまちゲートを通って逃《に》げ帰《かえ》ってくるはずで、そうなった場合は、事前の警告《けいこく》どおり処刑《しょけい》するつもりだった。もう一方の若者への見せしめとして。

しばらくすると、ピンと張りつめていたロープがふいにぴょんと跳《は》ね上《あ》がった直後、今度は真下に落ちた。

クリッテンはにぎっていたロープの端《はし》を下に置くと、戦斧《せんぷ》をかまえたままゲートに飛《と》び込《こ》んだ。向《む》こう側《がわ》では、ピグリンの若者が陸地に倒《たお》れていた。意識はないが、まだ息はある。必要以上に毒の世界にいたくないので、クリッテンはロープをたぐり寄《よ》せながらネザーへ引き返した。そのロープに結びつけられた若者も、意識のないままずるずると境界《きょうかい》を越《こ》えて生還《せいかん》した。

「わっ、ひでえ！」もう一人の若者が悲鳴まじりの声をあげた。「いったい何やってんだ？」

クリッテンは失神した若者をしばりあげると、もう一人に注意を振《ふ》り向《む》けた。「人体実験《じんたいじっけん》だよ」

第14章　動物園の人気者

「みなさん、ようこそ！」ファーナムは動物園の正門前に集まった客たちに呼《よ》びかけた。友人たちと一緒《いっしょ》にストライダーの居住《きょじゅう》スペースをこしらえて、ようやく公開の日を迎《むか》えたのだ。

準備《じゅんび》には、友人たちの力を借りても一週間あまりがかかった。

そのあいだずっと動物園は営業を中断《ちゅうだん》していたが、工事以外の時間にファーナムは、ストライダーというめずらしい動物を展示《てんじ》する特別の施設《しせつ》をこしらえているからぜひ見に来てくれ、と町へ出かけて宣伝《せんでん》してまわった。

これだけ呼《よ》びかければそれなりの集客は見込《みこ》めるだろうと思っていたが、実際《じっさい》にオープンの日になってみると、驚《おどろ》くばかりの盛況《せいきょう》ぶりだった。

これほど客が詰《つ》めかけたことはかつてなかった。開園以来初めての事態《じたい》に、ファーナムはこうお願《ねが》いするしかなかった。「みなさん、列《れつ》をつくって並《なら》んでください」

通常《つうじょう》なら好きなように入場してもらうのだが、これだけ人が多いと一度に入りきらない恐《おそ》れがあったし、動物たちをおびえさせかねない。そんな事態《じたい》だけはさけたかった。なにせストライダーの公開初日なのだから。

「入場は順番にお願《ねが》いします。まず左側《ひだりがわ》の列《れつ》へお並《なら》びください。そのあと壁《かべ》にそって移動し、右側《みぎがわ》へお移りください。動物はすべてご覧《らん》になれます。彼《かれ》らとともに楽しいひと時をお過《す》ごしください」

ファーナムは手で陽射《ひざ》しをさえぎりながらおとなしく列《れつ》をつくる人々を見回した。言語の異なる人たちもいるはずだが、ファーナムの言うことは理解《りかい》してもらえたようだ。ちんぷんかんぷんの客も数人いた。彼《かれ》らは町の外からやって来たのだろうか。わざわざうちの動物園を見学するために！　ファーナムの動物園は早くも観光名所になってしまったのだろうか？

「こいつはすごいや。みてよこの人波《ひとなみ》！」ファーナムは歩《あゆ》み寄《よ》ってきたメイクレアに言った。

メイクレアはそんなファーナムの肩《かた》をポンとたたいた。

「おめでとう！」メイクレアは誇《ほこ》らしげな笑顔をファーナムに向けた。「あんたが頑張《がんば》ったからよ」

「ぼくたちみんなで頑張《がんば》ったからさ！　きみとグリンチャードに感謝《かんしゃ》する。きみたちがいなかったら、とてもここまでやれなかったよ」

「あたしたちに感謝《かんしゃ》するのはストライダーの様子を見てからにしたら」メイクレアは意味ありげに言った。

それ以上説明はせず、ファーナムをシッシッと追い立てると、代わりに入場受付係を買って出た。ファーナムは小走りに動物園のあらたな人気者の施設《しせつ》へと向かった。

事実、ファーナムと友人たちは大仕事をやってのけたのである。ストライダーの逃走《とうそう》と害獣の侵入《しんにゅう》を防止《ぼうし》するために囲《かこ》みを補強しただけでなく、ストライダーがいつでも使える専用の溶《よう》岩《がん》プールまでこしらえたのだ。

これには大変な労力を必要とした。グリンチャードが見つけた溶岩《ようがん》の源泉から動物園まで、バケツを何度も往復《おうふく》させて溶岩《ようがん》を運び入れたのだ。

ファーナムは溶岩《ようがん》を動物園に持《も》ち込《こ》む危険性《きけんせい》を自覚していたし――いまも安全性《あんぜんせい》に不安があるものの――当のストライダーは大喜びだった。あまりにはしゃぎまわるのでグリンチャードが調教を買って出てくれた。そのお陰《かげ》で、ありあまったエネルギーを発散することができて、いまは新居《しんきょ》で落ち着いている。

そういう現実を目にすると、いまさら溶岩の危険性《きけんせい》についてあれこれ言う気になれず、ずっと結果オーライで済《す》ませてきた。実際《じっさい》にこれほど上機嫌《じょうきげん》で、元気はつらつとしたストライダーを見るのは初めてのことだ。

そのストライダーの区画に足を踏《ふ》み入《い》れてみると、グリンチャードが乗っていた。ストライダーの背中《せなか》に乗馬用のサドルを装着《そうちゃく》してそれにまたがり、溶岩《ようがん》プールの表面を走り回っている。もっともサドルに腰《こし》を下《お》ろしたグリンチャードは、ところせましと動き回るストライダーを制御するのに苦労していた。それでも探険家《たんけんか》の友人は満面に笑みを浮《う》かべながらストライダーの望むまま右へ左へと走りつづけた。

来場者たちは思わず足を止め目をまるくしている。このあたりで人の流れがとどこおるのは当然だろう。

ファーナムは口をひらきかけた。グリンチャードにストライダーから降《お》りるよう命じるつもりだったのだが、思いとどまった。

ストライダーに乗るのを禁じる理由がなかった。来場者の熱中ぶりはいままでにないものだったし、ストライダーにしても背中《せなか》に人を乗せながら、満足そうに溶岩《ようがん》プールをうろつきまわっていたのだ。

ただ、あの間抜《まぬ》けな笑顔はちょっとイラッとはくるのだが。

「あらあら、すっかり楽しんじゃって」

ファーナムが振《ふ》り向《む》くと、メイクレアが肩《かた》ごしにストライダー騎乗《きじょう》ショーを眺《なが》めており、来場者たちと一緒《いっしょ》に笑い声をあげていた。メイクレアはグリンチャードの方へ顎《あご》をしゃくった。

「そう思わない？」

「それはストライダーのこと？　それとも乗っている人間の方？」

「さあどちらかしら」メイクレアはくすくす笑った。「グリンチャードが歪《ゆが》んだキノコをぶら下げた釣竿《つりざお》を持っていれば、それを鼻先に垂《た》らしてストライダーを自由自在に動かせるのにね。いまみたいにどこへ行くかわからない状態《じょうたい》じゃなくて」

「それなら持ってるよ！　ネザーで出会ったピグリンがくれたんだ。まさにその目的のために！　さっそくグリンチャードに教えてやらなきゃ」ファーナムは笑いながら言った。「一段《だん》

ことも ないでしょ」

「この騎乗《きじょう》ショーは予定表を作って、事前に公表すべきね。そうすれば、お客さんが集中する

落《らく》してからね」

「悪くない考えだね」ファーナムは顎先《あごさき》をポリポリかいた。「そうすればグリンチャードも、退屈《たいくつ》しないでずっと町にいてくれるかも」

メイクレアはファーナムの肩《かた》に手を置いた。「ねえ、あたしたちは二人とも、たとえどこかに出かけてもかならず帰ってくるでしょ。その理由がわかる？」

ファーナムは、話の流れがつかめず肩《かた》をすくめた。「物資《ぶっし》の補給《ほきゅう》とか」

「そう、それもあるわね。食糧《しょくりょう》や飲み物、それに着替《きが》えや装備《そうび》。そしてワイルドな異国を旅するときに必要不可欠《ひつようふかけつ》なあれこれ。でも何日もたってあたしたちを引《ひ》き戻《もど》すのは、そうした物《ぶっ》資《し》の補給だけじゃない。他にも理由があるのよ」

ファーナムは目を細めてメイクレアを見つめたが、メイクレアの方はストライダーを乗り回すグリンチャードから片時も目を離《はな》そうとしなかった。

「独りぼっちじゃないことを確《たし》かめるためなのよ。たとえ何日も何週間も何か月も留守《るす》にして

も。わかる？」

ファーナムはようやく理解《りかい》した。「きみたちならいつでも大歓迎《だいかんげい》だ。炉の火を絶やさずに待ってるよ」

メイクレアは小声で笑った。「それなら楽勝でしょ。だって溶岩《ようがん》のプールまであるんだから」

「それは言えてるなあ」

第15章　悪運尽《つ》きて

クリッテンの実験《じっけん》はとうとう実を結んだ。二人の若者をくりかえしゲートの向こうへ送《おく》り込《こ》むことで、毒にやられて倒《たお》れるまでの時間がだいたいわかってきたのだ。

そんなに長くは持たない。

幸いなことに二人とも命を落とすことなく、ネザーに引き返してくるとたちまち回復《かいふく》した。ネザー側《がわ》にピグリンを癒す作用がそなわっているのか、それともオーバーワールド側《がわ》にピグリンの生存に必要な物質が欠けているのか。果たしてどちらだろう。しばらく思い悩んだが、結局見方の問題にすぎないと結論《けつろん》づけた。

次なるステップは、オーバーワールドの毒からピグリンの身を守る方法を見つけることだ。

その手がかりはほとんどない。洞窟《どうくつ》の壁《かべ》に刻《きざ》み込《こ》まれた記述によれば、ネザーウォートが重要な働きをしているみたいだが、その作用について具体的な描写は見当たらない。

向こうへ行かせた若者は二人ともクリッテンより短時間しか持たなかった。クリッテンの頭《ず》脳《のう》は特級品だが、体力は格段《かくだん》に劣《おと》る。したがって体力的には若者の方がずっと長持ちするはずなのに。

この違《ちが》いの原因はなんだ？

ファーナムに飲ませてもらった治《ち》癒《ゆ》のポーションの効力がいまも残っているからか。おそらくあのポーションには毒から体を守る成分がふくまれているのだろう。

格好《かっこう》の実験台《じっけんだい》がいるのにわざわざ自分の体で試してみるのは気が進まなかったが、クリッテンはゲートをくぐって持続時間を確認《かくにん》することにした。あれから何日も経《た》っているから、ポーションの効力はとっくの昔に消えうせているはずだ。

それにもかかわらず、洞窟《どうくつ》をうろつきまわっても具合が悪くなることはなかった。そう、あの若者たちみたいにすぐには。

ただし前より悪化スピードは早まっている。

いまもポーションの効力がいくらか残っているのだろうか？

時間の経過《けいか》を考えるとあり得《え》そうにない。

だとすれば他の要素が作用していることになる。

クリッテンが見逃《みのが》している何かがあるのだ。

荷物袋を下ろして中身を残らず地面にぶちまける。オーバーワールドの毒消しに使えそうなものは何もなかったが、こんなときはあれこれ考えるより実地に試してみるのが一番なのだ。

クリッテンは深く息《いき》を吸《す》い込《こ》むと、ふたたびオーバーワールドに踏《ふ》み込《こ》んだ。

彼《かれ》の仮説は正しかった。たちまち気持ち悪くなったクリッテンは、記録的な短時間でネザーに引き返した。

ゾッとする思いだったが、おかげで二つのことがわかった。

まず第一、治癒《ちゆ》のポーションの効力が短期間にとどまるとすれば、それに代わる調合薬が、かつては存在《そんざい》していた可能性《かのうせい》がある。それも長期間有効な——ひょっとしたら半永久的に有効な。

しかし、この説は無理がある。もしオーバーワールドへの永住が可能《かのう》になったのなら、どうしてあんな絵文字を残して撤退《てったい》する必要があったのか？

そして第二に、毒消しに有効な成分がなんであれ、クリッテンが初めてオーバーワールドへ足を踏《ふ》み入《い》れたときに携帯《けいたい》していたものである。たとえ微量でも。

地面にひろげた品々をさっそく選《よ》り分《わ》けて、一つずつオーバーワールドに持って入り効能《こうのう》を確《たし》かめてみた。すると、決して長くはないが、しばらくは正常《せいじょう》に過《す》ごせるものがあった。

クリッテンはネザーへ引き返すと、手にしたものを見てみた。それは砦《とりで》からくすねたネザーウォートの破片《はへん》であった。

この不思議なキノコはどういうわけか砦《とりで》のいたるところに生えている——それがクリッテンを毒から守ってくれたのだ。おそらくファーナムが飲ませてくれたポーションにもこの成分がふくまれているのだろう。

困ったことに、あのポーションをネザーでこしらえることはできない。液体は長持ちしないのだ。オーバーワールドから瓶《びん》に詰《つ》めもせずに持《も》ち込《こ》んだら、たちまち蒸発してしまうだろう。ここであのポーションを作ることは不可能《ふかのう》だ。

しかしオーバーワールドなら可能《かのう》だ。

もちろんそのためにはオーバーワールドに長期間滞在する必要があるが、どうすればそれが可能《かのう》になるだろう。

それを突《つ》き止めるためには情報《じょうほう》が必要だ──あの二人の若者を実験台《じっけんだい》にして答えが出るまで頑張《がんば》るしかない。それとも実験台《じっけんだい》を増《ふ》やすか。

ふたたび砦《とりで》の地下倉庫《ちかそうこ》に忍《しの》び込《こ》み、作業台と空の容器、それにネザーウォートを持てるだけ盗《ぬす》み出《だ》した。そして作業に着手した。

ネザーウォートはあきらかに必要不可欠な素材である。幸いにもバンガス砦《とりで》にはそれが山のようにあった。

足りないのは瓶類《びんるい》である。液体そのものが希少《きしょう》なネザーでは、それを詰《つ》める瓶《びん》などほとんど必要ないのだ。それでもクリッテンは、地下倉庫《ちかそうこ》のチェストに隠《かく》されていた空《あ》き瓶《びん》を数本見つけた。おそらくずっと昔に液体を詰《つ》めていたものだろう。

あの岩壁《いわかべ》に描かれていた古代ピグリンが使ったものだろうか？　この砦《とりで》を建《た》てたのも彼《かれ》らなのか？　あるいはオーバーワールド人と物々交換《ぶつぶつこうかん》した飲み物を飲《の》み干《ほ》して、空《から》になった瓶《びん》をチェストに放《ほう》り込《こ》んだのか？

いまとなっては突《つ》き止めようもないが、空《あ》き瓶《びん》が見つかったのは幸運だった。その瓶《びん》と一緒《いっしょ》にバケツも見つけたので、ありがたく頂戴《ちょうだい》した。

実験《じっけん》を始めるにあたって、まずネザーウォートを入れたポーチをこしらえてそれを首からぶら下げた。喜ばしいことにこれを装着《そうちゃく》すると、オーバーワールドで長時間過《す》ごせるようになった。具合が悪くなるまでの間隔《かんかく》がずっと長くなったのだ。さっそく作業台をオーバーワールドに持《も》ち込《こ》み、作業を開始した。

まずくすねたバケツを使って川の水をくんだ。水をいれたバケツはびっくりするほど重たかったが、どうにか作業台まで運んだ。

クリッテンは、いままでピグリンたちが想像もしなかったことをやろうとしていた。ポーションの調合である。

まずネザーウォートの薬液をこしらえた。それに各種成分を一つずつ加えていく。いろんな種類の薬液ができあがるとそれをネザーへ持ち帰り、若者二人の前にならべて提案した。

「もうわかっていると思うが、わたしはゲートの向こうでもピグリンが生きていける方法を見つけ出そうとしているのだ！」

二人の若者は恐《おそ》れと困惑《こんわく》のいりまじった表情でクリッテンを見つめた。「どうしてそんなことを？」若者の一人が尋《たず》ねた。

「向《む》こう側《がわ》の連中は弱虫ぞろいなのだ！　われわれにとって唯一《ゆいいつ》の障害は向《む》こう側《がわ》の毒だ。その毒を消すことができれば、一気に乗《の》り込《こ》んで征服《せいふく》することができる！」

「そんなこと、できっこない！」もう一人が笑わせるなとばかりに断定《だんてい》した。

最初に質問した若者はそれほど確信《かくしん》はなかった。「本当に可能《かのう》だと思ってるんですか？」

クリッテンはうなずいた。「それを確《たし》かめる手伝いをしてくれた仲間は、ピグリンの英雄《えいゆう》として称《たた》えられるだろうな。だろ？」

最初に質問した若者はうなずいて笑みを浮《う》かべた。「もちろん！」

「それなら手伝ってくれるかな？　こいつを強制するつもりはないが、飲むと楽になるはずだ！」

もう一人の疑《うたぐ》り深《ぶか》い若者は薬液の詰《つ》まった瓶《びん》を睨《にら》みつけた。「それは毒薬ですか？」

最初に質問した若者があざけった。「毒消しに決まってるだろ、バカ野郎！」

「おれはバカじゃない！」

「毒だと思ってるのならバカだ！」

「なら飲んでやる！」

「いや、飲むのはおれだ！」

二人はそろってクリッテンを振《ふ》り返《かえ》った。「おれから飲ませてくれ！」「いや、このおれが先だ！」

クリッテンは二人に笑顔を向けた。「順番に飲んでもらおうか」

そして二人の手をしばっていたロープをほどくと、それぞれに試薬をあたえた。二人がそれを飲むと、クリッテンはゲートの向こうへ押《お》しやった。

そうやって数回実験《じっけん》してみたが、成果《せいか》はとぼしかった。若者たちは以前より長く滞在できたものの、実用に使えるレベルではなかった。それでもこの結果は実験《じっけん》の方向性《ほうこうせい》が正しいことを示すものだったので、クリッテンは実験《じっけん》をつづけた。若者たちは腹痛《ふくつう》と疲労感《ひろうかん》を訴《うった》えたが、無《む》視《し》した。

そうやって数え切れないほど実験《じっけん》を重ねた結果、クリッテンは現時点で入手可能《かのう》な素材を用いた中ではベストと思える配合比率を見つけ出した。しかし二人の若者はすっかり弱ってきており、実験《じっけん》を開始した頃の元気はなかった。

こうなったらまた砦《とりで》に忍《しの》び込《こ》み、あらたな被験者《ひけんしゃ》を見つけてくるか。ただ、ちょっと図に乗りすぎている気がするので心配だった。あれだけ物を持ち出していると——言うまでもなく若者二人組もふくめて——誰《だれ》かに気づかれる恐《おそ》れがある。その危険性《きけんせい》を高めるようなマネはしたくなかった。

そこで自分を実験台《じっけんだい》にすることにした。現時点では、あの二人よりずっと健康だし、薬の効《こう》果《か》が最大でどのくらい続くのか、みずから確《たし》かめておきたかったのだ。

「ここにいろよ」クリッテンは実験《じっけん》の準備《じゅんび》をしながら若者たちに声をかけた。「すぐに戻《もど》ってくるから」

その発言が嘘《うそ》になることを願《ねが》いながら、期待のかぎりを詰《つ》め込《こ》んだ薬剤《やくざい》をまるごと飲み干したクリッテンは、薬が全身にしみわたるのを感じてから、紫色《むらさきいろ》のフィールドが渦《うず》巻《ま》く黒曜石のゲートに踏《ふ》み込《こ》んだ。

洞窟《どうくつ》は以前訪《おとず》れたときと変わりなかった。滝《たき》から流れてきた川がふたたび岩の下にもぐりこんで姿《すがた》を消している。岩壁《いわかべ》の絵文字は頭上いっぱいに広がり、志《こころざし》あるものに秘密《ひみつ》の解読《かいどく》を迫《せま》ってくる。ネザーの高温に慣《な》れたものにはひどく寒く感じられる場所だ。

しかし気分は悪くない！

クリッテンは陸地に腰《こし》を下《お》ろして、毒の影響《えいきょう》が出てくるのを待った。いまのところ唯一《ゆいいつ》の変調は腹がゴロゴロ鳴るくらいで、クリッテンはずっと食事をしていないことに気づいた。

何かに夢中《むちゅう》になっているとよくこういうことが起きる。体の欲求《よっきゅう》は心の欲求《よっきゅう》のあとからやって来る。クリッテンはぼんやり考えた。あの若者たちがひどく衰弱《すいじゃく》してしまったのはそのせいかもしれない。彼《かれ》らは盗《ぬす》み食《ぐ》いの常習犯《じょうしゅうはん》であり、好きなときに好きなだけむさぼり食っていた。その食事の量をギリギリまで制限《せいげん》したのだ。

しかしクリッテンにとって食事はたいした問題ではない。実験《じっけん》を切り上げてまでネザーに引き返す必要はなかった。いまのところ順調《じゅんちょう》にいっているのだからなおさらそうだ。

ちょうどそのとき、川の中で動くものが目にとまり、クリッテンはすくみあがった。水中にいるのは、何か凶暴《きょうぼう》な生物なのか？　どうして溺《おぼ》れもしないで泳ぎまわれるのだろう？

こちらの世界には理解《りかい》できないことが山ほどあるが、それをそのまま放っておく気にはなれなかった。クリッテンはいつでも逃《に》げ出《だ》せるよう身構《みがま》えた。

やがて川から上がってきたのは、およそ危険《きけん》とは思えない生き物だった。肌《はだ》は青白く、ほとんど半透明《はんとうめい》で、体長は戦斧《せんぷ》の柄《え》の半分ほどしかない。ひょろりと細長い四肢は地上を這《は》うよりむしろ水中で動かすのに適《てき》している。ストライダーなら一足で踏《ふ》み殺《ころ》してしまうだろう。

クリッテンはおびえた自分を笑った。この不思議な世界には学ぶべきことがたくさんあるが、命にかかわる危険《きけん》はあまりないようだ。たとえばあのファーナムにしても、まず好意を示してきたではないか。

クリッテンは地面にごろりと寝転《ねころ》がると目を閉《と》じた。ほんの少し体を休めるつもりで。それにしても長い一週間だった。すっかりくたびれてしまった。すべての困難《こんなん》を解決《かいけつ》してくれる薬《やく》剤《ざい》の開発に奔走《ほんそう》し、その努力が報《むく》われたのだ。

クリッテンの望みは砦《とりで》の自室を取りもどすことだ。自分の部屋で眠《ねむ》りたい。この薬剤《やくざい》に期待どおりの効力があれば、オーバーワールドで暮《く》らすことも夢《ゆめ》ではないだろう。

そうしたら、あのファーナムにまた出くわすかもしれないな。

クリッテンはビクッとして目を覚ました。いつの間にか寝込《ねこ》んでいたらしい。思わぬミスに毒づきながら、それでも命拾いした幸運を噛《か》みしめた。

全身をチェックしてみると毒の影響《えいきょう》が現れはじめていた。さほど深刻《しんこく》ではないが、あきらかに毒の浸透《しんとう》が始まっており、目が覚めたのもおそらくそのせいだ。

すぐさまネザーへ帰る必要があった。

クリッテンは立ち上がるとあたりを見回し、忘《わす》れ物《もの》がないかどうか確《たし》かめた。川から上がって彼《かれ》を出迎《でむか》えてくれたあの青白い生き物は姿《すがた》を消していたが、別に何の問題もなかった。クリッテンは黒曜石のゲートをくぐった。あの若者たちに食事をさせないとな――留守中《るすちゅう》にトラブルを起こしている場合はまず叱《しか》りつけることになるだろうが。

ネザーに戻《もど》ってまず気づいたのは、その若者たちがいないことだった。ゲートの前に二人そろって座《すわ》らせておいたのに、その姿《すがた》がどこにもなかった。

クリッテンは首をひねった。とうとう自力で逃《に》げ出《だ》したのか。それとも誰《だれ》かに助けられたのか。だとしたら、それは何を意味するのか？

じっくり考える暇もなく物陰《ものかげ》から飛び出してきた何者かが、クリッテンの手から戦斧《せんぷ》をはたき落とし、喉元《のどもと》を締め付けてきた。

「これはこれは」ユーガッブは意地悪い声で高らかに笑った。「チビのピグリンがちょこまかと、いったい何のマネだ？」

第16章　グリンチャードの提案《ていあん》

動物園はいままでにないにぎわいをみせていた。客はストライダーを見るためにこのエリア一帯からやって来ていたし、町の人々も最低一回は来場していた。ファーナムの友人たちはどこまでも協力的で、彼《かれ》のことを誇《ほこ》りに思い、彼《かれ》の成功を喜んだ。

しかし正直に言うと、動物園のニューフェイスは早くも輝《かがや》きを失いつつあった。

それは来場者の顔を見れば一目でわかった。お客は見飽《みあ》きた動物ではなく、未知のスターを求めていたし――友人たちはため息をつきながら遠くを見やり、まだ見ぬ冒険《ぼうけん》の日々を思い浮《う》かべていた。

この動物園はファーナムが造《つく》って以来、ずっと開店休業状態《じょうたい》だった。あんな日には二度と戻《もど》りたくない。あらたな旅に出る友人たちを見送るのも嫌《いや》だ。すくなくとも、いまのところは。

何か手を打つ必要があったが、その当てはあった。

ネザーを再訪《さいほう》すればいいのだ。

あそこで新しい動物を見つければいい。ずっと追いかけていたあのウーパールーパーが見つかるかもしれない。動物園のあらたな目玉になれば何でもいいのだ。

内緒《ないしょ》でこっそり出かけることも考えたが、実行できなかった。これだけ手伝ってもらっているのに、さらに動物園の仕事をまるごと押《お》し付《つ》けるなんてとてもできない。

それに地下深い場所が怖《こわ》かった。その先のネザーはもっと恐《おそ》ろしい。

行くとすれば手助けが必要だった。

ファーナムは閉園《へいえん》時間まで待つと、楽しく夕食をともにしてから、懸案《けんあん》の問題を切り出した。

「じつはずっと考えていたことがあるんだ」

「やっぱり！」メイクレアは笑みを押《お》し隠《かく》すと笑い声をあげた。「そんな顔つきだもの。その顔、前にも見たような気がするわ」

「おれも気づいてたよ」グリンチャードはわけ知り顔で笑みを浮《う》かべた。「時間の問題だとね」

ファーナムは戸惑《とまど》って眉《まゆ》をひそめた。「いったいなんの話をしてるんだよ？」

メイクレアが指を突《つ》きつけた。「あんたの野心の話よ！」

ファーナムはびっくりした。「なんだって？」

「彼女《かのじょ》はきみをバカにしてるわけじゃないぜ」グリンチャードは誠意《せいい》をこめて言った。「事実をズバリと指摘《してき》してるだけだ」

「野心ならあるよ」ファーナムは動物園を包《つつ》み込《こ》むように両腕を大きくひろげた。「ここはぼくがこしらえたんだから。だろ？」

「そのとおり！」グリンチャードは言った。「もちろん、おれたちも手伝ったけどな。あらゆる面で助け合ってきたし。でも、たしかに、ここはきみの動物園だ。なにもかも。しかし、ストライダーを連れて帰ってきてから、なんとなくここが物足りなくなってきたんだろう？」

ファーナムは具体的な説明を求めたかったが、聞くまでもなくグリンチャードの言わんとすることは理解《りかい》していた。彼《かれ》も同じ考えだった。この近辺の動物ばかり集めていたのは、町の外の世界へ出るのが怖《こわ》かったからだ。

もっとめずらしい動物を集めたかったが、一人で探しに行くのは嫌《いや》だった。旅から帰ってきた友人たちが異国の見たこともない生き物のことを話してくれても、うらやましがるだけだった。決して探しに行こうとせず、友人に持ち帰ってくれるよう頼むことすらしなかった。

ところが、いまや風向きは変わった。ファーナムはみずから出かけようとしていた――最初の冒険《ぼうけん》が取り返しのつかない結果に終わったかもしれないのに。

いまでも一人で行くのが怖《こわ》いのはそのせいだろう。だから友人たちに同行してもらいたかった。

ファーナムはもう一度くりかえした。

「じつはずっと考えていたことがあるんだ」

グリンチャードが口を挟もうとしたが、メイクレアに睨《にら》まれて黙《だま》り込《こ》んだ。

「あのストライダーはこの動物園の新時代を告げる象徴《しょうちょう》にすぎない。これからめずらしい動物をもっともっと紹介するつもりなんだ。そのために、もう一度アンダーワールドまで行って、どんな生き物がいるか調べてみたいのさ　前回は、洞窟探険《どうくつたんけん》を楽しんでいるうちに滝《たき》に落ちて、結果的にネザーまで行ってしまったけどね。そんなわけで、ぼく一人だと気が進まなくてさ――で、考えたんだけど――みんな一緒《いっしょ》なら、怖《こわ》いもの知らずじゃないかと」

ファーナムがネザーへ行くと言い出したとたん、友人たちの顔から笑みが消えた。「またあの滝《たき》を越《こ》えようっていうのか？」グリンチャードは問い返した。「おれたちみたいな経験豊富《けいけんほうふ》な冒険《ぼうけん》のプロでも凄くヤバいのに」

グリンチャードの言う「おれたち」に自分がふくまれていないことは重々承知のファーナムは答えた。「いまのところネザーへ行く方法はそれしかないだろ？　それで何とかたどり着けるとして、問題は帰りなんだけど、それも地上に向かってひたすらトンネルを掘《ほ》るしかない。オーバーワールドへ行き着くのを祈りながらね」

「で、そのトンネルの入口はどこにあるの？　目印とかつけといた？」メイクレアは期待半分の声で尋《たず》ねた。

ファーナムは赤面した。「考えもしなかったよ。オーバーワールドへ帰れた喜びで胸《むね》がいっぱいだったたから！」

グリンチャードが頭を左右に振《ふ》った。「目印がないとちょいと困るけど、まあ、探すのは不可能《かのう》じゃないだろ。それよりもっと楽ちんなやり方があるぜ。もちろん、ネザー行きの方法だけど」

「どんな？」ファーナムは、本で読んだ話や不思議な言い伝え以外、ネザーについてほとんど知らなかった。

メイクレアは目をまるくして探険家《たんけんか》を見つめた。「それ本気？　冗談《じょうだん》じゃないの？」

グリンチャードは相手の懸念《けねん》を笑い飛ばした。「マジな話をしてる最中に冗談《じょうだん》なんか言うかよ。ちょっと頭を使ってみろって。動物園を見回してさ。な、簡単《かんたん》だろ」

ファーナムには何の話だかさっぱりわからなかった。「簡単《かんたん》って何が？」

「簡単《かんたん》ですって？」メイクレアは眉《まゆ》をつり上げた。「据《す》えつけのこと？　それはそうだけど、いったん動き出したら――」顔をしかめた。「どうなるか知らないわよ」

ファーナムはテーブルにドンと手をついて友人たちの注意を引いた。「いったい何の話をしてるんだい？」

「黒曜石のゲートをこしらえる話さ」グリンチャードは、めずらしい動物について語るファーナムと同じような口調で答えた。

「本当にできるの？」

グリンチャードは力強くうなずいた。「できるさ。それも動物園のど真ん中に」

メイクレアが探険家《たんけんか》を呆然《ぼうぜん》と見つめている理由がよくわかった。ファーナムも同じ気持ちだったからだ。「それって賢明《けんめい》なことかな？」

グリンチャードはクスッと笑った。「賢明《けんめい》かどうか知らんが、アンダーワールドのどこかにのこのこ出かけていって、前にくぐったことのあるゲートをもう一度見つけようとするよりずっと難《むずか》しくないぜ」

「どうやって？」ファーナムはすっかり興奮《こうふん》してしまい我《われ》を忘《わす》れた。「いったいどうやって作るつもりだい？」

ファーナムがくぐったあのゲートは、ずっと昔に滅《ほろ》んでしまった謎《なぞ》めいた人々が魔術のように生み出した、記念碑的《きねんひてき》な遺産《いさん》のように思えた。それを好きな場所にあらたにこしらえようなんて、いくらなんでも無茶だろう。

「名前そのものに鍵がある」グリンチャードは説明した。「黒曜石のゲート。つまり、黒曜石で作られた出入り口ってことだろ。そいつをここに据《す》えつけてから、火をつけてドカンと起動！　それでネザーへの道は完成！」

「でもそんなにたくさんの黒曜石をどこで手に入れるんだい？　黒曜石がいっぱいあるところなんて見たことないよ」

メイクレアがため息をついた。「それは、あんたが町の外の世界にうといからよ。あたしみたいに鉱山《こうざん》を渡《わた》り歩《ある》いていると、ちっともめずらしいものじゃない。どこでも始終お目にかかるもの」

ファーナムの期待は高まった。「それじゃあ、外へ出てゲート用の黒曜石を集めてくればいいんだね？　それでできるんだね？」

グリンチャードはどっちつかずの表情で肩《かた》をすくめた。「まあ、できることはできる」

「何か問題でも？」

「それだと、ひどく手間だな」

「もっと簡単《かんたん》な方法はないの？」

メイクレアがその方法を説明してくれた。「自分で黒曜石をこしらえればいいのよ。ここで」

ファーナムには理解《りかい》できなかった。

「黒曜石は火山岩の一種なの。溶岩《ようがん》が急速に冷えて塊《かたまり》になったもの。たとえば水に浸かったりしてね」

「そうか、その溶岩《ようがん》は動物園にたっぷりあるから……」

「そのとおり」グリンチャードが言った。「あとは水を加えれば——そーら、黒曜石の出来上がり！」

ファーナムは呆然《ぼうぜん》として椅子にもたれた。「たったそれだけ？　それなら誰《だれ》でも裏庭《うらにわ》に黒曜石のゲートをこしらえることができそうじゃないか？」

メイクレアは椅子にすわったまま身をよじらせた。「グリンチャードが言うほど簡単《かんたん》じゃないのよ、実際《じっさい》は。だって、ダイヤモンド製のつるはしがないと黒曜石は加工できないもの。これはきわめて入手困難《にゅうしゅこんなん》よ」

「でも、きみは持ってるじゃないか」

メイクレアは唇の両端《りょうたん》をつり上げた。「当たり前よ。あたしはプロだもの」

「これで黒曜石問題は解決《かいけつ》。ほかに何かある？」

「ネザーへのゲートを開通させたら、よく注意して使うこと。こちらから向こうへ行けるということは、向こうからこちらへやって来ることができるわけだ。下手すると大変なことになっちゃうぞ」

「だったら充分注意すればいい。使わないときはスイッチを切るとか？」

メイクレアは肩《かた》をすくめた。「それは当然。でも、いったんネザーと関係してしまったら安全なんてどこにもないわ」

「じゃあ、どうしてここに作るわけ？」

「安全だから」グリンチャードが答えた。「動物園の中に作っておけば、部外者がふらふらやって来て、あやまって作動させるなんてこともないだろうし」

ファーナムは顎先《あごさき》をポリポリかいた。あの黒曜石のゲートをもう一度見つけに行くより危険《きけん》性《せい》がぐんと低い感じがする。それに、ずっと便利だし。

「よし。じゃあやろう」

第17章　クリッテンの弁明《べんめい》

ユーガッブはクリッテンをグレート・バンガスの謁見室《えっけんしつ》の床にたたきつけたので、小柄《こがら》な顧《こ》問《もん》はひざだけでなくプライドも傷《きず》つけられた。「地下倉庫《ちかそうこ》から秘密《ひみつ》の通路でつながる穴の底で、この惨《みじ》めな溶岩《ようがん》しゃぶりを見つけました！　こいつは逃《に》げ出《だ》してからずっと盗《ぬす》みを働いておったのです！」

バンガスはクリッテンが前回会ったときほど怒《おこ》っているようには見えない。気を鎮《しず》める時間がたっぷりあったピグリンのリーダーは、興味津々《きょうみしんしん》といった顔つきであった。「おまえは頭がいいのだろう！　ネザーで何をしておった？」

クリッテンはすかさず立ち上がり、衣服のほこりを払《はら》い落《お》とした。そのふてぶてしい態度《たいど》にぶち切れたユーガッブはふたたび相手を突《つ》き倒《たお》した。

「この裏切《うらぎ》り者《もの》めは黒曜石のゲートから出てきたのです！」

この報告《ほうこく》はバンガスの注意を引いた。ピグリンのリーダーは玉座《ぎょくざ》にもたれると感心したように小柄《こがら》な顧問《こもん》の顔を見つめた。「いやはや、おまえには驚《おどろ》かされることばかりだな！　あのゲートの向《む》こう側《がわ》で何を見つけた？」

クリッテンは実験《じっけん》と調査《ちょうさ》のことを秘密《ひみつ》にしておきたかったが、そうすると結果は見えている。今度こそユーガッブに砦《とりで》のてっぺんから突《つ》き落《お》とされて、ネザーをうろつくケモノたちの餌食《えじき》になってしまうだろう。

「あなたにとって重要な意味のあるプロジェクトを推進《すいしん》しておりました。その完了が間近に迫《せま》った肝心なときに、そこのうつけ者に邪魔《じゃま》されたのです！」

憤怒《ふんぬ》に駆《か》られたユーガッブはクリッテンの後頭部を殴《なぐ》りつけたうえ、さらに必殺《ひっさつ》のパンチをくりだそうとしたが、手を振《ふ》り上げたグレート・バンガスに制止された。「説明をつづけさせろ！」

クリッテンはユーガッブに向かって鼻を鳴らすと、ふたたび立ち上がって衣服のほこりを払《はら》った。「あの黒曜石のゲートは、ずっと昔に忘《わす》れ去《さ》られた別世界の洞窟《どうくつ》に通じております。

そこの壁《かべ》には絵文字がびっしりと刻《きざ》み込《こ》まれ、往年のピグリンの活躍ぶりが記録されておりました！」

バンガスはクリッテンに小首をかしげてみせた。興味と疑念《ぎねん》が入りまじった顔つきである。

「どんな記録だ？」

「ご存知《ぞんじ》でしょう、子どもの頃に聞かされた伝説の数々を。偉大《いだい》なるわがピグリン戦士たちが未知の世界へ攻め入り、連戦連勝のすえ、おびただしい財宝《ざいほう》をわがものにしたと！」

ピグリンのリーダーは納得《なっとく》した様子でうなった。「もちろん知っておるわ。その土地から追《お》い払《はら》われたこともな！　そこへ通じる道を見つけたというのだな？」

今度はクリッテンが疑念《ぎねん》をいだく番だった。果たしてそうなのか？　しかしいまさらわかりませんとも言えないので、そのまま押《お》し通《とお》すことにした。「そうです！」

バンガスは興奮《こうふん》もあらわに目を大きく見開くと、よだれを垂《た》らさんばかりに喜びだした。

「それだ！　それこそわしが求めていたものだ！」

この反応《はんのう》はクリッテンにとっていささか意外だった。バンガスにとって重要なプロジェクトだと言ったのは、時間稼《じかんかせ》ぎのでまかせに過《す》ぎない。それが思いがけず的中してしまったのだ。

こうなったらあれこれ策《さく》をめぐらすより、まずはバンガスにしゃべらせることだ。

「われわれに必要なのはまさにそれだ！　すでに周辺のピグリン部族はことごとく征服《せいふく》した！　いまや座《すわ》り込《こ》んで、ぶくぶくと肥えふとるばかり。そうやってのんべんだらりと強敵《きょうてき》の台頭を待つか、裏切《うらぎ》り者《もの》の登場を待つだけのありさまだ。いまこそ征服《せいふく》すべき新天地が必要なのだ！　それがネザーになければ、ネザーの外へ打って出ればよい！」

クリッテンもそう思った。まさにバンガスの言うとおり。じつはクリッテンも同じことを考えていたのだが、まさかリーダーがこれほど飲《の》み込《こ》みが早いとは思わなかった。これでバンガスをつり出す手間がはぶけたわけで、クリッテンにとっては願《ねが》ってもない展開《てんかい》だった。

ユーガッップはバンガスの熱を冷まそうと躍起《やっき》になった。「ことはそう簡単《かんたん》ではありませんぞ！　あちらの世界はわれわれにとって有毒なのです！」

そしてクリッテンに指を突《つ》きつけて責《せ》め立てる。「こいつは二名の若者を拉致《らち》して向こうの世界との行き来を強制し、あやうくこの二人を殺《ころ》しかけました！」

クリッテンが振《ふ》り返《かえ》ってみると、実験《じっけん》と調査《ちょうさ》に使ったあの二人組がユーガッップの後ろに立っていた。以前よりずっと元気そうだ。それにクリッテンの前ではいつもすくみあがっていたのに、いまではせせら笑っている。

クリッテンは鼻を鳴らしてその訴《うった》えを認《みと》めた。「わたしは自分を実験台《じっけんだい》にするわけにはいかなかったのです。そこでその二人に志願《しがん》してもらい、オーバーワールドで生き残る方法を見つけることにしたのです。おそらくユーガッブなら志願《しがん》した初日に死んでいたでしょう！」

その場面を想像してクリッテンは笑みを浮《う》かべたが、ユーガッブは顔をしかめた。

「嘘《うそ》だ！」ユーガッブは反論《はんろん》した。「こいつの言うことは嘘《うそ》ばかり！」

バンガスは聞き取ったことをじっくり検討《けんとう》している。

いままでこのリーダーにはずっと貢献《こうけん》してきたが、いまや信用されていないことは明らかで、それはクリッテンにもわかっていた。しかし、そのクリッテンがネザーより豊《ゆた》かな新世界へ行く方法を発見したと主張するのなら無視《むし》するわけにもいかない。

グレート・バンガスは立ち上がるとクリッテンを睨《にら》みつけた。「それを見せてみろ！」

クリッテンは心の中で安堵《あんど》のため息をついた。これで時間が稼《かせ》げる。処刑《しょけい》はしばらくお預《あず》けだろう。ユーガッブはリーダーの許可《きょか》なく動かないはずだ——クリッテンはそう願《ねが》った。

バンガスとユーガッブを連れて——ユーガッブの戦斧《せんぷ》はクリッテンの背中《せなか》に向けられていた

――クリッテンは地下倉庫《ちかそうこ》に向かった。そこから秘密通路《ひみつ》へと案内すると、バンガスは満足げにうなった。三人は秘密《ひみつ》通路を歩いて黒曜石のゲートのある洞窟《どうくつ》へたどり着いた。

洞窟《どうくつ》へ入るとクリッテンはわきへどいて、バンガスに黒くつるつるした石のゲートの中で渦《うず》巻《ま》く紫色《むらさきいろ》のフィールドを見せつけた。ユーガッブはすでに知っているので、クリッテンから目を離《はな》さず、おかしなマネをしないよう監視《かんし》をつづけた。

一方、クリッテンは慎重《しんちょう》に行動していた。ユーガッブに攻撃《こうげき》や処刑《しょけい》の口実をあたえるつもりはなかった。あたりを見回してみると、薬瓶《くすりびん》の残りがそのまま放置されていた。

これで逃《に》げるチャンスが生まれた。

「このゲートがオーバーワールドに通じておるのか？」バンガスは疑《うたが》わしげに見つめた。

「そうです！　これをくぐると向《む》こう側《がわ》の洞窟《どうくつ》に行けます。そこから地表まで登ればいいのです。ひたすらトンネルを掘《ほ》って！」

「やってみせろ！」

クリッテンはゲートへ向かったが、ユーガッブがその前に立ちふさがった。「こいつは真実を隠《かく》しておりますぞ、グレート・バンガス！　向こうの世界へ行けば、毒にやられます！」

「それはもう説明したろ！」クリッテンは反論《はんろん》した。「聞いてなかったのか？　それとも説明が理解《りかい》できないほどバカなのか？」

バンガスが口論はやめろとばかりに手を振《ふ》った。「おまえはその毒を消す研究をしておったのだろう？」

クリッテンはうなずいた。「ついに特効薬を見つけました。よく効きます！」

「こいつの薬を飲んではなりませんぞ！　それこそ毒です！」ユーガップは言った。「絶対に信用してはなりません！」

「ユーガップこそ信用なりません！」クリッテンはバンガスに訴《うった》えた。「あの砦《とりで》を奪《うば》い取《と》ってからずっとわたしを陥《おとし》れようとしてきた男です。邪魔者《じゃまもの》のわたしを排除《はいじょ》したうえで、あなたを追い出し、権力《けんりょく》をわがものにする腹なのです！」

「うるさい！」グレート・バンガスは怒号《どごう》した。「クリッテン、おまえは毒消しの薬を持ってきてそれを半分ずつに分けろ。おまえが先にその半分を飲むのだ。ユーガップ、貴様《きさま》は黙っておれ！」

クリッテンは眉《まゆ》をひそめた。「ここで薬は作れません。水が必要ですから！」

「嘘《うそ》つきめ！」ユーガッブは言った。「ここに水などないぞ！」

クリッテンはゲートを指差した。「あの向こうにある！　われわれが見たこともないほど多量の水が！　それを使えば薬はいくらでも作れる！」

「信用してはなりませんぞ！」ユーガッブは反論《はんろん》した。

バンガスは手の甲《こう》でユーガッブの頬を張り飛ばした。「だまれ！」大男の副官は口を閉《と》じたが、恥をかかされた恨《うら》みは強く、目には憎しみがこもっていた。

リーダーは疑《うたが》わしげにクリッテンを睨《にら》みつけた。「ここで作るのだ！」

「できません！　ネザーではたちまち蒸発してしまいます！」

「瓶《びん》を用意しておるのだろ？」

クリッテンはうなずくと、ゲート前に並《なら》べておいた瓶《びん》のうちの一本を指さした。「これがそうです。この中身を、わたしと半分ずつ飲めばいい！」

「トリックだ！」ユーガッブはそう言ったものの、どういう仕掛《しか》けかまではわからなかった。

ただ、クリッテンが信用できないことは確信《かくしん》していた。

クリッテンが生き残りをかけた勝負に出たという意味では、ユーガッブの直感は当たっていた。しかし同じ瓶《びん》に口をつけてバンガスだけを毒殺《どくさつ》する方法などあるはずもなく、もしあるのならこちらが教えてもらいたいくらいだ。

「おまえが先に飲め！」バンガスはクリッテンに命じた。

クリッテンはその瓶《びん》を持ち上げるとユーガッブに差し出した。「一口いかが？」

大男の副官は怒《いか》りのこもったうなり声を漏《も》らしたが、何も言わなかった。すでにグレート・バンガスをかなり怒《おこ》らせているので、これ以上余計な口をきくことは慎《つつし》んだ。

「さっさと飲め！」バンガスはくりかえし命じた。

「もちろん飲みますが、あのゲートをくぐってからの方がよくはありませんか。そうすれば毒の影響《えいきょう》を実感できますし」

「どうしてそんなことをする必要がある？」

「ゲートをくぐる前に飲んでしまったら、毒の影響《えいきょう》は出ませんからね。こんな薬など不要だろうと思われかねない！」

バンガスはわかったというふうにうなずくと、小柄《こがら》なピグリンをじっと見つめた。「そうやって薬の必要性《ひつようせい》を見せつけたいというわけだ。そして、おまえ自身の必要性《ひつようせい》もな！」

クリッテンはそうだとばかりに笑みを浮《う》かべた。長年の協力関係は破綻してしまったが、それでもおたがいのことはよくわかっていた。

「わたしが先に行ってもよいですか？　それとも先陣をつとめたい方が他におられるのならどうぞ」先導《せんどう》するのはクリッテンの役目だが、それを当然のごとく口にすると異を唱えるやつが必ず出てくるものなのだ。

バンガスは黒曜石のゲートに向かって手を振《ふ》った。「おまえが先に行け！」

クリッテンはそれ以上何も言わずにゲートを通《とお》り抜《ぬ》けた。残る二人もすぐ後ろについてきた。バンガスは未知の世界を前にして取り残されたくなかったし、ユーガッブはクリッテンを見失いたくなかったからだ。

クリッテンはすでに数え切れないほど来ていたので、いまさら目新しいものはなかった。しかし、他の二人は目をまるくして周囲《しゅうい》を見回している。ユーガッブはいまにも襲《おそ》われるのではないかと身構《みがま》え、あたりに警戒《けいかい》の目を光らせていた。一方、強欲なバンガスはこれから手に入るであろう財宝《ざいほう》を皮算用して興奮《こうふん》を抑《おさ》えきれない様子だ。

作業台がそのまま残っていたのでクリッテンは胸《むね》をなでおろした。もしなくなっていても代用品を見つければいいだけだが、この台でずっと作業していたので愛着があった。

「さて、毒の影響《えいきょう》を待つあいだに、薬の作り方をお見せしましょうか！」クリッテンはそう申し出た。

バンガスはものめずらしさに気もそぞろといった感じで、さっさとやれとばかりに手を振《ふ》った。

ユーガップが警戒《けいかい》の目を光らせる中、クリッテンはすばやく薬剤《やくざい》作りに着手した。そして出来上がると、コルクの栓をして二人の前に差し出した。

「そんなに簡単《かんたん》なのか？」バンガスは言った。クリッテンのやることなら何でもお見通しだといわんばかりの顔つきだ。

「適量《てきりょう》の成分をすべてそろえ、それを適正《てきせい》な順番で加えていくだけですから」

バンガスはわかったというふうにうなずいた。ユーガップはただだうなっただけだ。クリッテンがトリックを仕掛《しか》けてくることを確信《かくしん》していた。三人は黙って立ったまま気まずいひと時を過《す》ごした。

やがて毒の影響《えいきょう》が現れてくるとその沈黙は破られた。ユーガップが貴様《きさま》のせいだとばかりにクリッテンを睨《にら》みつけ、バンガスは顔をしかめながらクリッテンの手にある薬瓶《くすりびん》を指さした。

「おい、そろそろそれを寄越《よこ》せ！　おまえはピグリンがどうなるか知っておるのだろう？　わしみたいな頑健《がんけん》な者でも影響《えいきょう》があるのか？　ならば、いますぐ薬を飲むべきだろう？」

クリッテンは凄みのある笑みを浮《う》かべると、薬瓶《くすりびん》を唇に当てて中身を一気に飲み干した。そして空《あ》き瓶《びん》を地面に投げつけて粉々《こなごな》にすると、わざとらしく舌鼓《したつづみ》を打った。「ああ、うまかった！」

ユーガッブは猛然《もうぜん》とうなり声をあげてクリッテンを殴《なぐ》りつけようとしたが、毒の影響《えいきょう》で体が思うように動かない。「やりやがったな！」

裏切《うらぎ》られたと知ったバンガスは、愕然《がくぜん》とした顔でクリッテンを睨《にら》みつけた。「罠にはめおったな？」

二人が痛《いた》み出した腹を押さえはじめると、クリッテンはもう一本の薬瓶《くすりびん》を荷物袋にしまって逃《に》げ出《だ》した。ファーナムが掘《ほ》りぬいたオーバーワールドへの脱出路《だっしゅつろ》をひたすら走る。エンダードラゴンにでも追われているかのように、死に物狂いになっていた。

第18章　思わぬ再会《さいかい》

ファーナムにとってうれしいことに、友人たちは不安に感じながらも動物園に黒曜石のゲートを建《た》てる手伝いをしてくれた。正直言ってファーナム自身も不安だった。ネザーへの通用門を職場でもあり自宅《じたく》でもある場所にこしらえるのだ。とても心穏やかではいられないが、それでもやることに決めた。

ストライダーを動物園に連れ帰ってから、ファーナムの運命は一変した。彼《かれ》はずっと理想の動物園を夢見《ゆめみ》ながら、その実現に手《て》が届《とど》かなかった。もうその二の舞《まい》を演《えん》じるつもりはない。

だが、このところ驚《おどろ》くべき雄々《おお》しさを見せていたファーナムは、動物園の営業が終了したとある深夜に、悲鳴をあげることになった——ネザーで出会ったあの小柄《こがら》なピグリンが動物園の正門のところに現れたからだ。たしかに悲鳴をもらしたが、小声だったとファーナムは自分自身に言《い》い訳《わけ》した。

「こんなところで何をしてるんだ？」どうにかショックから立ち直ったファーナムは、小柄《こがら》なピグリンに尋《たず》ねた。「どうやってここを見つけたの？」

もちろん小柄《こがら》なピグリンには——たしかクリッテンという名前だった——ファーナムの言うことは理解《りかい》できず、まして返答のしようもなかった。それでもクリッテンは、意味不明ながらありったけの身ぶりとうなり声を駆使《くし》して、ここまでやって来た事情を説明した。

それをファーナムなりに解読《かいどく》したところ、最初に出会ったあの黒曜石のゲートを通ってきたと言いたいらしい。まあ、それ以外に方法はあるまい。そして彼《かれ》の跡《あと》をたどってここまでたどり着いたわけだ。

それにしても、ファーナムが地表まで掘《ほ》りぬいたトンネルを見つけたのはまあわかるが、地上に出てから動物園まで迷《まよ》わずにやって来たことが驚《おどろ》きだった。それともさんざん迷《まよ》ったあげく、運よく動物園に行き着いたのか。

あるいはストライダーの跡《あと》をたどって来たのだろうか？　あの動物には独特の臭気《しゅうき》があり、ファーナムはいささか苦手だが、生まれつき嗅覚の鋭《するど》いピグリンなら手がかりになり得《う》る。

それも可能性《かのうせい》は充分あるものの、決め手になるとは思えない。

とにかく重要なのは、ここへやって来た方法よりその理由だ。ここで何をしているのだろう？　どうしてファーナムを捜《さが》しているのか？　彼《かれ》に何を求めているのか？

質問内容は単純明快《たんじゅんめいかい》だが、ウーとかオーとかキーとしか言えないようでは納得《なっとく》のゆく回答が返ってくるとは思えない。それにこちらの質問をちゃんと理解《りかい》しているのか、それともはなから無視《むし》して自分の主張を押《お》し通《とお》そうとしているだけなのか見分けるのは困難《こんなん》だ。いまわかっているのは、理由が何であれ、このピグリンがファーナムに会いたがっていたことであり、それが実現して大喜びしていることくらいだ。

ようやくその頃になってファーナムはふと思った。このピグリンはどうしてこんなに焦っているのだろう。クリッテンはいささか青ざめて元気もなくなってきた。さっきまで興奮《こうふん》していたのに、いまはひどく悲しげだ。

クリッテンは荷物袋を下ろしてガラス瓶《びん》を取り出した。そしてコルク栓を抜《ぬ》いて顔の上でさかさまにすると、瓶《びん》を振《ふ》ってわずかに残った液体を口の中に垂《た》らした。

瓶《びん》を下ろしたクリッテンは絶望的《ぜつぼうてき》な表情でその空《あ》き瓶《びん》を見つめた。あの液体はほんのわずかしか残っていなかったが、クリッテンにとってはきわめて重要なものらしかった。

「それはなに？」ファーナムは尋《たず》ねた。「ぼくでなにか力になれることがあれば？」

そのとき名案が浮《う》かんだ。ファーナムはクリッテンを自宅《じたく》の奥《おく》に置いた作業台のところまで連れて行った。クリッテンは礼を言う代わりにうなずくと、瓶《びん》を上下さかさまにして置き、中身がなくなっただけでなく、再生産《さいせいさん》に必要な材料も持ち合わせていないことを示してみせた。

「何が必要なんだい？」

ピグリンの顔色はますます悪くなった。何を求めているにせよ、それを簡単《かんたん》な身ぶりで伝えることが難《むずか》しくなってきたのだ。

そのとき名案が浮《う》かんだのか宙を指差した。そして荷物袋から木炭のかけらを取り出すと、作業台の上の壁《かべ》に何かを描き出した。

自宅《じたく》の壁《かべ》に落書きされるのは嫌《いや》なので止めようとしたファーナムだったが、思い直して、ピグリンが描き終わるまでしんぼう強く待った。仕上がると、クリッテンは後ずさって両手をひろげ、壁《かべ》に描いたばかりの絵を見るよう促《うなが》した。

それは黒曜石のゲートであった。

「あそこまで連れて帰れっていうの？」

クリッテンにその言葉は理解《りかい》できなかったが、そうだとばかりに力強くうなずいた。それ以外に解釈《かいしゃく》しようのない身ぶりだった。

ファーナムは大きく息をのんだ。アンダーワールドには二度と行かないと誓《ちか》ったばかりの彼《かれ》に、その誓《ちか》いを破れと言っているに等しいからだ。

「わかったよ」ファーナムはひどく興奮《こうふん》しているクリッテンをなだめて落ち着かせようとした。「ちょっと相談したいことがあるから、友だちにも来てもらうよ」

そしてクリッテンをキッチンのテーブルのところまで連れてゆくと、そこに座《すわ》らせた。「ここで待ってろよ。すぐに戻《もど》ってくるから」

そう言って、友人たちを呼《よ》びに行った。

ファーナムはできるだけ迅速に動き、友人たちには道すがら事情を説明した。そんなに時間はかからなかったはずだが、メイクレアとグリンチャードを連れてキッチンに戻《もど》ってみると、クリッテンはテーブルの上で大の字になってのびていた。

グリンチャードはすかさず一歩うしろへ下がった。「こいつはピグリンじゃないか！」

メイクレアはピグリンのかたわらに駆《か》け寄《よ》った。「あんたがキッチンを出るときからこんな状態《じょうたい》だったの？」

グリンチャードは剣《けん》に伸《の》ばそうとした手を止めたが、クリッテンに意識があったら間違《まちが》いなく抜《ぬ》いていただろう。

「あれ、ぼく、説明しなかったっけ？」ファーナムは言《い》い訳《わけ》がましくそう言ったが、ことの重大さがさっぱり飲《の》み込《こ》めていなかった。

グリンチャードは目を細めてクリッテンを見つめる。いきなり起き上がって襲《おそ》ってくるような事はないようだ。

「ピグリンは物騒《ぶっそう》な連中なんだ。人を見つけたとたん襲《おそ》ってくるからな」そう言うとファーナムとメイクレアを振《ふ》り返《かえ》った。「二人とも金製品《きんせいひん》を身につけてないだろうな？　こいつらは金《きん》を目にすると気が狂ったようになるんだ」襲撃《しゅうげき》のきっかけとなる物を何も身につけていないことが明らかになると、グリンチャードは腕組みをして、具合の悪そうなピグリンに鋭《するど》いまなざしを向けた。

ファーナムはクリッテンを弁護しようと口を開いたとたん、初対面のこのピグリンにいきなり襲《おそ》われたことを思い出した。「おそらく大きな誤解《ごかい》があるんだよ。あるいは全員が凶暴《きょうぼう》なわけじゃないのかも。ネザーで出くわしたのはこのピグリンだけど、最後は親切にしてくれたもの」

グリンチャードは「そいつは感動的な話だな」といった顔でファーナムを見た。「おまえは運がよかったのさ。他の誰《だれ》よりもな。たいがい初対面で命を失うから。経験《けいけん》を伝えることもできないんだ」

ファーナムはいきり立って相手を睨《にら》みつけた。「だったら、どうしてピグリンが凶暴《きょうぼう》だってわかるんだい？」

「やつらの矢を浴びせられた死体がごろごろしているからさ」

メイクレアはクリッテンの体をつついたり肩《かた》をゆすったりしたが、まったく反応《はんのう》しない。

「どれだけ凶暴《きょうぼう》でも、いまのところ脅威《きょうい》になりそうもないわね」

グリンチャードはクリッテンの顔をのぞきこむと、まぶたをちょっとめくってから、また後ろに下がった。「完全に失神してるよ。まだ息はあるけど、具合はよくない」

ファーナムはキッチンを見回した。「どうしたんだろう？　何か体によくないものを飲んだり食べたりしたのかな？　実際《じっさい》、ぼくがここを出るときから具合が悪そうだった」

「ピグリンはおれたちの世界へ来るとアレルギー症状《しょうじょう》を起こすんだよ」グリンチャードはそっけなく言った。「ここでは生きていけないのさ」

「なんだって？　マジで？」ファーナムには信じられなかった。

「だから追いかけられても心配無用なのさ。たとえネザーでピグリンに出くわしても黒曜石のゲートに逃《に》げこんでしまえば安全。それ以上追いかけてくることはないから」

グリンチャードはいかにも不思議そうに小首をかしげながらクリッテンを見つめた。「たいていはそうなんだが、中にはゾンビ志願《しがん》の変わり者もいるらしい。おまえを追いかけることに夢中《むちゅう》になっていたこいつも、その類《たぐい》だろう」

「このピグリンは危険《きけん》じゃないって。ネザーで助けてくれたし、ストライダーだって譲《ゆず》ってくれたんだから！」

「そして、ここまでおまえを追いかけてきてキッチンで気絶したわけだ。なにか目的があるんだろ。絶対にそうだ」

メイクレアは後頭部をさすった。「グリンチャードの言うとおりかも。ここまで来るからにはオーバーワールドと関係があるのよ」

ファーナムはクリッテンが作業台に置いた空《あ》き瓶《びん》を指さした。「あの瓶《びん》から何かを飲もうとしてたんだけど、ほとんど残ってなくてさ。薬かな？」

「残ってないのなら調べようがない。手がかりにはならんな」

「なんとか助ける方法を見つけないと、ぼくたちのせいで死なせることになっちゃうよ」

「解決策《かいけつさく》ならある」グリンチャードは断言《だんげん》した。「実際《じっさい》、すでに着手してるんだ」

ファーナムとメイクレアはグリンチャードをじっと見つめて話のつづきを待った。

「要するに、こいつをネザーへ送り返せばいいんだろ？」

「でもゲートはすごく遠いよ」ファーナムは反論《はんろん》した。「とても行き着けない」

「おれたちが作った試作品は、あとどれくらいで起動できる？」

グリンチャードとファーナムはメイクレアを振《ふ》り返《かえ》った。メイクレアは一瞬《しゅん》顔を赤らめたが、たちまち頭を回転させはじめた。「もうすこしね」それが回答だった。「そのピグリンのピンチ脱出《だっしゅつ》に間に合うかどうかわからないけど、やってみる価値《かち》はあるわ」

「それなら始めよう」ファーナムは言った。クリッテンの呼吸《こきゅう》はここへやって来たときよりずっと浅くなっているように思われた。「いますぐ！」

第19章　取引

クリッテンが覚えているのは、ファーナム宅のキッチンのテーブル席に腰《こし》かけて意識を失うまいと全力を尽《つ》くしているところまでだ。薬剤《やくざい》はほとんど飲みつくしていたので、オーバーワールドで身を守るすべはなかった。

毒の影響《えいきょう》は洞窟《どうくつ》内より地表の方がずっと強かったような気がする。その毒気にずっとさらされていたのだから具合が悪くなるのも当然だろう。ファーナム宅へたどり着いたときに助けが必要になることはわかっていた。ただ、オーバーワールド人にこちらの絶体絶命ぶりを理解《りかい》させる手立ては思いつかなかった。

そしていま目を覚ますとネザーに戻《もど》っていた。

最初は恐怖《きょうふ》にすくみあがった。グレート・バンガスの砦《とりで》に連《つ》れ戻《もど》されてユーガッブの手で処《しょ》刑《けい》されるのかと思ったからだ。やがてファーナムとその友人らしきオーバーワールド人が二人、自分の顔をのぞきこんでいることに気づくと、クリッテンは複雑《ふくざつ》な心境《しんきょう》になった。

命拾いしてホッとしたのは確《たし》かだ。ネザーへ帰ってどれくらい時間が経過《けいか》したか知らないが、心身とも快調《かいちょう》だった――それにほかにピグリンは見当たらない。

しかしこれは何を意味するのだろう？　先のことは何も考えていなかった。自分を抹殺《まっさつ》しようとするバンガスとユーガッブから、ただひたすら逃《に》げたい一心だったのだ。未来に希望の持てぬ者が将来《しょうらい》のことを考えるのは難《むずか》しい。

クリッテンを立たせようとファーナムが手を伸《の》ばしてきたので、遠慮《えんりょ》なくその好意に甘えた。オーバーワールド人の肩《かた》ごしにあたりを見やると、新品の黒曜石のゲートがあった。どうやらファーナムはネザーの別のエリアにクリッテンを運んでくれたらしい。馴染《なじ》み深《ぶか》い赤い森ではなく、広大な荒地《あれち》のただ中にいることがわかった。毒々しいほどに赤味をおびた天空の下でうねうねと流れる溶岩《ようがん》の河や湖が点在する荒涼《こうりょう》たる大地。

ここはネザーに違《ちが》いない。クリッテンは丸裸にされたような気持ちになり、思わず赤い森の隠《かく》れ家《が》へ逃《に》げこみたくなった。バンガス砦《とりで》からどれだけ離《はな》れているのか見当もつかない。

できるだけ遠く離《はな》れていることを願《ねが》った。

クリッテンがファーナムと初めて出会ったあの洞窟《どうくつ》の絵文字を解読《かいどく》して知ったのは、黒曜石のゲートの作動方法だ。黒曜石がどっさりあれば、あとは点火して動かせばいいのである。

問題はネザーには水がなくて黒曜石を生産《せいさん》できないことだ。したがって自然に生成されることもない。そうなると、現存するゲートを通じて原料を取《と》り寄《よ》せるしかない——つまり遺跡《いせき》として残っているゲートを使うわけだが、その場合でも黒曜石を採掘《さいくつ》する道具が必要なわけで、なければお手上げなのだ。クリッテンはそんな道具を持っていないし、見たこともない。

ファーナムとその友人たちでも——三人ともオーバーワールドの有力者でないことは明らかである——黒曜石のゲートをやすやすと作ってしまえる事実から、クリッテンはヒントをつかんだ。彼《かれ》らにできて、この賢《かしこ》いわたしにできないはずがない。だろ?

クリッテンは身ぶりをまじえながら命を助けてもらったお礼を延々《えんえん》と伝えた。もしオーバーワールド人たちが思い切った手段《しゅだん》を取ってくれなかったなら、クリッテンは間違《まちが》いなくファーナムのキッチンで死んでいた。

ファーナムの友人たちは後ろへ下がって、ピグリンとの対話をファーナムにまかせたが、クリッテンにはその方がよかった。オーバーワールド人ひとりを相手にするのも骨《ほね》が折《お》れるのに、三人なんてとても無理である。それに、どうも他の二人はクリッテンを信用していないようだ。もっともそうした態度《たいど》には慣《な》れているが。そもそもピグリン社会には信用など存在《そんざい》しないのだ。

クリッテンの身振《みぶ》りをまじえた長々としたお礼が終わっても、ファーナムはその健康《けんこう》を気づかうそぶりを見せた。そして自分のパックとクリッテンの荷物袋を交互《こうご》に指さして何か必要なものがないか尋《たず》ねた。

クリッテンはこれ以上迷惑《めいわく》をかけるつもりはないと身ぶりで示したが——案の定——ファーナムは納得《なっとく》しなかった。そこで「不本意ながら」相手の申し出に応《おう》じることにした。あとはそれをうまく伝えるだけだ。

クリッテンが黒曜石のゲートを指差すと、ファーナムはうなずいた。これであなたをネザーへ運んだのだと言うように。しかしクリッテンは違《ちが》うとばかりに手を振《ふ》った。その件ではないのだと伝えるために。

またしても黒曜石のゲートを指差したクリッテンは、今度は道具を使って黒い石を削《けず》るマネをしてみせた。わかったという表情がファーナムの顔に浮《う》かんだ——クリッテンもそう期待した。

ファーナムはクリッテンに向かって待てとばかりに両手をあげると友人たちと相談を始めた。三人はクリッテンに聞かれないよう場所を移動したが、言葉が通じないことを考えれば無用な配慮であった。

ファーナムがクリッテンの要望を伝えると、残りの二人はそろって首を振《ふ》った。それもかなり強く。友人たちはクリッテンに物をあたえるほど好意をいだいておらず、命を救《すく》っただけで充分だと考えているようだ。

クリッテンに反論《はんろん》するすべはないが、このままだとグレート・バンガスから身を守ることはできない。こちらが必要な品を純然たる好意から——そんなものは端《はな》から当てにしていなかったが——くれない場合は、交換条件《こうかんじょうけん》を申し出るつもりでいた。

他の二人のことは知らないが、ファーナムの砦《とりで》——なんて呼《よ》べばいいのかわからないが、つまり彼《かれ》が暮《く》らしている場所——を歩き回ってみて彼《かれ》がほしがっているものがわかった。それは動物である。それもたくさん。

クリッテンは地面にストライダーの大雑把《おおざっぱ》なスケッチを描くと、ファーナムを招《まね》きよせて見せた。才能《さいのう》のかけらもない下手くそな絵だったが、それでもファーナムは一目で認識《にんしき》して興奮《こうふん》しだした。その絵を何度も指さしながら意味不明の言葉を友人たちに向かって叫《さけ》んだ。

それで友人たちも興味を持ったようだ。

それからファーナムはストライダーの絵を指さしながらクリッテンが理解《りかい》するまでいろいろな身ぶりをくりかえした。動物は数多くほしい。それもただ多いだけでなく、いろいろな種類を。

ファーナムはニューフェイスの動物がほしかった。新顔のストライダーでもいいが、違《ちが》う種類の動物ならもっと好ましい。クリッテンもまさしくそうした動物を交換《こうかん》に出すことを考えていた。

捕獲《ほかく》されるケモノの側《がわ》からすれば異論があるだろうが、その解消《かいしょう》はあとまわしでいい。クリッテンはそう願《ねが》った。

問題は、オーバーワールド人にとってめずらしい動物がどういうものなのかわからないことだが――ネザーの生き物はクリッテンにとって馴染《なじ》み深《ぶか》いものばかりなので――ファーナムの好みが判明《はんめい》するまでいろいろな種類を運びつづければいい。こちらはその見返りに黒曜石と、

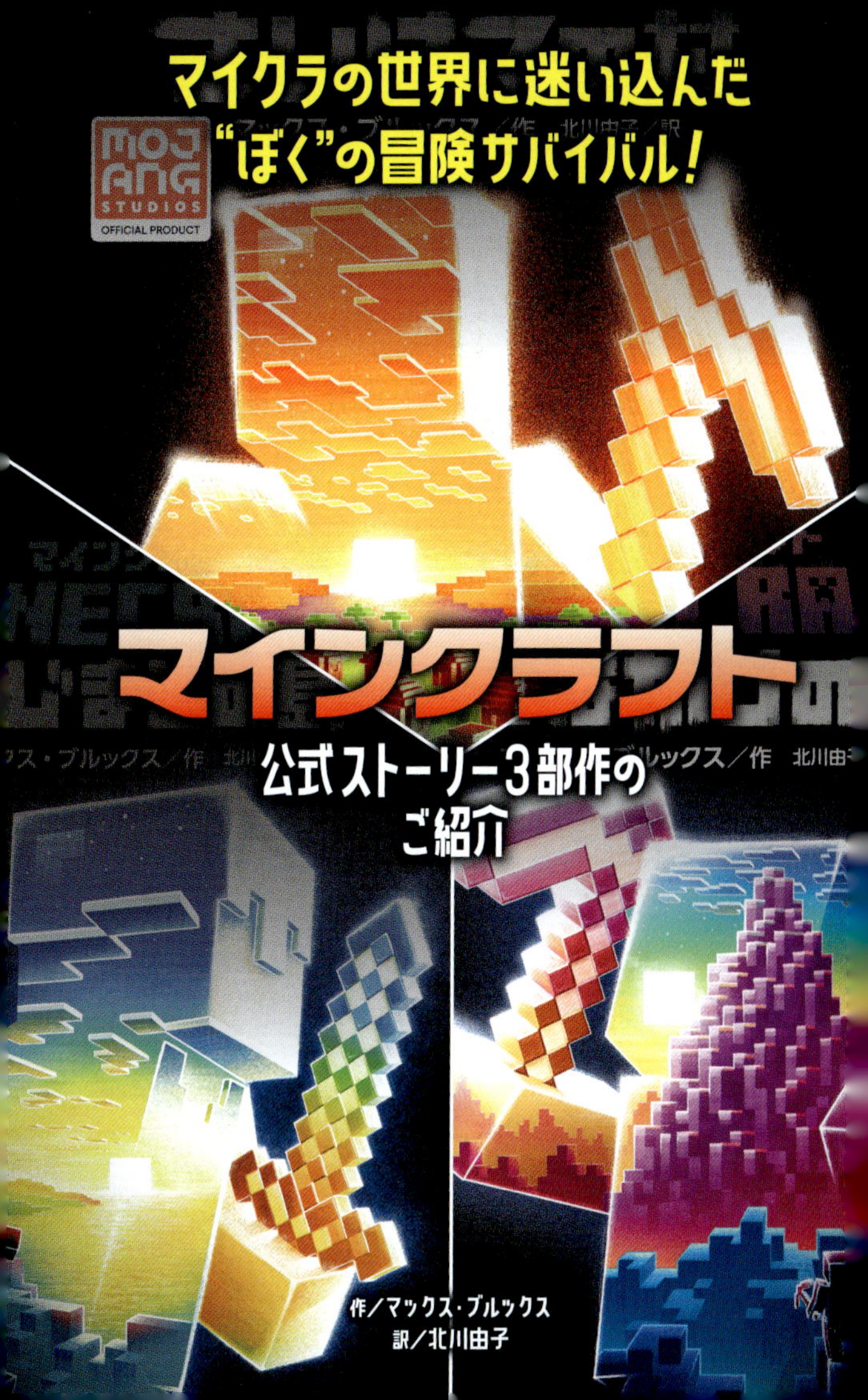
マイクラの世界に迷い込んだ
“ぼく”の冒険サバイバル！
MOJANG STUDIOS
OFFICIAL PRODUCT
マインクラフト
公式ストーリー3部作の
ご紹介
作／マックス・ブルックス
訳／北川由子

すべてはここから始まった！

『マインクラフト はじまりの島』

すべてが四角いブロックでできた世界にいきなり放り出された「ぼく」。流れついた島で木や石ブロックを手に入れ、さまざまなものをクラフトして生きのびろ。マインクラフトにも人生にも役立つ教訓が学べる、サバイバル冒険ストーリー第1弾！

四六判上製/360ページ ISBN9784801915343

『マインクラフト つながりの山』

ついに見つけた仲間とネザーにいどめ！

島での安全な生活を捨ててオーバーワールドに旅立った「ぼく」はついにサマーという女性の仲間を見つける。同じ世界から来た彼女と仲間になって、「ぼく」はネザーへ素材を取りにいくが、人と協力する冒険は一人きりとは色々ちがっていて…!?
ドキドキのマインクラフト冒険小説第2弾！

四六判上製/392ページ
ISBN 9784801929265

『マインクラフト さいはての村

邪悪な連中から おだやかな人々を守りきれ

元の世界へ帰る方法を探してサマーの
旅立った「ぼく」とサマーは、さまざま
地を通った先で、のどかな村にたどり
村人たちと交易し、二人は社会の中で
る秘訣を学ぶが、やがて村は略奪者た
襲撃にさらされてしまう…！　異世界
バイバルする「ぼく」が新たな可能性
つける3部作最終回！

四六判上製/544ページ
ISBN 9784801942813

あの採掘ができるダイヤモンド製の道具をもらうのだ。

ほかの二人はクリッテンを疑《うたが》わしげに見つめている。どうしてそんなものがほしいのか。それで何をするつもりなのか。彼《かれ》らが知りたがっているのはそういうことだろう。

共通の言語なしにこみいった事情を説明するのはきわめて困難《こんなん》だが、ここはやってみるしかあるまい？

クリッテンは身の安全に焦点《しょうてん》をしぼって話を進めた。ネザーのどこにいてもオーバーワールドへ行ける手段《しゅだん》を持つことがいかに重要であるかを。いまどのあたりにいるのか判然《はんぜん》としないが、ファーナムと初めて出会ったあのゲートを使うことがいかに危険《きけん》であるかを。だから住居《じゅうきょ》に近いところに別のゲートを設《もう》けたいのだと。

もちろんその住居《じゅうきょ》から追放された事実は伏《ふ》せたが、ファーナム側《がわ》から見れば、ネザー全域がクリッテンのすみかみたいなものだろう。

あたりを見回したクリッテンは、いまいる場所が――おそらくネザーのどこか――安全ではないと判断《はんだん》した。すくなくとも、この点だけは同意してほしいものだ。

永遠とも思える時間をかけてクリッテンとファーナムは二人の友人から同意を取り付けた。

ファーナムはダイヤモンド製のつるはしとありったけの黒曜石を用意すると約束し、クリッテンは展示用《てんじよう》の動物をかき集めることを請け合った。その上、オーバーワールドでケモノたちが快適《かいてき》に暮《く》らせるようネザーラックをどっさり持ち込《もこ》むとも述べた。

ファーナムとクリッテンは取引成立を祝して握手《あくしゅ》をした。クリッテンはかつて聞かされたことがあるのだが、握手《あくしゅ》はオーバーワールド人にとって深い敬意《けいい》を表す象徴的《しょうちょうてき》な儀式《ぎしき》らしい。ピグリンは敬意《けいい》など歯牙《しが》にもかけない。約束は両方に守る意思があるうちだけ有効なのであって、どちらか一方が破棄すればそれまでのことだ。

表向きは、クリッテンがオーバーワールド人たちと約束した取引は関係者全員にとって有益《ゆうえき》に思える。いまひとつ理解《りかい》できないのはファーナムが動物をほしがる理由だが――おそらくオーバーワールド人の仲間に見せびらかしたり、何かの実験《じっけん》にでも使うのだろう――ここネザーにおいてとてつもなく価値《かち》のある物をくれるのだから、とやかく言うつもりはない。

クリッテンはすでにそうした物を利用する計画を立てていた。そう、黒曜石のゲートを建《た》てるのだ。それも一つだけではなく、複数のゲートを。

オーバーワールド人たちはここを去ったらすぐに黒曜石のゲートを閉《と》じるだろう。それを責《せ》めるつもりはない。立場が同じなら彼《かれ》もそうするだろう。

だがそれでネザーからまったく侵入《しんにゅう》できなくなるかといえば、それは大間違《おおまちが》いだ。あの忘《わす》れ去られた洞窟《どうくつ》で開きっぱなしになっているゲートは使えないだろうが、同じようなゲートを自《じ》宅《たく》に建造《けんぞう》できれば、格段《かくだん》にオーバーワールドに侵入《しんにゅう》しやすくなる。

実際《じっさい》クリッテンは好きなときにゲートを作動させるつもりだ。ネザーの大半の連中はその動かし方を知らない——完璧にこなせるのはクリッテンだけなのだ。したがってこの知識《ちしき》をゲートの値打《ねう》ちを知る者に高値《たかね》で売りつけることができる。

たとえばグレート・バンガスみたいな連中に。

第20章　策略《さくりゃく》

今回クリッテンは正門を通って堂々《どうどう》と砦《とりで》に戻《もど》ってきた。衛兵《えいへい》たちにグレート・バンガスに面会したいと伝えると、そのうちの一人があわてて顧問《こもん》の帰還《きかん》を報告《ほうこく》に行った。クリッテンはその後《うし》ろ姿《すがた》を見ながらくすくす笑った。

あの衛兵《えいへい》はユーガッブのところにも立《た》ち寄《よ》ってクリッテンの帰還《きかん》を伝えるはずだ。それでも全然かまわなかった。別の衛兵《えいへい》に合図して謁見室《えっけんしつ》まで案内させる。

その謁見室《えっけんしつ》にたどり着く頃には、バンガスとユーガッブが顔をそろえて待ちかまえていた。二人とも不愉快《ふゆかい》そうだ。

もっと正確《せいかく》に言うと、ユーガッブは頭から湯気が立つほどいきり立っており、リーダーの許《きょ》可《か》があればいまにも戦斧《せんぷ》を振《ふ》り下《お》ろしてきそうだ。一方、バンガスはとりあえず言い分を聞いてくれそうな雰囲気《ふんいき》だった。

「これはこれは、グレート・バンガス様！」クリッテンは大声でそう呼《よ》びながら、さっそうと入室した。いつもならそんな儀礼めいたあいさつはしないのだが――嫌《いや》というほど長いつきあいなので――同席している連中に強く印象づける必要があった。命乞《いのちご》いではなく、重要な取引のために現れたことを。

「これはようこそ、クリッテン殿！」グレート・バンガスは玉座《ぎょくざ》から応答《おうとう》した。

「ふざけた野郎だ！」ユーガッブはクリッテンに詰《つ》め寄《よ》りながら怒鳴《どな》りつけた。「のこのこ姿《すがた》を現すとはいい度胸《どきょう》だな！　時間の節約ついでに、いますぐあの世へ送ってやろうか！」

「そんなことをすれば評判《ひょうばん》どおりの愚《おろ》か者《もの》であることをみずから証明することになるぞ！」

「おまえの言うとおりだが――なんだと、ちょっと待て！」ユーガッブは相手が歯向かってきたことに驚《おどろ》いた。ちょっと前までこいつは囚人であり、策《さく》を弄《ろう》して逃《に》げまわっていたにすぎない。それが何事もなかったかのように戻《もど》ってきたのだから、人を愚弄《ぐろう》するにもほどがある。

まさにクリッテンの狙《ねら》いどおりの展開《てんかい》になった。

ユーガッブは戦斧《せんぷ》を取り出してクリッテンの面前で振《ふ》り回《まわ》した。「舌先三寸のでまかせはもはや通用せんぞ！」もし二人だけなら、クリッテンはたちまち真っ二つにされていただろう。

しかし、ここは謁見室《えっけんしつ》である。

「ユーガップ、よさんか！」グレート・バンガスは玉座《ぎょくざ》に腰《こし》かけたまま居並《いなら》ぶ家来たちに威厳《いげん》を見せつけた——ユーガップごときを制止するのに立ち上がる必要はないとばかりに。

バンガスの命令どおりに、ユーガップは必殺《ひっさつ》の戦斧《せんぷ》を振《ふ》り上《あ》げたまま凍《こお》りついたように動かなくなった。巨漢《きょかん》の副官はリーダーを振《ふ》り返《かえ》って確認《かくにん》することもなく、その場に立《た》ち尽《つ》くして次の命令を待った。

クリッテンは笑みを浮《う》かべた。その笑顔がユーガップをますます怒《おこ》らせることを知りながら。いざとなったら逃《に》げ出《だ》す用意はできていたが、居残《いのこ》ってバンガスにやりこめられるユーガップを見物する方がずっと愉快《ゆかい》である。

バンガスはいきなり本題に入った。つまらない冗談《じょうだん》を言ったりはしない。「わが友よ、とっておきのプランを聞かせてくれるんだろうな？」その言葉には皮肉がこもっていた。「あんなふうに置き去りにされた後だ、生半可《なまはんか》な名案では許《ゆる》されんぞ！」

「名案なんかクソ食らえだ！」ユーガップはクリッテンに向かって歯をむき出した。「いずれにせよ貴様《きさま》をあの世へ送ってやる！」

クリッテンは大声で笑いだした。「バカの一つ覚えみたいにそればっかりだなあ！　わたしを殺《ころ》したがっていることは知っているけどね。でも命が危《あぶ》なくなったらそれ相応《そうおう》の手立てを講じるだけだ。そうなったらそっちも無事では済《す》まないよ！」

「こちらだってむざむざとやられるつもりはない！」

「グレート・バンガス様、わたしはあなたと、その比類なき判断力《はんだんりょく》を尊敬《そんけい》しております」これはいささか褒《ほ》めすぎかもしれないが、お世辞のさじ加減《かげん》ほど難《むずか》しいものはないのだ。「いまからする説明をお聞きになれば、わたしに異を唱える愚《おろ》かしさに気づかれるでしょう！」

「口先だけのインチキ野郎が。おまえの時代は終わったんだ！」

バンガスが黙れとばかりに鼻を鳴らした。この場をユーガップの自由にさせるつもりはなかった。「わが顧問《こもん》よ、さあ言ってみろ！　ここへやって来た目的を！」

そんなリーダーをチラッと振《ふ》り返《かえ》ったユーガップは、クリッテンが特別扱いされることに不満をあらわにしていたが、それ以上何も言わず、攻撃《こうげき》の矛《ほこ》をおさめた。

「わたしが逃《に》げたのは自分のプランを実現させる必要があったからです！」クリッテンはバン

ガスだけでなく砦《とりで》で耳をそばだてている全員に話しかけていた。砦《とりで》の壁《かべ》はひどくうすくて声は筒抜《ぬ》けだった。「わたしはあらゆる問題の解決策《かいけつさく》を見つけ出したのです！」

ユーガッブがあざけった。「その解決策《かいけつさく》とやらは、われわれ全員が尻尾を巻いて逃《に》げ出《だ》すことか、おまえみたいに？」

「その解決策《かいけつさく》とはオーバーワールド侵攻作戦《しんこうさくせん》のことです！」

謁見室《えっけんしつ》の四隅《よすみ》に立つ衛兵《えいへい》たちがびっくりして口をぽかんとあけた。ユーガッブが疑《うたが》わしげにまなざしを向けてきたが、バンガスは話をつづけろというように手を振《ふ》った。

「オーバーワールドの洞窟《どうくつ》の壁《かべ》に描かれていた絵文字はご覧になったでしょう、グレート・バンガス様？　あの記述によると、古代ピグリン文明はオーバーワールドに攻め入り、斧《おの》やクロスボウ、鉤釘つき棍棒などありとあらゆる武器を振《ふ》り回《まわ》して、かの地の弱虫どもを征服《せいふく》したのです。当時は、各地に真新しい砦《とりで》が続々とそびえ、人々は勝利という言葉しか知りませんでした！」

グレート・バンガスはいかにもその絵文字を見て内容を理解《りかい》したかのようにうなずいてみせたが、それは嘘《うそ》だなとクリッテンは見抜《ぬ》いた。バンガスとユーガッブはクリッテンに置き去りにされた直後あわてててネザーへ逃《に》げこんだはずだ。しかしバンガスはその事実を認《みと》めないだろう——絵文字の意味をまったく理解《りかい》していないことも。とりわけ家来たちの前では。

「あの絵文字の記述が事実だった証拠《しょうこ》として、フレイルと呼《よ》ばれる古代の武器を持参しました」クリッテンは荷物袋から洞窟《どうくつ》で見つけた驚《おどろ》くべき武器を取り出すと、グレート・バンガスの足元に置いた。居合《いあ》わせた家来たちがそろって息《いき》を呑《の》む中、バンガスはその武器をつかみあげると、振《ふ》り回《まわ》しはじめた。その顔にいかにも下卑《げび》た笑みがひろがった。

「それがどうした？」ユーガッブが言った。「しょせん大昔の遺物《いぶつ》だろうが。いまのわれわれは好きなときにオーバーワールドへ行くことはできんのだぞ！　おまえ自身が証明してみせたようにな！」

「おまえがここへ帰ってきたのは、あの薬の効能《こうのう》に問題があったからだろう？」バンガスは鎖《くさり》の先《さき》に取り付けられた鉄塊《てっかい》を足元にドスンと置いた。「それとも、他に理由があるのか？」

クリッテンはにっこり笑みを浮《う》かべた。それこそ待ちに待った質問であった。「壮大な新プランを考案したものですから！」

ユーガッブは呆《あき》れたように目をくるりと回した。「お馴染《なじ》みの口癖《くちぐせ》だな。いつもそう言うが、しょせん口先だけのたわごとにすぎん！」

横から口出しされたバンガスは、苛立《いらだ》たしげに、黙れと身ぶりで示した。そしてクリッテンに命じた。「もっと詳《くわ》しく話してみろ」

「わたしの薬は予想以上に長持ちしました！」

「予想以上とは？」

「ずっと効能《こうのう》がつづくのなら、いまもあっちに隠《かく》れているだろ！」ユーガッブはぴしゃりと言った。

たしかにユーガッブの言うとおりだが、それを認《みと》めていると話が前に進まない。クリッテンはあわてて説明した。「洞窟《どうくつ》で薬をこしらえてからオーバーワールドの町に達するまでのあいだです」

グレート・バンガスは顎先《あごさき》をぼりぼりかいた。「それならオーバーワールドに侵攻《しんこう》できるではないか！　薬をたっぷり持ってさえいれば！　それが可能《かのう》になるというのだな？」

クリッテンはリーダーに向かってうやうやしく一礼した。「できますとも、グレート・バンガス様！」

ユーガップはあからさまに疑念《ぎねん》を口にした。「罠の匂《にお》いがぷんぷんするぞ！　全軍を引き連れて乗《の》り込《こ》んだとたん、時間切れとなるんだろ！　そうなると個別の戦闘《せんとう》には勝てても、戦争には負けてしまう！」

「そのとおり！」クリッテンが素直に認《みと》めたので、ユーガップは唖然《あぜん》となった。目を細めて小《こ》柄《がら》な顧問《こもん》を睨《にら》みつけ、トリックの正体を見抜《ぬ》こうとした。

ユーガップの勘《かん》は部分的に当たっているが、仕掛《しか》け全体の規模《きぼ》は想像もつくまい。クリッテンはしばし優越感《ゆうえつかん》を味わってから、話をつづけた。

「あの洞窟《どうくつ》にあるゲートを使うのであれば、われわれはネザーへ帰れぬまま、オーバーワールドに取り残されてしまうでしょう。そこでオーバーワールド人を説得《せっとく》して黒曜石のゲートをもう一つ作ることにしたのです！」

その意味が理解《りかい》されるまでしばし時間を要した。一番先に反応《はんのう》したのはグレート・バンガスだった。

目を細めて顧問《こもん》を見つめる。「オーバーワールド人と話ができたのか？」

クリッテンはうなずいた。

「あいつらが口にするわけのわからん言葉の意味が理解《りかい》できたと申すのか？」

「彼《かれ》らの居住地《きょじゅうち》のど真ん中にあのゲートを建《た》てさせる程度には」

バンガスはとりあえずうなずいたが、クリッテンの言うことを完全には理解《りかい》していなかった。

「ならば侵攻《しんこう》して征服《せいふく》しても、オーバーワールドの毒におかされる前に帰還《きかん》できるというのか？」

「おおせのとおりです！」

グレート・バンガスはうれしげに手を打ち鳴らした。「すばらしい！　大昔の連中がやってのけたように、われらにもできるのだ！　やつらが住む未知の大地に攻め入ってわが領土にしてしまえるとはな！　まもなくオーバーワールドとその財宝《ざいほう》はわれらのものになるのだぞ！」

「バカな！」ユーガッップはあざけるように鼻を鳴らした。「ちっぽけな居住地《きょじゅうち》をひとつ占領したところで何になりましょう？　いずれ他の居住地《きょじゅうち》からライバルが登場してわれらを追い落としにかかるのでは？」

オーバーワールドの居住地《きょじゅうち》は一つだけではなく、もっとたくさんある。クリッテンもそれは承知していた。ピグリン侵攻《しんこう》がひとたび知《し》れ渡《わた》れば、その脅威《きょうい》を放置する連中はいないはずだ。

オーバーワールド人たちは団結《だんけつ》して対抗し、ピグリン勢《ぜい》をネザーへ追い返すだろう。そうなると数で劣《おと》るピグリンはすごすごと引《ひ》き揚《あ》げざるを得《え》ない。

「彼《かれ》らの居住地《きょじゅうち》は手始めにすぎません。そこを足がかりにしてオーバーワールド全土に侵攻《しんこう》作戦を展開《てんかい》させていくのです！」

ユーガッブは戦斧《せんぷ》を持ち上げた。議論《ぎろん》にうんざりしたので、手っ取り早くケリをつけたかった。「一日だって持ちこたえられないのに、そんなことが可能《かのう》なのか？」

「ずっと同じところにいる必要はありません。オーバーワールドの居住地《きょじゅうち》を一つずつ撃破《げきは》していけばいいのです！」

ユーガッブはあざ笑った。「そうやってやられるのを相手が黙って待っているとでも？」

「彼《かれ》らになすすべはありません。こちらはひたすら攻撃《こうげき》を仕掛《しか》けるのみ！」

「そのちっぽけな居住地《きょじゅうち》を起点にしてか？　笑わせるな！」ユーガッブは鼻を鳴らしたが、その鼻息が強すぎてよろめきそうになった。

「違《ちが》います！　同時に複数個所を攻撃《こうげき》します。ネザーからゲートを通ってね！」

「ゲートは二つしかない！　一つは相手の居住地《きょじゅうち》、もう一つはこちらの洞窟《どうくつ》。まったく足りないではないか！」

クリッテンは笑みを浮《う》かべた。このときを待っていたのだ。「それは認《みと》めるよ、おバカさん！　だが、わたしが言っているのは、一つや二つのことではない！　必要なだけのゲートをそろえる話だ！　それもできるだけ数多く！」

グレート・バンガスは思わず玉座《ぎょくざ》から立ち上がり、クリッテンに向かって前のめりになった。いままでになく困惑《こんわく》の表情を浮《う》かべている。「おまえは何を言っておるのだ？」

「黒曜石のゲートを作り出す話です！　黒曜石さえ手に入れば、好きなだけゲートを増設《ぞうせつ》できるという話です！」

ユーガッブが力なく戦斧《せんぷ》を下ろした拍子《ひょうし》に先端《せんたん》が床に当たってガタンと金属音《きんぞくおん》を響《ひび》かせた。クリッテンを殺《ころ》したいという衝動はどこかへ消し飛んでしまった。この瞬間《しゅんかん》、勝負はクリッテンの完勝に終わったのだ。

一方、グレート・バンガスは玉座《ぎょくざ》からクリッテンのもとに駆《か》け寄《よ》った。リーダーは小柄《こがら》な顧《こ》問《もん》を持ち上げると、そのままぐるりと一回転した。「さすがだ！　おまえならやると思っていた！　それを疑《うたが》ったことは一度もないぞ！　一度もな！」

　クリッテンは口をつぐんだまま何も言わなかった。バンガスの信頼《しんらい》を損《そこ》ねて追放されたことをわざわざ指摘《してき》して無用の災《わざわ》いを招《まね》くことはない。あえて言わせてもらうなら、この結果はバンガスの怪我《けが》の功名《こうみょう》だろう。バンガスがクリッテンに問題の解決《かいけつ》を無理《むり》強《じ》いして手ひどい目に遭《あ》わせたからこそ、こうして幸運がめぐってきたのだ。

　クリッテンはありのままを受け入れた。もし砦《とりで》から追放されなかったら――そしてファーナムの自宅《じたく》へ逃《に》げこむところまで追いつめられなかったら――オーバーワールド侵略《しんりゃく》を実現する方法など思いつかなかっただろう。

　しかしクリッテンにはグレート・バンガスに教えていない秘密《ひみつ》があった。

第21章　オーバーワールド侵攻作戦《しんこうさくせん》

ファーナムがクリッテンと決めた取引は、思った以上に素晴らしかった。二人はあれからネザーで数回打ち合わせをくりかえした。その結果運ばれてくる動物は驚《おどろ》くべきものばかりだった。

黒曜石のゲートを開放したままにしておくことは望ましくないので、毎晩《まいばん》スイッチを入れて新顔が持《も》ち込《こ》まれるかどうか確認《かくにん》した。何もないときはゲートを閉《と》じて翌日再確認《よくじつさいかくにん》することにした。クリッテンはめったに姿《すがた》を現さなかったが、いつでも渡《わた》せるよう約束の黒曜石をふんだんに用意しておいた。

クリッテンがまず持《も》ち込《こ》んできたのは白子のウーパールーパーだった。洞窟《どうくつ》で見かけたやつにそっくりで、ひょっとしたら同じ個体かもしれないが確信《かくしん》はなかった。ネザーからあの洞窟《どうくつ》へ行くことはたやすく――あそこに生息しているめずらしいウーパールーパーを捕獲《ほかく》するのも容易《ようい》なはずだ。

さらにクリッテンはありとあらゆる種類の生き物を運んできた。いまのところもっとも興味深いのはホグリンと呼《よ》ばれる動物である。豚によく似ているが、背筋《はいきん》にそって扇状《おうぎじょう》に毛が逆《さか》立《だ》ち、口の両側《りょうがわ》に牙《きば》をそなえていた。

それにおそろしく凶暴《きょうぼう》だった。ファーナムは豚の世話ならしたことがある。いまも動物園で数頭飼《か》っている。しかし突《つ》っかかってくるホグリンには手を焼いた。心地よく暮《く》らせるようネザーラックを敷《し》きつめてやっても凶暴性《きょうぼうせい》がやわらぐことはなかった。

幸いにも、ファーナムたちは心構《こころがま》えができていた。ネザーには危険《きけん》な動物が山ほどいることをグリンチャードから聞かされていたので、そんな動物がいつやって来ても対応《たいおう》できるよう準備《じゅんび》していたのだ。具体的には、特別に補強した囲《かこ》いを用意していた。

そんな凶暴《きょうぼう》なケモノに檻《おり》を破られて町を恐怖《きょうふ》に陥《おとしい》れることだけは避《さ》けなくてはならない。もしそうなったら、ファーナムはそのケモノを殺《ころ》さなくてはならず、結果的に動物園の設立趣《せつりつしゅ》旨《し》に反することになる。動物園は人々にめずらしい動物を紹介する施設《しせつ》だ――そうした動物たちを守ると同時に、見に来る人たちも守らなくてはならないのだ。

クリッテンが初めてホグリンを連れてきたとき、ファーナムは興奮《こうふん》のきわみに達した。一目見たとたん想像力を刺激《しげき》されたのだ。こいつを皮切りに多種多様《たしゅたよう》な動物をどれだけ動物園に入れられるだろう、と。

残念ながら、ホグリンは長生きできなかった。温められた環境《かんきょう》に適応《てきおう》したストライダーとは対照的に、ホグリンはピグリンと同じような末路をたどった――オーバーワールドの毒にやられたのだ。クリッテンがこのケモノを連れてきたときにその可能性《かのうせい》に気づくべきだったのに、興奮《こうふん》のあまり見逃《みのが》してしまった。

病状《びょうじょう》がひどくなる前にネザーへ送り返してやればよかったのだが、近寄《ちかよ》れば攻撃《こうげき》してくるのでなかなか捕《つか》まえることができず、そうこうしているうちに息絶えたのである。

ファーナムにとっては悲しい出来事だった。遺骸《いがい》の前にひざをつき、声をあげて泣いた。こんな悲運に見舞《みま》われるなんてあんまりだ。すると死んだはずのホグリンがふいに立ち上がり、また襲《おそ》いかかってきた。

ホグリンからゾグリン――ゾンビ化したホグリン――への変身に呆然《ぼうぜん》となったファーナムは、

逃《に》げることを忘《わす》れた。そのため脚《あし》をかじられながらフェンスをよじ登って脱出《だっしゅつ》し、メイクレアの手当てを受けるはめになった。

ファーナムは傷《きず》ついた身を横たえながら、なおも激《はげ》しく突《つ》っかかってくるゾグリンをフェンス越《ご》しに眺《なが》めた。「こいつは動物園向きの生き物じゃないかも」

グリンチャードは友人をなぐさめようと、そんな弱気発言を笑い飛ばした。「おい、冗談《じょうだん》だろ？　こいつはパーフェクトだぜ。すでに死んでるから殺《ころ》す必要がない！　それに餌《えさ》をやる必要もないんだからな！」

「またかじられないよう注意しなさいよ」メイクレアがファーナムの傷《きず》に包帯《ほうたい》を巻きながら言った。

メイクレアが口をきいてくれたのでファーナムはうれしかった。このところずっとダイヤモンド製のつるはしをめぐって言い争っていたものだから、遠ざけられていたのだ。

実際《じっさい》には、口論というよりファーナム側《がわ》からの懇願《こんがん》といった方がよく、つるはしを譲《ゆず》ってほしいと頼むたびに、メイクレアに拒否《きょひ》されていた。

「これはあたしのものよ」メイクレアは言った。「あんたのものじゃなくて、あたしのもの。

そして仕事に必要な道具なの」

「もう一つ作れないかなあ？　そんなに複雑《ふくざつ》な構造《こうぞう》じゃないみたいだし」

メイクレアは鼻で笑った。「作るのは簡単《かんたん》よ。材料をそろえるのが大変なの。ダイヤモンドは稀少で値《ね》が張るしね。このタイプのつるはしは超レア品なのよ」

クリッテンと取引について話し合ったときはメイクレアを説得《せっとく》すれば何とかなると思っていた。しかし、それは見込《みこ》み違《ちが》いだったようだ。

「でも動物園のために必要なんだよ！　クリッテンに約束しちゃったから」

「黒曜石をあげればいいじゃない、必要なだけいくらでも——何に使うのか知らないけれどさ。そっちの方が順調《じゅんちょう》なうちは、文句《もんく》は言わないでしょ」

「そのうち飽《あ》き足《た》らなくなってダイヤモンドのつるはしをほしがるよ。それを譲《ゆず》ってくれると助かるんだがなあ」

メイクレアは呆《あき》れたように目をくるりと回した。「ダメ。これはあんたのものじゃない。それにあんた、気前がよすぎるんじゃないの。動物を連れてくるようになったからといって、相手のほしがるものを何でもあげようなんて。あいつがいつまでも動物を運んでくると思うの？」

「信頼《しんらい》しているもの。約束したし」

メイクレアは悲しげに首を振《ふ》った。「ホントやさしいわね。でもまあ、あんたのそういうところが好きなんだけどね。でも、よく知らない連中をみだりに信用しちゃだめよ」

「よく知らないのは当たり前だろ！」ファーナムは言い返した。「まだ付き合いだして日が浅いもの。だけど、付き合いを重ねていけば人柄もわかってくるさ。それにいまのところ約束は守ってくれているし。だからこちらも約束を守りたいんだよ」

「だったらいまから貯金することね、ダイヤモンドのつるはしが買えるよう。それを渡《わた》してあげればいい」

それで議論《ぎろん》は打ち切りになったが、ファーナムはいずれ蒸し返すつもりでいた。脚《あし》の傷《きず》の手当てをしてもらっているときに無理を言うのはさすがに気が引けた。

それからしばらく、クリッテンは用意された黒曜石を満足そうに受け取り、新顔の動物をつぎつぎに運んできた。ゾグリン事故《じこ》のあと、クリッテンは生きのいい――元気一杯で凶暴《きょうぼう》な――ホグリンを連れてやって来た。

「これは受け取らない方がいいかも」ファーナムは言った。「素晴らしい動物がいらないというわけじゃなく、ぼくのせいで死なせてしまうのが嫌《いや》だから。ちゃんと世話できないのなら、動物園に入れるべきじゃない」

その説明はじっと耳を傾《かたむ》けている友人向けのもので、一語も理解《りかい》できないクリッテンに向けたものではなかった。そのクリッテンが戸惑《とまど》いのこもったうなり声をもらすと、ファーナムは新顔のホグリンとゾグリンを交互《こうご》に指さし、強く首を振《ふ》ってみせた。

事情を理解《りかい》したクリッテンは新顔のホグリンを連れてネザーへ帰っていった。しかしその翌日、クリッテンは同じホグリンを連れて引き返してきた。古ぼけた瓶《びん》をぎっしり詰《つ》め込《こ》んだチェストを持って。ホグリンをファーナムに預《あず》けたクリッテンは、一本の瓶《びん》を引っ張り出してコルク栓を抜《ぬ》いた。その瓶《びん》にはほこり臭《くさ》い謎《なぞ》めいた液体が詰《つ》まっていた。

クリッテンからその瓶《びん》の中身をあたえられたホグリンは、チュルチュルと一気に飲み干した。そのあとクリッテンは数分間、様子を観察《かんさつ》していたが、ホグリンはひどく元気そうに見えた。すっかり満足したクリッテンはにんまり笑うと、ホグリンと薬瓶《くすりびん》の両方をファーナムに引《ひ》き渡《わた》した。

「これを飲ませればいいんだね？」ファーナムが薬瓶《くすりびん》を掲《かか》げると、クリッテンは力強くうなずいた。

この薬を飲ませる回数を知りたかったが、どう尋《たず》ねればいいかわからない。それにネザーとオーバーワールドでは時間の数え方が異なっているかもしれず、聞くだけムダだ。要は、ホグリンから目を離《はな》さず、具合が悪くなってきたらすかさず薬をあたえればいいのだ。その間隔《かんかく》をスケジュール化していけばいい。

ホグリン以外の動物はさほど手間がかからなかった。問題は、そうした動物たちを収容《しゅうよう》する施設《しせつ》の増設《ぞうせつ》で、これはメイクレアとグリンチャードが大車輪の働きをみせてくれた。彼《かれ》らがいなければ、とても間に合わなかっただろう。

ある晩《ばん》、長い労働を終えて三人そろってくつろいでいるときに、ファーナムが乾杯の音頭をとった。「きみたちの多大な尽力《じんりょく》に感謝《かんしゃ》したいと思います。きみたちがいなかったら、ぼくは餌《えさ》やりの途中《とちゅう》でダウンしていたかもしれない」

「もしくはゾグリンの餌《えさ》になっていたか！」グリンチャードがまぜっかえした。

ファーナムの脚《あし》の傷《きず》はすでに治っていたが、襲《おそ》われた記憶《きおく》はいまも鮮明《せんめい》に残っている。この傷《きず》は格好《かっこう》の教訓になった。野生動物の取り扱いには注意しすぎるくらいがいい――とりわけネザー生まれの生き物には。

「ホントきみたちにはいくら感謝《かんしゃ》しても足りないくらいだ！」

「何もかもみんなのためよ」メイクレアが言った。「あんたがゾンビになったら、あたしたちに喰らいつくでしょうね！」

「でも、心配無用」グリンチャードが応《おう》じた。「動物園の檻《おり》の一つに閉《と》じ込《こ》めて、ずっと面倒《めんどう》みてやるから」

ファーナムも負けじと言い返す。「動物園は一生の夢《ゆめ》だけど、死人になったあとも頑張《がんば》るつもりはないよ！」

夜が更けると、ファーナムたちは動物園の奥《おく》にある黒曜石のゲート前に集まった。いつものようにスイッチを入れる。ゲートはいつものように作動して、紫色《むらさきいろ》のフィールドが渦《うず》を巻《ま》いて現れた。

紹介したい動物がいるのならクリッテンは弾《はず》むような足取りで運《はこ》び込《こ》み、ファーナムを喜ばせてくれる。

だが、今夜は何も現れなかった。すくなくともいまのところは。

メイクレアがファーナムの背中《せなか》をぽんとたたいた。「明日またやってみたら」

「ここしばらく顔を見てないんだ」ファーナムはゲートを見つめながら心配そうに言った。

「クリッテンに何かあったのかな?」

「動物集めは楽な仕事じゃないからな」グリンチャードは答えた。「動物を捕《つか》まえようとしてヤバい目に遭《あ》ったのかも」

メイクレアは鼻で笑った。「縁起《えんぎ》でもないことを言うもんじゃないわ。彼《かれ》が心配するでしょ」

そしてファーナムを振《ふ》り返《かえ》った。「大丈夫だって。おそらく特別な動物を探し回っているのよ。おとなしい動物たちは運ぶだけ運んじゃったから、手ごわいやつに挑戦してるんだわ、きっと。それで手間取ってるのよ」

ファーナムは唇をかんだ。どうしていいかわからなかった。ネザーまでクリッテンを捜《さが》しに行くことはできない。危険《きけん》すぎるからだ。それに約束したはずだ。動物をもらう代わりに黒曜石を渡《わた》すと。

とりあえず明日まで待つことにした。「いつまでも連絡がないようなら捜《さが》しに行く必要があるけど」ファーナムは言った。「今夜はやめとくよ」二人の友人は暗い顔でうなずいた。

ファーナムがあきらめてスイッチを切ろうとしたちょうどそのとき、紫色《むらさきいろ》のフィールドがちらちらと光った。

ファーナムの胸《むね》は期待にふくれ上がった。今回ばかりはクリッテンの登場が待ちきれなかった。

しかしゲートから現れたのはクリッテンではなかった。いままで見たこともないピグリンの巨漢《きょかん》で、武装《ぶそう》したピグリン兵を大勢従《おおぜいしたが》えていた。

第22章　ピグリン軍団大暴《ぐんだんおおあば》れ！

「ピグリンの大軍だ！」グリンチャードは大声を張りあげながら剣《けん》をぬいて身構《みがま》えた。「いますぐゲートを閉鎖《へいさ》しろ！」

メイクレアも剣《けん》をぬいて身構《みがま》えた。ファーナムは剣《けん》を持参しなかった自分自身を呪った。クリッテンを信用していたので会うときに武装《ぶそう》したことは一度もなかったのだ。話し合いの席上で問題が発生しても、あんな小柄《こがら》な相手なら難《なん》なく追い返せると思っていた。そして黒曜石のゲートを閉《と》じてしまえばいいと――そう永久に。

まさか、クリッテン以外のピグリンが鼻息も荒《あら》く飛《と》び込《こ》んでこようとは夢《ゆめ》にも思わなかった――しかもそいつは倍以上に大柄《おおがら》ときた！

「もう手遅《ておく》れだわ！」メイクレアは後ずさりながら叫《さけ》んだ。いまやゲートからなだれ込《こ》んでくるピグリン勢《ぜい》に押される一方だった。「多すぎて太刀打ちできない！」

友人の見立てが間違《まちが》いであることを願《ねが》ったが、それは空しい祈りであった。すでに大柄《おおがら》で獰《どう》猛《もう》そうなピグリン兵が十数名入《はい》り込《こ》んでおり、黒曜石のゲートの前に立ちふさがっていた。来るなら来いといわんばかりの挑発的《ちょうはつてき》な態度《たいど》で、ファーナムたちがうかうかとその誘いに乗ろうものならたちまち斬《き》り倒《たお》されてしまうだろう。

それでもあえて戦いを挑んだのはグリンチャードだった。

「いま動かなければ、チャンスは二度とない！」

グリンチャードは三人の中で一番の腕利きだった。壁《かべ》のように立ち並《なら》ぶピグリン兵めがけて突撃《とつげき》したグリンチャードは、右に左に切《き》り払《はら》い、場所をあけさせていく。

その活躍ぶりに勢《いきお》いづいたメイクレアも乱戦《らんせん》に身を投じた。剣《けん》を猛然《もうぜん》と振《ふ》り回《まわ》し、敵《てき》につけ入る隙《すき》をあたえない。

「負けるな！　それ行け！　ゴーゴーゴー！」

丸腰《まるごし》のファーナムは立ったまま友人たちを応援《おうえん》した。彼《かれ》らの目にも留《と》まらぬ攻撃《こうげき》ぶりはあざやかで、ピグリン兵たちを押《お》し返《かえ》しはじめた。

ファーナムの友人たちがゲートに近づくにつれて、ピグリン兵の流入がゆるやかになり、やがてぴたっと止まったかに見えた。期待に胸《むね》をふくらませたファーナムだったが、希望はたちまち絶望《ぜつぼう》へと変わった。

ピグリン兵の流入がゆるやかになったのは、さらに大柄《おおがら》なピグリンがゲートをくぐって現れたからだ。とてつもない巨漢《きょかん》で、ゲートのフレームをこするようにして入ってきた。その姿《すがた》を目にしたとたん、ファーナムは声を失った。

そのピグリンは大きなフレイル――ファーナムが見た中では最大級のサイズ――を手にしていた。鎖《くさり》の先《さき》に取り付けられた鉄塊《てっかい》を地面にたたきつけたとたん、地面が揺《ゆ》れるのを感じた。鼻を鳴らす音もすさまじく、ファーナムは全身の血が凍《こお》りつくような恐怖《きょうふ》を覚えた。

「罠だ！」ファーナムは大声で注意した。「逃《に》げろ！」

絶体絶命の危機《きき》が迫《せま》っているにもかかわらず、グリンチャードは退却《たいきゃく》を拒《こば》んだ。それどころか、大勢《おおぜい》のピグリン兵を押《お》しのけてゲートから出てきたばかりの巨漢《きょかん》に近づいていった。

勇猛果敢《ゆうもうかかん》なメイクレアもその後につづき、友人の隙《すき》を突《つ》こうとするピグリン兵を躊躇《ちゅうちょ》なく追《お》い払《はら》った。ピグリン兵たちも応戦《おうせん》したが、メイクレアの動きをはばむことはできなかった。

妨害《ぼうがい》されながらもようやくグリンチャードは巨漢《きょかん》のピグリンと面と向かって立つ位置に達した。巨漢《きょかん》のすぐ後ろにゲートがあり、巨漢《きょかん》とグリンチャードのあいだには誰《だれ》もいなかった。その瞬間《しゅんかん》、巨漢《きょかん》は強力な武器を持ち上げ、前よりずっと大きな音で鼻を鳴らした。動物園の守護者たちを取《と》り囲《かこ》むピグリン兵たちは、たちまち万力のごとく締め付けを強めた。

あのビッグなピグリンが――ビッグリンとでも呼《よ》ぼうか、と分類マニアのファーナムは思った――グリンチャードめがけてフレイルを振《ふ》り下《お》ろしてきた。探険家《たんけんか》の友人はすかさず身をかわすべきだったが、ピグリン兵に両側《りょうがわ》から圧力をかけられて動きようがなかった。そこで必殺《ひっさつ》の一撃《げき》を剣《けん》で受け止めようとした。

剣《けん》の柄《つか》をにぎったグリンチャードは、もう一方の手を刃《は》の背《せ》にあてがいながら身構《みがま》えた。しかし黄金色のフレイルから放たれた鉄塊《てっかい》は隕石のように宙を飛び、その刃《は》を真っ二つにへし折った。

「そんな！」ファーナムは叫《さけ》んだが、それは予想された結果だった。

その衝撃《しょうげき》でグリンチャードはあお向けに倒《たお》れ込《こ》んだが、ピグリン兵たちが覆《おお》いかぶさるように押《お》し寄《よ》せてきたのでたちまち姿《すがた》が見えなくなった。

メイクレアはすかさず前進し、剣《けん》を前後左右に振《ふ》り回《まわ》して、倒《たお》れたグリンチャードからピグリン兵を追《お》い払《はら》おうとしたが、すぐさま別の兵士たちが割って入って両者を孤立《こりつ》させた。

もはやこれまで。ファーナムは覚悟《かくご》を決めた。二人の友人はいずれも経験豊《けいけんゆた》かな戦士で剣《けん》の腕前もぬきんでていた。しかし、これだけ敵《てき》の数が多いとその腕も通用しない。まさに多勢《たぜい》に無勢《ぶぜい》、完敗だった。

「やめろ！」ファーナムは声のかぎりに叫《さけ》んだ。「やめてくれ！　ぼくたちの負けだ！　降参《こうさん》するよ！」

友人たちから卑怯者《ひきょうもの》あつかいされるかもしれないが――それどころかこんなふうに敗北宣言《はいぼくせんげん》したことで裏切《うらぎ》り者《もの》と見なされるかもしれないが、そう思われても平気だった。何よりも大切なのは友人たちの命だからだ。

たとえファーナムが剣《けん》を持参しており――誰《だれ》よりもすぐれた剣士《けんし》であったとしても――形勢《けいせい》を逆転《ぎゃくてん》させることはできなかっただろう。大海をスプーンでかき回すような戦いだったからだ。

ピグリンのリーダーは――おそらくあの巨漢《きょかん》がそうなのだろう――鼻を鳴らして応《おう》じたが、友人たちに群がったピグリン兵たちの動きを止めようとはしなかった。グリンチャードとメイクレアはまさに人波に飲まれ、海に没したかのように姿《すがた》を消していた。

「やめろ！」ファーナムは叫《さけ》んだ。「やめてくれ！」

ピグリン兵はその叫《さけ》び声《ごえ》を無視《むし》した。もしかしたら二人とも殺《ころ》されているかもしれない。ファーナムは数歩前に出て、やめるよう叫《さけ》んだが、振《ふ》り返《かえ》ったピグリン兵たちは武器を振《ふ》り回《まわ》すだけだった。

ファーナムはもっと重大な問題があることに気づいた。被害は友人や動物園にとどまらない。町全体が破壊《はかい》されてしまうかもしれないのだ。すぐさま急を告げなくては。

ファーナムは身をひるがえすと動物園の正門めがけて駆《か》け出《だ》した。「ピグリン襲来《しゅうらい》！　助けて！　ピグリンが襲《おそ》ってきた！」と叫《さけ》びながら。

正門にたどり着くと、夕方閉園《へいえん》したときに施錠したことを思い出した。その錠をはずそうとしていると、追いかけてきたピグリン兵に戦斧《せんぷ》の柄《え》でゴツンと殴《なぐ》られた。

ファーナムは目を回して地面に倒《たお》れた。見えるのはこちらに向かってくるピグリン兵たちだけだ。みんないきり立っている。これで一巻の終わりなのか。「助けて！」ファーナムは両腕で頭をかばいながら叫《さけ》んだ。「お願《ねが》い！」

第23章　裏切《うらぎ》り者《もの》

クリッテンが動物園の黒曜石のゲートをくぐり抜《ぬ》ける頃、奇襲作戦《きしゅうさくせん》は終了していた。グレート・バンガスから一番乗りの栄誉《えいよ》をあたえられたのは、オーバーワールド突撃部隊《とつげきぶたい》を指揮《しき》したユーガッブであった。精強を誇《ほこ》るピグリンの兵士たちがオーバーワールドに先乗りしたユーガッブに合流すると、バンガス自身もゲートをくぐった。

クリッテンは出撃《しゅつげき》するピグリン兵に手早くこしらえた解毒剤《げどくざい》を飲ませるのに忙《いそが》しかった。これを服用していないとたちまちオーバーワールドの毒にやられてしまう。クリッテンは薬瓶《くすりびん》を詰《つ》め込《こ》むためのチェストをいくつもこしらえ、黒曜石用のチェストのすぐ横に置いていた。もちろんその黒曜石はファーナムからもらったものである。

ピグリン兵たちが一箱目の薬をぐびぐびと飲み干してしまうと、クリッテンは全員に行《い》き渡《わた》るよう二箱目をあけた。薬効の持続時間はかぎられているので、薬を飲んだピグリン兵はすぐさまゲートの向《む》こう側《がわ》へ追いやられた。持てる時間を最大限有効《さいだいげんゆうこう》に使うのが兵士たるものの務めである。

しんがりの兵士がゲートをくぐって姿《すがた》を消すと、クリッテンは二箱目のチェストをしめてからその後を追った。

クリッテンは内心、ファーナムとその友人たちの無事を祈っていた。あのオーバーワールド人たちは取引期間中ずっとクリッテンによくしてくれた。あれほど役に立つパートナーの命を奪《うば》うなんて恥さらしもいいところだ。

しかしクリッテンはバンガスに慈悲《じひ》を乞《こ》うほど愚《おろ》かではなかった。あの残忍なリーダーにそんなものがあるはずがない。他人に情けをかけるようなタイプなら砦《とりで》の支配者《しはいしゃ》にのぼりつめることなどできなかっただろう。だから代わりにこう指摘《してき》しておいた。ファーナムと付き合いを深める中で、彼がオーバーワールドの案内人にうってつけの人物であることがわかった。征服《せいふく》に役立つ知恵袋をむざむざ殺《ころ》すことはないと。

バンガスもしぶしぶこの言い分を認《みと》め、ファーナムを殺《ころ》してはならぬと兵士たちに命じた。

問題は、オーバーワールド人の見分けがつかないことだ。兵士たちにはみな似たように見えるのだ。ちゃんと見分けられるのはクリッテンだけだった。

それに奇襲《きしゅう》をかけて激《はげ》しく戦う最中に顔の見分けなどつくわけがない。そこでバンガスはこう命じた。動物園の中にいるオーバーワールド人は全員生かしておけと。

「われわれにどうしろと？」ユーガッブが問い返した。「奇襲《きしゅう》をかけるのは口を封《ふう》じるためですぞ！　一人でも討ちもらしたら仲間に急報《きゅうほう》されてしまう！」

バンガスはユーガッブの鼻に鉄拳を食らわした。リーダーに言い返すなどもってのほかなのだ。「手早くぶちのめして、気絶したら、わしのところへ連れて来い！」

ユーガッブはバンガスを睨《にら》みつけながら後ずさった。「どうせ殺《ころ》すことになるのに！」

この口答えに激怒《げきど》したバンガスはユーガッブをやり込《こ》めた。「ならば好きなだけ殺《ころ》せ！　これはいくさだ。いずれオーバーワールド人は残らず死ぬことになる！　だが、わしが生かしておけと命じた者たちを殺《ころ》したら、貴様《きさま》もその後を追うことになるぞ！」

これで議論《ぎろん》にはケリがついたが、クリッテンにとって心配なのは、ファーナムたちが「うっかり」殺《ころ》されてしまうことだ。武器を手にした戦いの最中ではよくあることだし、バンガス配下のピグリン兵たちはとりわけその傾向《けいこう》が強かった。

だからファーナムとその友人たちが空っぽの囲《かこ》いに放《ほう》り込《こ》まれているところを見て、クリッテンは安心した——というか、ちょっぴり驚《おどろ》いた。その囲《かこ》いはクリッテンがネザーから運んでくる新しい動物たちのために用意されたものだったからだ。これで選択肢《せんたくし》がぐんと増《ふ》えた。彼《かれ》らがいるといないとでは天と地ほどの差があった。

ファーナムはクリッテンが到着するところを見ていたらしい。すぐにこちらを向いて手を振《ふ》ってきた。クリッテンは最初無視《むし》するつもりだったが——すぐに思いなおして——わかっているというふうにうなずくとそっぽを向いた。いずれ話をしなくてはならないが、その前にやっておくべきことがあった。

クリッテンはあたりを見まわした。動物園の正門前に集まったピグリン兵たちは待ちきれないとばかりに武器をガチャガチャいわせていた。その前に立ちふさがったユーガッブがぬけがけを封《ふう》じているあいだに、グレート・バンガスがのしのしと近づいてきた。

バンガスは大声で居住地《きょじゅうち》の攻略方法《こうりゃくほうほう》を伝えた。クリッテンの助言どおり、命令は簡単明瞭《かんたんめいりょう》なものである。したがって誤解《ごかい》はあり得《え》ないはずなのだが、それでも意味を取《と》り違《ちが》える兵士がいてクリッテンを呆《あき》れせた。

「これは最初の戦闘《せんとう》だ！」グレート・バンガスの声はなみはずれて大きく、近隣《きんりん》の住人たちの耳にも届《とど》いているはずだ。そうなると出撃《しゅつげき》してくるピグリン勢《ぜい》を待ちかまえている可能性《かのうせい》があるが、いまさら手の打ちようがなかった。

「これより居住地《きょじゅうち》をかたっぱしから攻略《こうりゃく》してゆく！　オーバーワールドの財宝《ざいほう》を残らずわがものとするのだ！　誰《だれ》にも邪魔《じゃま》はさせぬ！」

ピグリン兵たちが一斉《いっせい》に鬨《とき》の声をあげると、グレート・バンガスは歯をむきだしてその叫《さけ》び声《ごえ》にこたえた。いままでピグリンの来襲《らいしゅう》を知らなかった町の住人たちもこれでさすがに気がついただろう。

ただ気づいたからといって防《ふせ》げるものではない。

グレート・バンガスは正門前に立つユーガッブを指さすと、兵士たちの喝采《かっさい》を圧する大声で命じた。「すぐさまピグリンの戦士たちを解き放《はな》ち、オーバーワールドを恐怖《きょうふ》のどん底に突《つ》き落《お》としてやれ！」

それを合図に、ユーガッブが正門をひらいて脇へしりぞくと、ピグリン兵たちは水門からあふれた激流《げきりゅう》のごとく飛び出した。耳を聾《ろう》さんばかりの足音はやがてとどろく雷鳴のように遠ざかっていった。

「お見事!」クリッテンはグレート・バンガスに駆《か》け寄《よ》りながら祝辞を述べた。いまのところ非の打ちどころのない采配ぶりであった。「これで、あっという間に町はわれわれのものですぞ!」

ユーガッブがあざけった。「われわれだと? おのれなんぞは数のうちに入っておらぬわ、この裏切《うらぎ》り者《もの》め!」

「裏切《うらぎ》り者《もの》だと?」クリッテンはずっと大柄《おおがら》な相手を睨《にら》みつけた。「わたしがいなければ、誰《だれ》一人この地に長居《ながい》はできず、オーバーワールド全土はおろか、建物《たてもの》一つ占領《せんりょう》できないんだぞ!」

ユーガッブはのしかかるように身《み》を寄《よ》せて、おまえなど一足で踏《ふ》みつぶせるといわんばかりに恫喝した。「おのれがグレート・バンガスに従《したが》うのは忠誠心《ちゅうせいしん》があるからではなく、ただ怖《こわ》いからだ! そんなのは卑怯者《ひきょうもの》のすることだ!」

「オーバーワールドの弱虫相手に奇襲《きしゅう》をかけるようなやつがよく言うもんだ! 卑怯者《ひきょうもの》はどっ

ちだ？」

「よさんか！」グレート・バンガスは怒鳴《どな》りつけた。「今宵《こよい》は一致団結《ちだんけつ》して勝利したのだ！これからも一致団結《ちだんけつ》してオーバーワールドを略奪《りゃくだつ》せねばならん！　いつまでもくだらぬ言い争いをつづけるのなら、まずおまえら二人を血祭りに上げてやる。略奪《りゃくだつ》に出かけるのはそれからだ！」

ユーガップブとクリッテンは二人ともバンガスの怒《いか》りに恐《おそ》れをなした。さすがに言い合いはやめたが、おたがいに謝罪《しゃざい》を口にする気にもなれず、賢明《けんめい》にもただ黙《だま》り込《こ》んだ——すくなくともバンガスの目が光っているあいだは。

「さあ、このわしも楽しく略奪《りゃくだつ》に加わるか！」グレート・バンガスは大股《おおまた》に正門を通《とお》り抜《ぬ》けて兵士たちの後を追った。武器がぶつかり合う音や負傷者《ふしょうしゃ》の悲鳴が聞こえてくると、ごつい口もとをゆがめてにんまり笑った。

ユーガップブとクリッテンは深夜の町へ向かうリーダーのうしろ姿《すがた》を見送った。押《お》し込《こ》むべき家屋をしきりに物色している。やがてお気に入りの物件を見つけたらしく、その方角へドタドタと駆《か》け出《だ》した。黄金色のフレイルにつないだ鉄塊《てっかい》をぶんぶん振《ふ》り回《まわ》し、耳をつんざくような雄叫《おたけ》びをあげながら。

ユーガッブはクリッテンを振《ふ》り返《かえ》って睨《にら》みつけた。「ここを動くなよ、裏切《うらぎ》り者《もの》。おまえみたいな連中に、この戦いの栄光《えいこう》が及ぶことはない！」

クリッテンにもわかっていた。勝手に捨《す》て台詞《ぜりふ》を言わせて戦いに送り出すのが賢明《けんめい》だと――しかし、どうしてもチクリと一言投げつけたくなった。「わたしが栄光《えいこう》と無縁《むえん》なら、おまえさんだって似たようなものじゃないか！」

ユーガッブは正門を抜《ぬ》けかけたところでピタッと足を止め、くるりと振《ふ》り向《む》いた。「なんだと？」

こうなると謝《あやま》るのが一番だとわかっていた――あるいはまったく別のことを言ったようにとぼけるか。しかし、侮辱《ぶじょく》を倍増《ばいぞう》させる方向に舵《かじ》を切ってしまった。「聞こえたろ！ それとも両方の耳のあいだに詰まってるのは筋肉《きんにく》だけかい？ さてはあの薬の副作用か！」

ユーガッブはたちまち近づいてくるとクリッテンを平手打ちにして地面にころがした。目の前の星が消えるのを待つ顧問《こもん》に、巨漢《きょかん》の副官は怒声《どせい》をあびせた。「立場をわきまえろ！ おれの上司はグレート・バンガスだけだぞ。それ以外の全員がおれの配下だ。そのおれに楯突《たてつ》けば、それ相応《そうおう》の報《むく》いを受けることになる！」

クリッテンは頭をはっきりさせようと首を振《ふ》った。「わたしは必要不可欠《ひつようふかけつ》な人材だ！」

ユーガッブは虚勢《きょせい》を張る顧問《こもん》を笑い飛ばした。「たわけ！　必要なのはおまえの薬であって、おまえではない！」

クリッテンは弾《はじ》かれたように立ち上がった。「あの薬の作り方を知っているのはわたしだけだぞ！」

「その問題はおれが解決《かいけつ》してみせる——覚悟《かくご》しておけ、嫌《いや》というほど痛《いた》めつけて秘密《ひみつ》をしぼり出してやるから！」

「そんなマネはさせない！」そう言い返したとたん、クリッテンは後悔した。ユーガッブなら拷問《ごうもん》など何でもないだろう。むしろ楽しみながらクリッテンを痛《いた》めつけるはずだ。

「どうして？」ユーガッブは問い返した。「おれを止めるやつがいるとでも？」

「わたしを痛《いた》めつけたら、グレート・バンガスが黙っていないぞ！」

ユーガッブは高笑いを響《ひび》かせた。「バンガスはもはやおまえの友人ではない！　薬の製法を奪《うば》えと命じたのは誰《だれ》だと思う？」

クリッテンは恐怖《きょうふ》のあまり目を見開き、逃《に》げ場所を探した。ユーガッブが正門の前に立ちふさがっていたが、ファーナム宅のキッチンまで行ければ裏口《うらぐち》から脱出《だっしゅつ》できるかもしれない。

しかし動こうとしたその瞬間《しゅんかん》、ユーガッブの腕《うで》が伸《の》びてきてクリッテンの襟首《えりくび》をつかんだ。不運な顧問《こもん》は足をバタつかせながら吊《つ》り上《あ》げられた。

「おろせ！」クリッテンは金切り声をあげた。

ユーガッブは鼻で笑った。「心配するな、おろしてやるよ！　ただし、ここではないがな！」

ユーガッブはそう言うと、クリッテンを腕一杯《うでいっぱい》に吊《つ》り上《あ》げたまま動物園の奥《おく》へと向かった。ファーナムたちを監禁《かんきん》した囲《かこ》いにたどり着いたユーガッブは、襟首《えりくび》とズボンの尻をつかみ直すと、クリッテンをフェンス越《ご》しに放《ほう》り込《こ》んだ。

囲《かこ》いの内側《うちがわ》に落下したクリッテンは激痛《げきつう》のあまり悲鳴をあげ、体を丸めた。

「戦いが終わるまでそこで待ってろ！　あとでじっくり料理してやるからな！　さあ略奪《りゃくだつ》に行かねば。せっかくのチャンスを見逃《みのが》すわけにはいかん！」

ユーガッブはくるりと背《せ》を向けると、高笑いを響《ひび》かせながら猛然《もうぜん》と駆《か》け出《だ》した。その笑い声は正門を通《とお》り抜《ぬ》けて姿《すがた》が見えなくなるまで聞こえた。

痛《いた》みがおさまってくると、クリッテンはひざまずいたまま囲《かこ》いのフェンスまでにじり寄《よ》った。フェンスはかなり高い。ユーップのやつはよくもまあ投げこめたものだ。これではフェンスをよじ登ることも鉄柵《てっさく》のあいだをすり抜《ぬ》けることも無理か。つまり、完全に閉《と》じ込《こ》められたことになる。

クリッテンが新たな難問《なんもん》を解決《かいけつ》すべく首をひねっていると、背後《はいご》から咳払《せきばら》いが聞こえた。振《ふ》り返《かえ》ると、目の前にファーナムが立っていた。

第24章　きみは相棒《あいぼう》

まさか自分たちが動物用の囲《かこ》いに閉《と》じ込《こ》められるとは思わなかった。

ファーナムたちは動物が快適《かいてき》に過《す》ごすと同時に、逃《に》げ出《だ》すことができないよう囲《かこ》いをこしらえていた。野生のゾグリンがまた逃走《とうそう》するような事態《じたい》だけは避《さ》けたかったのだ。

今回はその努力が裏目《うらめ》に出た。動物園に侵入《しんにゅう》してきたピグリンたちはファーナムたちをやすやすと打ち負かすと、囲《かこ》いに放《ほう》り込《こ》んで施錠し、その鍵をファーナムのベルトから奪《うば》って立ち去った。

幸いにも、ピグリンは、ゾグリンもふくめて動物たちには手を出さなかった。いまのところ動物たちは安全だ——すくなくとも次回の餌《えさ》の時間までは。

むしろいま一番心配なのは友人たちのことである。グリンチャードは息はあるものの、ずっと意識不明《いしきふめい》。メイクレアは大丈夫そうだが、息を吹き返すのに時間がかかった。

「あいつらのせいで空気を残らず吐《は》き出《だ》しちゃってさ」メイクレアは目を覚ますと言った。

「それで気絶しちゃったのよ。死ぬかと思ったわ」

「ごめん」ファーナムは懸命《けんめい》に涙《なみだ》をこらえながら答えた。「みんなぼくのせいだよ」

「バカ言わないで」メイクレアは肋骨《ろっこつ》が折《お》れていないか調べながら言った。「あんたのせいじゃない。悪いのはピグリンどもよ。ところで、あんたのピグリンのお友だちは見かけたの？」

ファーナムは首を振《ふ》った。

「じゃあ、彼《かれ》のせいでもないのか。まだ、わからないけどね。とにかく犯人捜《はんにんさが》しをしても無意味よ。いまは、おたがいの無事を確認《かくにん》することが先決。まずは上々の滑り出しね。グリンチャードの様子を見てみましょう」

メイクレアとファーナムは力を合わせてグリンチャードの世話に取りかかった。探険家《たんけんか》はすっかり弱っており、立つことすらできなかった。まして戦いの場に戻《もど》れるはずもない。たとえ本人にその意思があっても。だけど息があって本当によかった。

「とにかく時間をかけて休養することね」メイクレアはグリンチャードに話しかけた。「回復《かいふく》するにはそれしかないわ」

弱りきった探険家《たんけんか》からは返事もない。

メイクレアがグリンチャードについているあいだに、ファーナムは黒曜石のゲートから出てきたクリッテンを見つけた。じつは彼《かれ》の身を案じていたところだった。ピグリン兵が大勢《おおぜい》なだれ込《こ》んできたのに姿《すがた》が見えなかったからだ。捕《と》らえられて拷問《ごうもん》されているのか？　あるいは殺《ころ》されてしまったのか？

ところが、ようやくゲートから現れたクリッテンが意気揚々《いきようよう》と動き回るのを見て、ファーナムの感情は心配から怒《いか》りへと変わった。クリッテンは無傷《むきず》であるばかりか、ピグリン兵たちが荒《あ》らしまわった跡《あと》を誇《ほこ》らしげに見物しているように見えた。

ファーナムは勢《いきお》いよく立ち上がるとクリッテンに手を振《ふ》った。説明を求めるつもりだった。クリッテンはこちらを見てうなずいたが、すぐにそっぽを向いて立ち去った。歩調をゆるめようともしなかった！

「あいつに構《かま》うのはやめな！」メイクレアは言った。「あいつに怒鳴《どな》っても仕方ない。いまはピグリンたちの注意を引かない方がいいよ」

「このまま放っておくわけにはいかないだろ。町が襲《おそ》われちゃう！」

「あたしたちにはどうしようもないよ。あれだけ騒《さわ》ぎ立《た》てたんだから町にも聞こえてるはず。それなりに迎《むか》え撃《う》つ準備《じゅんび》をしてるよ」

ファーナムはクリッテンの裏切《うらぎ》りにいきり立っていたし――メイクレアのドライな態度《たいど》にも不満だった。町を救《すく》うために何かしたかった――なんでもよかった。そもそもピグリン軍団の侵入《しんにゅう》を許《ゆる》す黒曜石のゲートをこしらえたのはファーナムなのだ。その責任《せきにん》を痛感《つうかん》していた。

元はといえばクリッテンの命を助けるためのものだが、そんな言《い》い訳《わけ》が通用するはずもない。ファーナムが友人だと思っていたその当人があのゲートを利用して裏切《うらぎ》ったのだ。ファーナムがそんな余計なことをせず――ここから動くことなく――動物園なんか始めなければ――みんな元気だったはずだ。町は平和で、グリンチャードも負傷《ふしょう》することはなかった。

何もかもファーナムのせいなのだ。このままではダメだ。何とかしなくては！

「ここから抜《ぬ》け出《だ》さないと」ファーナムは言い張った。

「あたしに考えがあるけど」メイクレアはグリンチャードのすぐ横に座《すわ》り込《こ》んでいた。彼女《かのじょ》の具合もあまりよくなさそうだ。それなのにファーナムを気づかって無理しているのかもしれない。「あんたの好みじゃないわね、たぶん」

ファーナムは詳《くわ》しく聞こうとしたが、ちょうどそのとき正門のところでピグリンの巨漢《きょかん》のリーダーが——たしかバンガスとかいう名前だったような気がする——耳障りな大声で演説を始めた。兵士たちから喝采《かっさい》がわきおこり、他の物音はなにも聞こえなくなったので、ファーナムはしばらく口を閉《と》じることにした。

そして恐怖《きょうふ》に目を見開きながら襲撃《しゅうげき》に飛び出してゆくピグリン軍団を見送った。近隣《きんりん》の人々のことが心配だった。たとえ生き残ったとしても、侵略《しんりゃく》のきっかけを作ったファーナムのことを許《ゆる》してくれるだろうか。

兵士たちが一人残らず出払《ではら》ってしまうと、クリッテンは最初にゲートを通ってきたピグリンの巨漢《きょかん》と言い争いを始めたが、小柄《こがら》な裏切《うらぎ》り者《もの》はその口喧嘩《くちげんか》に負けたらしく、ファーナムたちのいる囲《かこ》いへ放《ほう》り込《こ》まれてしまった。

すぐさま駆《か》け寄《よ》って腹をけとばしてやりたかった。あのバンガスとやらに直接怒《ちょくせついか》りをぶつけられないのなら、クリッテンがその代役をつとめるべきだろう。

しかし、実行しようとするとメイクレアに腕《うで》をつかんで引き止められたので、ファーナムはおとなしく従《したが》った。自分の判断力《はんだんりょく》に疑問《ぎもん》を感じる日には、友人の指示どおり動いた方が賢明《けんめい》である。

クリッテンが身を起こして動き出すと、メイクレアが腕《うで》を放してくれた。ファーナムは、ひざまずいたままフェンス越《ご》しに外を眺《なが》めているクリッテンに歩《あゆ》み寄《よ》った。はじめは相手が気づくまで待つつもりだったが、すぐに気が変わり、咳払《せきばら》いして注意を引いた。クリッテンは振《ふ》り向《む》いてファーナムの顔を見上げた。

小柄《こがら》なピグリンはひざまずいたまま鼻をすすると涙《なみだ》をこぼした。しかし、すぐに泣くのをやめた。はじめて涙《なみだ》を見たかのように、びっくりした顔をしている。それからまた泣き出した。

最初ファーナムは何も感じなかった。怒《いか》りが強すぎてとても許《ゆる》す気持ちにはなれなかった。しばらくすると気持ちがやわらいできた。隣人《りんじん》たちへの責任感《せきにんかん》から怒《いか》りをつのらせていることがわかったからだ。

だいたいファーナムはいつまでも人を恨《うら》むタイプではない。かつて敵意《てきい》を持ち続けようと頑《がん》張《ば》ったことがあったが、うまくいかなかった。恨《うら》みはそれをぶつける相手より自分自身に悪影《あくえい》響《きょう》をおよぼすことが多く、抱《かか》え込《こ》むとかえってつらくなるだけだ。

それにクリッテンがファーナムたちの監禁場所《かんきんばしょ》に放《ほう》り込《こ》まれたので、ざまあ見ろ、とちょっぴり思う気持ちもあった。ピグリン仲間からつまはじきにされたわけだから。つまり裏切《うらぎ》り者《もの》が裏切《うらぎ》られたのだ。そう思うと、すこしは気が晴れた。これなら協力できるかも——すくなくともここを脱出《だっしゅつ》するまでは。

ファーナムもピグリンの横にひざまずくと、相手を立たせてやった。立ち上がったクリッテンは涙《なみだ》をぬぐった。やがて失意の色が消えて決然たる表情に変わった。

「ファーナム」ピグリンは鼻声で呼《よ》びかけてきた。

まだ裏切《うらぎ》りの件が帳消《ちょうけ》しになったわけではない。ファーナムは「なに、クリッテン」とかなり冷たい声で答えた。

小柄《こがら》なピグリンは動物園の正門を指差しながら身ぶりとキーキー声で何事か伝えてきた。ファーナムの解釈《かいしゃく》によれば、一刻《いっこく》も早くこの囲《かこ》いから脱出《だっしゅつ》する必要がある、という意味に聞こえる。

もちろん全面的に賛成《さんせい》だが、ファーナムは自分の判断力《はんだんりょく》に自信が持てなくなっていた。だってそうだろう、クリッテンを信頼《しんらい》したせいで町全体を危険《きけん》にさらし、友人にひどいケガをさせてしまったのだから。

その友人たちの方を見やった。グリンチャードはまだ意識不明《いしきふめい》で倒《たお》れたままで、いまのところ回復《かいふく》の見込《みこ》みはなさそうだ。しかし、メイクレアはこちらを向いており、クリッテンを見てから、しぶい顔でうなずいてみせた。

「あのピグリンのお友だちは裏切《うらぎ》り者《もの》だけど、いまさら失う物もないし、協力者にはうってつけかもね」メイクレアの声はいつもより弱々しかったが、その判断《はんだん》は的確《てきかく》だった。「あんた一人じゃピグリンどもに太刀打ちできないし——グリンチャードとあたしはこのザマでとても力にはなれないしさ」

ファーナムはためらいがちに首を振《ふ》った。「でも、信用できるかなあ」

メイクレアはクスッと笑ったが、すぐに苦しそうに咳《せ》き込《こ》んだ。「できないに決まってるじゃない。でも、それがわかっているだけマシでしょ。そもそも信頼《しんらい》していなければ、裏切《うらぎ》られることもないわけだから」

まさに名言だった。ファーナムはクリッテンを振《ふ》り返《かえ》り、きびしいまなざしを向けた。

「よし」手を差し出す。「あの侵略者《しんりゃくしゃ》どもをやっつけるためにやれるだけやってみようか、相《あい》棒《ぼう》？」

クリッテンはファーナムの手をとって握手《あくしゅ》すると、何事かつぶやいたが、善意《ぜんい》の塊《かたまり》のようなファーナムの耳には「相棒《あいぼう》」と聞こえた。

第25章　反撃《はんげき》の糸口

クリッテンは全身が痛《いた》んだが、すくなくとも孤独感《こどくかん》からは解放《かいほう》された。ユーガッブが寛大ぶった仮面を脱《ぬ》ぎ捨《す》て、オーバーワールド人たちを監禁《かんきん》した動物用の檻《おり》に自分をたたき込《こ》んだとき、クリッテンはかえって安心感をおぼえた。とりあえずユーガッブに殺《ころ》されずにすんだからだ。おそらくあとで拷問《ごうもん》するために生かしておいたのだろう。

それでも生きていれば、チャンスはある。檻《おり》に閉《と》じ込《こ》められるのはゾッとしないが、それでも死ぬよりマシだ。

まずファーナムの足元にひれ伏《ふ》して慈悲《じひ》を乞《こ》うた。もし自分がファーナムの立場なら、裏切《うらぎ》り者《もの》は躊躇《ちゅうちょ》なく成敗《せいばい》するだろう。なんとかその可能性《かのうせい》をなくしておく必要があった。

それにしても首がつながったのには驚《おどろ》いた。

自分を許《ゆる》したファーナムのお人好しぶりには恐《おそ》れ入るばかりだが――とりあえず不信感を棚《たな》上《あ》げしてこちらの協力を得《え》るつもりだろうか――せっかく拾った命を粗末にするつもりはなかった。ピグリンなら二度目のチャンスなんかくれない。もらったものは最大限利用《さいだいげんりよう》するまでのことだ。

クリッテンはたちまちオーバーワールド侵攻作戦《しんこうさくせん》をだいなしにするプランを考え出したが、問題はそれをどうやってファーナムに伝えるかだ。なにせおたがいに通じる言葉が数語しかないのだから。身ぶりでは荷が重過《おもす》ぎる。

もともとオーバーワールド攻略《こうりゃく》に反対ではなかった。もし支配者《しはいしゃ》なら、同じような侵攻作戦《しんこうさくせん》を決行しただろう。しかし現在は支配者《しはいしゃ》ではない。それに方針を変更《へんこう》せざるを得《え》ない事態《じたい》に陥《おちい》ってしまった。バンガスの顧問《こもん》として貢献《こうけん》したにもかかわらず、仲間はずれにされて檻《おり》に放《ほう》り込《こ》まれたのだ。

バンガスの支配下《しはいか》で暮《く》らす見通しがつかなくなった以上――ユーガッブ支配下《しはいか》だったらなおさらだが――みずから支配権《しはいけん》を握《にぎ》るしかない。それが唯一《ゆいいつ》の道だ。

問題はそれを実現させる方法だが、とりあえずこの檻《おり》から出て、略奪《りゃくだつ》を妨害《ぼうがい》することから始めよう――その相棒《あいぼう》としてファーナムたちはうってつけだ。いまのところは。

つるはしで何かを削《けず》るようなしぐさをクリッテンは手振《てぶ》りでみせた。ファーナムにはさっぱり伝わらなかったが、メイクレアと呼《よ》ばれる彼《かれ》の友人が理解《りかい》してくれた。ここを脱出《だっしゅつ》するにはつるはしみたいな道具が必要であると。もちろんそれだけでは足りないが、第一歩にはなる。

ファーナムは何かを思い出したらしく、檻《おり》の片隅《かたすみ》に駆《か》け寄《よ》った。たちまち鉄製のさびだらけのシャベルを手にしたファーナムは、まるで財宝《ざいほう》でも見つけたかのように高々と掲《かか》げてみせた。

ファーナムの興奮《こうふん》を冷ますのは難《むずか》しかったが、現実を直視《ちょくし》させる必要があった。彼《かれ》が見つけたシャベルはトンネル掘《ほ》りにはうってつけだが、クリッテンのもう一つの目的には不向きだった。そのためにはダイヤモンド製のつるはしが必要になる。

クリッテンがそのつるはしをずっと求めていたのには理由があった。いつかは必要になると予期していたからだ。まさかこんな事態《じたい》で使うことになるとは考えていなかったが。

とにかく黒曜石を加工する道具としてダイヤモンド製のつるはしに勝るものはない。

ファーナムにそれを理解《りかい》させるために、クリッテンはまずシャベルを指さしてうなずいた。

それからフェンスまで歩《あゆ》み寄《よ》ると、黒曜石のゲートを見てから強く指さした。

ファーナムは眉《まゆ》をひそめて首を振《ふ》った。クリッテンが何を言おうとしているのかさっぱりわからなかった。ファーナムは囲《かこ》いの端《はし》を指差しながらシャベルを持ち上げ、そこからトンネルを掘《ほ》ることを提案した。それ以上のことは考えつかないらしい。

クリッテンは顔をごしごしこすってからやり直した。たしかにファーナムはユーガップやバンガスより飲《の》み込《こ》みが早いが、こんなふうに共同作業するのは骨《ほね》が折《お》れる。目的の実現をしゃにむに推《お》し進《すす》める前に、スムーズなコミュニケーションが出来るように時間を使うべきだろう。クリッテンは頭の中の作業リストのトップにそれを書き加えたが——まずはこの仕事を片づけてからだ。

クリッテンはシャベルと黒曜石のゲートをくりかえし指差した。ファーナムがその意味を理《り》解《かい》するまで。ようやくクリッテンの言いたいことを了解《りょうかい》したファーナムは興奮《こうふん》のあまり跳《と》びあがり、うれしそうにメイクレアに呼《よ》びかけた。

それから沈んだ顔つきになった。クリッテンが必要としているものはわかったが、その道具は手元になかった。ファーナムはメイクレアを振《ふ》り返《かえ》って何事か尋《たず》ねた。メイクレアの返事は肯定的なものだったが、ファーナムの住居《じゅうきょ》を指し示すのを見て、クリッテンは顔をしかめた。

メイクレアはダイヤモンド製のつるはしを所有する唯一《ゆいいつ》のオーバーワールド人である。クリッテンの知るかぎりにおいて（じつは初めて目にしたときからずっと盗《ぬす》み取《と》る機会《きかい》をうかがっていたのだが、そのチャンスは結局訪《おとず》れなかった）。おそらくファーナム宅のどこかに置いてあるはずだ。たぶんキッチンだろう。どちらにせよ、手《て》の届《とど》かない場所だ。

でも考えてみると、かえって幸運だった。ピグリンに襲《おそ》われたときに所持していたら間違《まちが》いなく奪《うば》い取《と》られただろう。そうなっていたら、いまごろバンガスかユーガッブが意気揚々《いきようよう》と振《ふ》りあげながら暴《あば》れまわっていただろう。

ファーナム宅にあるということは、安全な場所に保管されているわけだ――とりあえず、いまのところは。もうすぐ引き返してくるピグリン兵たちが動物園の隅々《すみずみ》にまで手をつけないうちに回収《かいしゅう》する必要があった。

次にファーナムから質問をされたが、クリッテンはその内容が理解《りかい》できなかった。ファーナムはシャベルと黒曜石のゲートを交互《こうご》に指差してから、肩《かた》をすくめ、困惑《こんわく》の表情を浮《う》かべている。シャベルではなく、つるはしが必要な理由を知りたいのか。

クリッテンはわかったというふうにうなずいた。まず、つるはしでゲートを破壊《はかい》するジェスチャーをしてみせた。それから自分自身を——とりわけ鼻のあたりを——指差し、窒息《ちっそく》して倒《たお》れるマネをした。

そうか！　とファーナムもやっと理解《りかい》した。黒曜石のゲートを破壊《はかい》すれば、解毒剤《げどくざい》の供給《きょうきゅう》が途絶《とだ》えて——身を守るすべがなくなってしまう。すこしばかり時間はかかるが、それでピグリン問題はケリがつくわけだ。それは当然クリッテンも危険《きけん》にさらすが、彼《かれ》には——解毒剤《げどくざい》を新たに作れるという——とっておきの切り札があった。これをテコに使えばピンチはチャンスに変わる。もちろんツキも必要だが。いま取りうるベストの戦術は、できるだけ混乱《こんらん》を引き起こして愚《おろ》かな支配者《しはいしゃ》をきりきり舞《ま》いさせることだ。

これはいけそうだ。クリッテンは手ごたえを感じた。

ファーナムが作業を始めようと身ぶりで伝えてきたが、彼《かれ》にはまだ計画の全貌《ぜんぼう》を知らせていなかった。ちゃんと教えておかないと、計画そのものをだいなしにする恐《おそ》れがある。黒曜石のゲートを破壊《はかい》するだけでは不充分なのだ。ため込《こ》んだ黒曜石も残らず粉々《こなごな》にする必要があった。

クリッテンはあたりに目をやり、ネザーから運《はこ》び込《こ》んだ黒曜石を詰《つ》め込《こ》んだチェストのありかを探し求《もと》めた。ようやく見つけると、ぴょんぴょん跳《と》びはねながら指さし、クリッテンの興《こう》奮《ふん》ぶりをいぶかるファーナムを招《まね》きよせた。そして歩《あゆ》み寄《よ》ってきたファーナムに、つるはしを振《ふ》るうマネをしてみせた。

しかしファーナムは前にもまして困惑《こんわく》するばかりだった。クリッテンにしてみれば黒曜石の粉砕《ふんさい》は絶対条件だった。そのままにしておけば、たとえゲートを破壊《はかい》してもすぐに修理《しゅうり》できてしまう。それどころか新たなゲートを作り出すことさえ可能《かのう》になる。

だから先に黒曜石の在庫《ざいこ》を処分《しょぶん》する必要があった。そうしておかないと、いま作動中のゲートを壊《こわ》してもほとんど意味がない。ピグリン兵たちの動きはいくらか鈍らせることができるかもしれないが、敗退《はいたい》にまでは追《お》い込《こ》めない。

しかしファーナムは首をひねるばかりだ。理解《りかい》できない理由は、クリッテンがつるはしを振《ふ》るうマネをしたことにあった。だって、つるはしでは黒曜石は粉砕《ふんさい》できないだろう？　そもそも掘《ほ》り出す道具であり、そのさいにちょっぴり欠けることはあっても、粉々《こなごな》にするなんて無理な話だ。

それでも大きな塊《かたまり》を砕《くだ》いて小さくしておく必要はあった。そうすれば処分《しょぶん》しやすくなる。

ゲートを壊《こわ》す前にチェストの中の黒曜石をネザーへ持ち帰ることは可能《かのう》か？　可能《かのう》かもしれないが、黒曜石は山のようにあるのだ。それを一つずつ運んでいたら時間がいくらあっても足りない。なにか別の方法を使うしかないが、いまのところ思いつかない。

クリッテンはネザーのことならよく知っていた。オーバーワールドのこともかなり学んだが、黒曜石に関してはわずかな知識《ちしき》しかない。恐《おそ》ろしく硬い鉱物で、これを使えば別な世界へ移動できる、驚《おどろ》くべきゲートができることくらいだ。

実際《じっさい》に採掘《さいくつ》したこともない。ファーナムが見つけてきたものを取引のたびにもらっただけだ。実際《じっさい》にゲートを建《た》てたこともない――いまのところは。このゲートを建《た》てまくるというのがオーバーワールドにおける野望の一つだったのだが、早くも見果てぬ夢《ゆめ》になってしまった。

クリッテン抜《ぬ》きでオーバーワールド征服《せいふく》が可能《かのう》だとグレート・バンガスは本気で考えているのだろうか――ユーガッブが密告《みっこく》したクリッテンの裏切《うらぎ》りを本当に信じているのだろうか。クリッテンが黒曜石について特別詳《くわ》しいわけではないが、ほかの連中はもっと無知なのに。

ユーガッブは解毒剤《げどくざい》の秘密《ひみつ》をあばき出すと豪語していた。ついでに黒曜石のゲートの知識《ちしき》も引っ張り出してくれたら手間がはぶけるのだが。

ユーガッブがクリッテンをすぐに殺《ころ》さない理由もそこにある。ちっぽけな脳《のう》ミソしか持ち合わせていない乱暴者《らんぼうもの》だが、それでも顧問《こもん》の必要性《ひつようせい》は自覚しているのだ。すくなくとも必要な情《じょう》報《ほう》を得《え》るまでは殺《ころ》してはならぬと。

そこまで考えが進むと、クリッテンは両手を振《ふ》り上《あ》げて絶望《ぜつぼう》のうめきをもらした。そして地面にへたり込《こ》むと、しゃがんだまま遠くを見つめた。

問題解決《もんだいかいけつ》の名案はさっぱり浮《う》かばない。必要な情報《じょうほう》が足りないからだ。

そんなクリッテンのかたわらに歩《あゆ》み寄《よ》ってきたファーナムが、肩《かた》に手を置いた——驚《おどろ》いたとに——そのおかげでクリッテンは気持ちがなごんだ。オーバーワールド人の顔を見上げてみると、その目にありありと宿っているものがあった。

そう、あきらめの色である。

クリッテンはどうしていいかわからないが、それはファーナムも同じなのだ。最初にやろうとしたことを棚上《たなあ》げにしてから、あらゆる策《さく》を検討《けんとう》してきたのは間違《まちが》いない。

もはや選択《せんたく》の余地はなかった。

それが何よりも怖《こわ》かった。

第26章　地下トンネル作戦

ファーナムは信じられない思いがした。クリッテンとの言葉を交わさない会話から、これほど多くのことが伝わってくるとは。おたがいの言語は理解《りかい》できないが、取引の交渉《こうしょう》を重ねるうちに波長が合うようになってしまったらしい。そのおかげで身ぶりやうなり声や意味ありげな表情から予想以上の情報《じょうほう》を得《え》ることができた。

「クリッテンは黒曜石のゲートを壊《こわ》したがっている」メイクレアのほかに人がいないのでファーナムは声に出して言った。「ピグリンどもをオーバーワールドに足止めするつもりだ」

「それって名案なの？」メイクレアは尋《たず》ねた。「むしろネザーから出られないようにすべきなんじゃない？」

ファーナムは面白そうに鼻を鳴らした。「ゲートを壊《こわ》す前に連中を平和的に送り返す方法があれば、その提案《ていあん》に喜んで耳を貸《か》すよ」

メイクレアは苦々しげに笑った。「でもゲートを壊《こわ》す前に、こちらに持《も》ち込《こ》まれた黒曜石があるでしょ。あれをすべて処分《しょぶん》しないとダメよ」

「わかってる。そうしないとゲートの修理《しゅうり》とか再建《さいけん》に使われちゃうからね。そうなったらまた振《ふ》り出《だ》しに戻《もど》ってしまう」

メイクレアはおずおずと手を上げた。ちょうど授業中の小学生みたいに。「それでゲートを壊《こわ》してここに足止めしたら、みんなどうなるの？　初めてやって来たときのクリッテンみたいに倒《たお》れちゃうわけ？」

「そうなるはずだ。解毒剤《げどくざい》をそんなに多量には持《も》ち込《こ》んでいないと思うから」ファーナムはピグリンたちが運んできたチェストに目をやったが、その中にどれだけ薬剤《やくざい》が詰《つ》まっているのかは不明だった。

「たとえ倒《たお》れても、こっちが殺《ころ》されたあとでは手遅《ておく》れだから、そこを何とかしないと」

ファーナムは顎先《あごさき》をぽりぽりかきながら物思いにふけった。「それは重要なポイントだね。あいつらがそうなるまでどこかに隠《かく》れるという手もある――もちろん可能《かのう》ならばの話だけど」

「見てのとおりグリンチャードはとても逃《に》げられるような状態《じょうたい》じゃないし、これじゃ動きがとれないわね」

「ほかにいい考えがあれば――」

「そんなものあるわけないでしょ。だからといって何もしないわけじゃない。たとえ殺《ころ》されても……」メイクレアは言葉をにごしてグリンチャードを見つめた。まだ考えをまとめきれないようだ。

「すくなくともあいつらをここで食い止めないと。恐怖《きょうふ》による支配《しはい》はここで終わらせるんだ」

「賛成《さんせい》」メイクレアは力なく笑みを浮《う》かべた。「で、どうやるわけ？　まずはこの檻《おり》から出ないとね」

「それからダイヤモンド製のつるはしを見つける」

「それから黒曜石を処分《しょぶん》する」

「それからゲートを破壊《はかい》する。おそらくこの順番」ファーナムは雄々しい顔つきをしてみせたつもりだが、誰《だれ》の目にもそうとは見えず、まして付き合いの長いメイクレアならなおさらだ。

「簡単《かんたん》だろ？」

メイクレアは咳《せ》き込《こ》んだ。まだ息をするのが苦しそうだ。「いますぐ始めなさいよ」

「幸運を祈ってくれ」

メイクレアはうなずいてその気持ちを伝えた。

ファーナムはメイクレアとグリンチャードに再会《さいかい》できることを願《ねが》いながら、そこを離《はな》れた。

鉄製のシャベルを持って囲《かこ》いの縁《ふち》まで歩く。このあたりには石材を敷《し》きつめておいた。動物が穴を掘《ほ》って逃《に》げ出《だ》さないための予防策《よぼうさく》だが、もちろん道具があれば簡単《かんたん》にはぎとれる。

それに囲《かこ》い自体もまだ仕上げが済《す》んでいなかった。ファーナムたちが監禁《かんきん》された時点で入居《にゅうきょ》させる動物がまだ決まっていなかったからだ。地面の一部分は石材の代わりにネザーラックが用いられていた。これなら、このおんぼろシャベルでも楽々と掘《ほ》り返《かえ》せる。

シャベルをかまえていざ掘《ほ》り出そうとしたとき、ふとためらいを覚えた。あの滝《たき》の先にあった洞窟《どうくつ》からトンネルを掘《ほ》って逃《に》げ出《だ》したことを思い出したからだ。地面の下にもぐりこむことはいまでも怖《こわ》かった。

あのときは他に選択肢《せんたくし》がなかった。掘《ほ》るか死ぬか。それしかなかったのだ。

それにストライダーが一緒《いっしょ》だった。自分になついている動物を見捨《みす》てるわけにはいかなかった。だが今回一緒《いっしょ》なのは裏切《うらぎ》り者《もの》のピグリンだ。

クリッテンはファーナムのかたわらにいて、目の前の地面とシャベルを交互《こうご》に見てうなり声をもらした。これから先どうなるか見当もつかないのだろう。

ファーナムはやるべきことを心得《こころえ》ていた。とても怖《こわ》くて気は進まないが、やりぬかなくてはならない。

持ち上げたシャベルを地面に突《つ》き刺《さ》す。土を掘《ほ》り返《かえ》すのは思いのほか容易《ようい》で、ファーナムは安堵《あんど》の吐息《といき》をついた。

そのとき、正門の方から声が聞こえた。略奪《りゃくだつ》に出かけたピグリン兵たちが戻《もど》ってきたらしい。ファーナムはどうすればいいかわからず身をこわばらせた。すかさずメイクレアが声をかけてきた。「そのままつづけて!」囲《かこ》いの奥《おく》に身を横たえたメイクレアは舞台劇《ぶたいげき》の監督《かんとく》のように指示を飛ばした。「地面にもぐりこんだら穴をふさぐのよ! そうすればわかりっこないから!」

本当にそれでいいのか確信《かくしん》は持てなかったが、捕《つか》まるのも怖《こわ》かったので、ファーナムは指示どおりに動いた。園内にこだまするピグリン兵たちのわめき声を耳にしながら、ネザーラックの下を死に物狂いで掘《ほ》り進《すす》む。

クリッテンがすぐ後につづく。このピグリンを連れて行くことにもためらいがあった。相棒《あいぼう》として握手《あくしゅ》はしたが、せま苦しい地下トンネルでも行動をともにできるものだろうか。

頭上の声がしだいに近づいてきた。やがて他を圧する大声が聞こえた。あれは最初にゲートをくぐった巨漢《きょかん》――クリッテンを囲《かこ》いに放《ほう》り込《こ》んだやつでもある――の声だ。どうやら兵士たちに命令を伝達しているみたいだ。

その内容はほとんどわからないが、クリッテンという単語だけは聞き取れた。小柄《こがら》なピグリンを捜《さが》しまわって、ファーナムともども行方不明となれば、園内をくまなく捜索《そうさく》するに違《ちが》いない。見つかるわけにはいかない。

ファーナムは掘《ほ》ったばかりのトンネルの入り口を土でふさいだ。ファーナムとクリッテンはたちまち地下の闇《やみ》の中に閉《と》じ込《こ》められた。これから先どこをどう掘《ほ》ればいいかわからず、ファーナムは身をこわばらせた。トンネルを掘《ほ》るだけでも困難《こんなん》なのに、真《ま》っ暗闇《くらやみ》では手も足も出ない。

そのときクリッテンが松明《たいまつ》を灯《とも》し、状況《じょうきょう》は好転した。

ファーナムは監禁《かんきん》されるさいに身ぐるみはがされたが、クリッテンについては手抜《てぬ》かりがあったのか荷物を持ったまま囲《かこ》いに放《ほう》り込《こ》まれたらしい。見たところ武器は持っていないようだが、いまは松明《たいまつ》の方がずっと役に立つ。

灯《あか》りはファーナムの気持ちを落ち着かせて希望を持たせてくれた。とにかく手元が見えるのはありがたい――方角はいまのところ判然《はんぜん》としないが。しかし動物園のことならオーバーワールドのどこよりも詳《くわ》しかった。なにせ敷地《しきち》を隅々《すみずみ》まで調べ上げて、施設《しせつ》をみずからこしらえたのだから。黒曜石の貯蔵場所《ちょぞうばしょ》まで地下を掘《ほ》り進《すす》める人間がいるとすれば、それはファーナムだった。

最初はいちだんと深く掘《ほ》った。さもないと地表から作業音を聞きつけられる恐《おそ》れがあったからだ。そしてクリッテンから貯蔵場所《ちょぞうばしょ》だと教わっていた方角に向けてトンネルを掘《ほ》り進《すす》めた。貯蔵場所《ちょぞうばしょ》はストライダーの囲《かこ》いに隣接《りんせつ》しており、そこまでの距離感覚《きょりかんかく》には自信があった。ファーナムたちの監禁場所《かんきんばしょ》とストライダーの囲《かこ》いのあいだは、かつて行ったり来たりをくりかえしたことがある。監禁場所《かんきんばしょ》は当時空き地で、そこに新しく囲《かこ》いをこしらえたのだ。もちろんトンネルなんか掘《ほ》ることなく気軽に地上を歩いて行き来したわけで、まさかこんなことになろうとは。

とにかくいまは最善《さいぜん》を尽《つ》くすしかない。

たとえストライダーの囲《かこ》いまでが限界《げんかい》でも、問題ない。ストライダーは従順《じゅうじゅん》な性格《せいかく》なので檻《おり》に錠をかけたことは一度もないのだ。だからその気になればいつでも外へ出られる――事実、時々そうやって外出していたが――遠くへ行くことはなく、来園者たちも間近に接《せっ》することができるので喜び親しげに撫《な》でたりしていた。

もちろんピグリンたちの足元からうかうかと顔を突《つ》き出《だ》したりしたら最悪だ。そうならないよう願《ねが》っているが、ちゃんと状況《じょうきょう》をコントロールできているとは言いがたい。向こうからこちらの姿《すがた》が見えないように、こちらだってピグリンがどこにいるかわからないのだ。こうなったらトンネルから出るときに彼《かれ》らがいないことを祈るしかない。

動物園の地下を掘《ほ》り進《すす》むのはそんなに悪くなかった。鉄製のシャベルはメイクレアのダイヤモンド製のつるはしにとうてい及ばないが、それでも地中の土を掘《ほ》り出すくらいなら充分役立ち、邪魔《じゃま》な石の列《れつ》にぶつかったときには無理せず迂回した。とにかく、ゆっくり慎重《しんちょう》に作業を進めた。溶岩《ようがん》の鉱脈にぶつかったり深い穴にはまり込《こ》むようなサプライズはごめんだった。

かなり進んだところで、ファーナムは小休止した。そして後ろについてくるクリッテンを振《ふ》り返《かえ》ってみた。小柄《こがら》なピグリンは掘《ほ》ったばかりのトンネルを松明《たいまつ》で照らしながら、天井を指差して肩《かた》をすくめた。このあたりなのだろうか？

クリッテンはファーナムの問いかけを理解《りかい》していたが、適切《てきせつ》な答えを返せるとは思っていない。肩《かた》をすくめたのはファーナム同様よくわからないからである。一方ファーナムは自分の判《はん》断《だん》がピグリンよりずっと的確《てきかく》であることをわきまえていた。それなのにどうして参考意見を求めるようなマネをしてしまったのか――怖《こわ》がらなくてもいいと言ってもらいたかったのかもしれない。

迷《まよ》いを振《ふ》り切《き》ったファーナムは上に向かって掘《ほ》り出した。地面に近づくと、自分の存在《そんざい》を気づかれないよう作業速度を落とした。運がよければ、黒曜石のチェストのすぐそばに出られるはずだ。現物を見てからどうするか考えればいい。

そのまま地下トンネルへ運《はこ》び込《こ》んで、見つからないところに隠《かく》してしまおうかとも考えたが、それだけでは不充分だ。もし黒曜石を見つけるか死ぬかという究極の選択《せんたく》になったら、ピグリンたちは動物園中を掘《ほ》り返《かえ》して――おそらく見つけ出すだろう。

地面に達すると、ファーナムは掘《ほ》るのをやめて聞き耳を立てた。薄《うす》い土の層《そう》を通してピグリンたちのざわめきが聞こえてくる。さっきと同じようにあわただしい雰囲気《ふんいき》だが、何を言っているのかわからない。ただ、命令するような大声は聞こえなかった。

ファーナムはシャベルで地上と地下を分けているネザーラックの層《そう》を払《はら》いのけた。すぐさま新鮮《しんせん》な空気とともに明かりが差《さ》し込《こ》んできた。まさに生き返る思いがした。

その直後、長《なが》い腕《うで》がトンネルの中まで伸《の》びてきた。ファーナムは首根っこをつかまれ、体ごと引きずり出された。

宙吊《ちゅうづ》りにされたファーナムは恐怖《きょうふ》のあまり悲鳴をあげた。しばらく方向感覚を失い、困惑《こんわく》した。何が起きているのかわからなかった。じつは人生最大の危機《きき》に直面しようとしていたのだ。

ようやく地面に下ろされたファーナムは、いままで見たこともない巨漢《きょかん》のピグリンと向き合うことになった。その大きな目がファーナムを睨《にら》みつけ、生温かい鼻息を顔に吹きつけてきた。その巨漢《きょかん》はゲートから最後に姿《すがた》を現したピグリンで、黄金色のフレイルを振《ふ》り回《まわ》しながら兵士たちを略奪《りゃくだつ》に駆《か》り立《た》てた張本人であった。

ファーナムはバンガスに捕《つか》まってしまったのだ。

第27章　反逆《はんぎゃく》の炎《ほのお》

バンガス——ピグリンの巨漢《きょかん》のリーダーはたしかそういう名前だった——と顔を突《つ》き合わせることになったファーナムはパニックに陥《おちい》った。どうしていいかわからず、逃《のが》れるすべもなかったが、手にしたシャベルをやみくもに振《ふ》り回《まわ》しはじめた。

鼻息を顔面にまともに吹きつけられたファーナムには、相手の牙《きば》からしたたり落ちるよだれがはっきり見えた。おそらくバンガスはファーナムとクリッテンを閉《と》じ込《こ》めたはずの檻《おり》から二人の姿《すがた》が消えたことに気づいたのだ。そこで各所に見張りを立てた。黒曜石の重要性《じゅうようせい》を知るバンガスはみずからその監視《かんし》を買って出たのだろう。オーバーワールド攻略作戦《こうりゃくさくせん》に欠かせない物資《ぶっし》を失うわけにはいかないからだ。

あるいは運がよかっただけか。とにかくファーナムを見つけてご満悦だったが、それもシャベルで腕《うで》を切られるまでのことだった。

バンガスは激痛《げきつう》のあまり悲鳴をあげてファーナムを手放したが、トンネルの穴にそのまま落とすことなく、離《はな》れたところに投げ飛ばした。そうすれば、またあとで捜《さが》す手間がはぶける。そしてトンネルの中では、クリッテンがじっと身をひそめていた。

ファーナムは地面をごろごろと転がり、ストライダーの囲《かこ》いに接《せっ》した通用口のところまで行ってしまった。ストライダーがすぐにすり寄《よ》ってくる。再会《さいかい》を喜ぶと同時におやつを期待しているのだ。ファーナムもできればその願《ねが》いをかなえてやりたかったが、いまはそれどころではなく、必死の思いで立ち上がった。

バンガスは――このピグリンのリーダーは恐《おそ》ろしく息の臭《くさ》いやつだった――ファーナムに向き直ると、憤怒《ふんぬ》の怒号《どごう》を発した。血も凍《こお》るような叫《さけ》びだった。その叫《さけ》び声《ごえ》だけで世界を揺《ゆ》るがすようなパワーがあり、ファーナムは思わず身《み》を震《ふる》わせた。

すかさず振《ふ》り向《む》いたファーナムは、もたれていた通用口の門扉《もんぴ》を手で押《お》した。その門扉《もんぴ》がすんなり開くと、中へ飛《と》び込《こ》み、ストライダーの脇を通って、奥《おく》へと向かった。

ドタドタと追いかけてきたバンガスは通用口のところで立ち止まり、ストライダーの囲《かこ》いを見回した。ファーナムにとって残念だったのは、逃《に》げ道《みち》がなかったことだ。ストライダーの囲《かこ》いには背《せ》の高い頑丈《がんじょう》なフェンスが張りめぐらされ、奥《おく》の壁《かべ》に沿《そ》って溶岩《ようがん》プールが据《す》えつけてあった。

唯一《ゆいいつ》の逃《に》げ道《みち》はトンネルを掘《ほ》ることだが、そんな時間はない。穴掘《あなほ》りに着手したとたん、追いかけてきたバンガスに捕《つか》まってしまうだろう。

それでも何か手があるはずだ——なんでもいい。

そのときストライダーがこちらを向いたのを見て、あるプランが頭に浮《う》かんだ。じつにバカげた計画だが、運がよければ時間稼《じかんかせ》ぎにはなる。すくなくとも何もしないでグレート・バンガスに頭を打《う》ち砕《くだ》かれるよりマシだ。

ファーナムは口笛《くちぶえ》を吹いてストライダーを呼《よ》び寄《よ》せると、太ももをたたいて注意を引きつけた。そして駆《か》け寄《よ》ってきたストライダーの背《せ》にすかさずまたがった。

幸運にもグリンチャードがサドルをつけたままにしておいてくれたので助かった。釣竿《つりざお》の先に取りつけた歪《ゆが》んだキノコの仕掛《しか》けもそのままだ。これはストライダーをリードするときに使うもので、なかなか好物をもらえずさぞかし欲求不満《よっきゅうふまん》をつのらせていたに違《ちが》いない。

残念なのは、ファーナムがストライダーの騎乗《きじょう》に不慣《ふな》れだったことで、たちまちサドルからずり落ちかけた。なんとかしがみついたものの、ずっと手にしていたシャベルを落としてしまった。

ファーナムがストライダーに飛び乗るところを目にしたバンガスはすぐさま罠の匂《にお》いをかぎとったが、そのまま突進《とっしん》をつづけた。一方ファーナムはサドルにすわり直して手綱《たづな》を引《ひ》き絞《しぼ》った。ピグリンの巨漢《きょかん》リーダーの怒号《どごう》はストライダーをひどくおびえさせ、刃先《はさき》で尻をつつかれたかのようにいきなり駆《か》け出《だ》した。

ファーナムは手綱《たづな》さばきに苦労したが、それがかえって好《い》い結果《けっか》に結びついた。右往左往したおかげでバンガスのフレイルは狙《ねら》いをはずし、鉄塊《てっかい》はストライダーが通《とお》り過《す》ぎた後の地面にめり込《こ》んだ。

ファーナムがサドルに腰《こし》を据《す》えようと奮闘《ふんとう》しているあいだに、ストライダーは溶岩《ようがん》プールめがけてまっしぐらに進んだ。ふだんなら心臓《しんぞう》が止まるような局面だが、溶岩《ようがん》プールをめざしていたファーナムには願《ねが》ってもない展開《てんかい》だった。

ストライダーは囲《かこ》いの奥《おく》に達すると急ブレーキをかけたように止まった。ちょうど溶岩《ようがん》プールの端《はし》にあたるところで、ファーナムの狙《ねら》いどおりの場所だった。ストライダーが立ち止まっているあいだに、ファーナムは姿勢《しせい》を正して手綱《たづな》をつかみなおし、歪《ゆが》んだキノコをぶら下げた釣竿《つりざお》を持ち上げた。

そうしながら目を振《ふ》り向《む》けると、溶岩《ようがん》プールをはさんでバンガスがこちらを睨《にら》みつけていた。巨漢《きょかん》のピグリンはファーナムまでの距離《きょり》を測《はか》るようにフレイルを投じてきた。ファーナムはフレイルが巻き起こす風を感じたが、必殺《ひっさつ》の鉄塊《てっかい》は届《とど》かず、胸《むね》をなでおろした。

ファーナムは舌を突《つ》き出《だ》してあっかんべーをしたくなったがやめておいた。たしかに直撃《ちょくげき》はまぬがれたが、だからといって絶対安全なわけではない。かたわらをかすめるような一撃《げき》でも、ストライダーもろともバランスを崩《くず》して転倒《てんとう》する恐《おそ》れがあった。そうなればたちまち焼け死ぬことになる。

ストライダーの背《せ》にまたがっているだけでも熱いくらいだ。そのストライダーは溶岩《ようがん》にふれても平気らしく、始終その上を歩き回っている。実際《じっさい》、囲《かこ》いのどこにいるよりも溶岩《ようがん》の上にいる方が暖《あたた》かいのだろう、そこで時を過《す》ごすことが多かった。

ほかの生き物なら、あっという間に黒焦げになってしまう——もちろんファーナムも例外ではない。ピグリンのリーダーが溶岩《ようがん》プールの反対側《はんたいがわ》からありったけの罵詈雑言《ばりぞうごん》をあびせてきたが、このときばかりは言葉がわからないことに感謝《かんしゃ》した。クリッテンも耳をふさいでいればいいが。

バンガスがファーナムを罵倒《ばとう》しているあいだに、度胸《どきょう》のあるピグリン兵が数名現れてリーダーを応援《おうえん》する一方、身動きのとれないファーナムをあざ笑った。兵士の中にはクロスボウを持っている者がおり、ファーナムは震《ふる》え上《あ》がった。矢を放ってきたら、すぐさま動く必要があった。さすがに溶岩《ようがん》で矢を防《ふせ》ぐことはできない。

そのとき、思わぬことが起きた。ピグリン兵の一人がリーダーにぶつかってしまったのだ。怒《おこ》ったバンガスは、浮《う》かれ騒《さわ》いでいたその兵士を引っつかむとファーナムめがけて投げつけた。ファーナムはストライダーにしがみついたまま身を伏《ふ》せる。同時にストライダーも脇へ動いた。哀《あわ》れなピグリン兵はあえなく溶岩《ようがん》プールに落下して炎《ほのお》に包まれ、たちまち灰と化した。

残りの兵士たちはすかさずバンガスから離《はな》れ、安全な距離《きょり》を確保《かくほ》した。巨漢《きょかん》のピグリンはふたたび苛立《いらだ》たしげに咆哮《ほうこう》したが、そばに寄《よ》って声援《せいえん》を送る者は一人もいなかった。

配下の手助けがないことに憤《いきどお》ったバンガスは、黄金色のフレイルを頭上に振《ふ》りかぶった。

ファーナムはすかさず歪《ゆが》んだキノコを、ストライダーの鼻の前に垂《た》らして急発進した。

鎖《くさり》に取り付けられた鉄塊《てっかい》がぶんぶん回転しながら迫《せま》ってきたが、かろうじて直撃《ちょくげき》はまぬがれた。ただ、頭上をかすめたときに髪の毛がすこしばらついた。鉄塊《てっかい》は奥《おく》の壁《かべ》にぶつかって大穴をあけてから溶岩《ようがん》プールに落下して炎《ほのお》につつまれた。

残念なことに壁《かべ》の穴は遠くて届《とど》かないうえ、くぐり抜《ぬ》けられるかどうか確信《かくしん》が持てなかった。飛びつこうとして失敗したら、その代償を命で支払《しはら》うことになる。

ファーナムはストライダーを溶岩《ようがん》プールの端《はし》に引《ひ》き戻《もど》した。怒《いか》り狂《くる》ってふたたび罵倒《ばとう》のかぎりを尽《つ》くしはじめたバンガスから一番離《はな》れた地点である。ピグリン兵たちも巻《ま》き添《ぞ》えになることを恐《おそ》れ、怒髪天《どはつてん》をつく支配者《しはいしゃ》からじりじりと離《はな》れつつあった。

ようやく落ち着いてきたかなと思えたとき——つまりファーナムとストライダーに真の危険《きけん》が迫《せま》ったとき——ユーガップと呼《よ》ばれる副官が、バンガスの背後《はいご》に現れた。

バンガスは最初ユーガップに気づかなかった。夢中《むちゅう》になってファーナムを罵《ののし》っていたからだ。そのバンガスにも背後《はいご》から近づくユーガップの高笑いが聞こえた。こんなときに臆面《おくめん》もなく近《ちか》寄《よ》ってくるとはいい度胸《どきょう》だ。バンガスは無礼者を叱《しか》り飛《と》ばしてやろうと振《ふ》り返《かえ》った。

それがバンガスの命を救《すく》ったが、ユーガッブの卑劣《ひれつ》な不意打ちは完全には防《ふせ》げなかった。

ユーガッブは背後《はいご》から体当たりを食らわしたが、振《ふ》り向《む》きかけていたバンガスはすれすれのところで直撃《ちょくげき》をまぬがれた。それでも体のバランスを崩《くず》す威力《いりょく》はあり、溶岩《ようがん》プールに向かってよろめいた。

巨漢《きょかん》のリーダーは体勢《たいせい》を立て直そうと足を踏《ふ》んばったが、不運にもその足が溶岩《ようがん》プールにずっぽり嵌《は》まってしまった。たちまち火がついてリーダーの脚《あし》は炎《ほのお》につつまれた。

そのまま溶岩《ようがん》の中へ転倒《てんとう》しても不思議はなかったが、バンガスは炎上《えんじょう》する片方の脚《あし》をどうにか引きぬくと、背後《はいご》の石張りの床に倒《たお》れこんだ。ひどい火傷《やけど》を負っていたが、それでも床を転がって炎《ほのお》を消し止めると、体を丸めて激痛《げきつう》のうなり声をもらした。

ユーガッブは傷《きず》ついたバンガスを見下ろしながら、拳を突《つ》き上げて何事か叫《さけ》んだ。ファーナムには「おれ様はグレート・ユーガッブだ！」と聞こえた。

ピグリン兵たちはしばしためらっていたが、すぐさま武器を突《つ》き上げるといっせいに「ユーガッブ！　ユーガッブ！　ユーガッブ！」と叫《さけ》びだした。

第28章　新支配者《しんしはいしゃ》グレート・ユーガッップ誕生《たんじょう》！

ファーナムがグレート・バンガスにトンネルから引きずり出されてから、クリッテンはどうしていいかわからなくなった。自分もトンネルから這《は》い出《だ》してバンガスの後を追い、ファーナムを放せと要求してもよかったが、その結果がどうなるか火を見るより明らかであった。

それよりトンネルを引き返し、ファーナムの傷《きず》ついた友人たちが閉《と》じ込《こ》められている囲《かこ》いまで戻《もど》るという手もある。そして、ずっとそこにいたふりをしてグレート・バンガスが来るのを待ち、ユーガッップの不当な仕打ちについて訴《うった》えるのだ――おそらく何かの手違《てちが》いだとして放免してもらえるだろう。

一番卑怯《ひきょう》な手はこのままトンネルに――もうすこし後ろに下がった方がいいだろうが――隠《かく》れて、誰《だれ》も捜《さが》しに来ないとわかるまでじっとしていることだ。そして、あたりが静まり返ってから、園内を通《とお》り抜《ぬ》けて黒曜石のゲートまで行き、本来のすみかであるネザーへ帰るのだ。

長年にわたってさんざん痛《いた》い思いをしながら学んだ教訓は、激怒《げきど》したグレート・バンガスには関わるなというものだ。だから、ファーナムがどうなるか見定めるまで待つという手もある。すぐに殺《ころ》すようだと機嫌《きげん》の直りもはやい。

すこしばかりファーナムをいたぶるつもりか――あるいは気絶するまで殴《なぐ》りつけて囲《かこ》いに戻《もど》すつもりなら――クリッテンが出て行って、バンガスに慈悲《じひ》を願《ねが》ってもいい。しばらく様子を見てから判断《はんだん》するとしよう。

見つかることを恐《おそ》れながらも、好奇心には勝てなかった。クリッテンはトンネルから顔を突《つ》き出《だ》すと、ファーナムの仕事ぶりを感心しながら見渡《みわた》した。トンネルは予想を上回る距離《きょり》に達していた。黒曜石の詰《つ》め込《こ》まれたチェストは目と鼻の先に積み重ねてあった。

ファーナムがなんとかストライダーに乗って逃《に》げ出《だ》したとき、クリッテンはひそかに喝采《かっさい》を送った。結局ファーナムは苦痛《くつう》に満ちた悲惨《ひさん》な最期《さいご》を迎《むか》えるだろうが、とりあえずはよかった。

ピグリンとフレイルを振《ふ》り回《まわ》すバンガスの追撃《ついげき》をかわすところは見事で、クリッテンは目を疑《うたが》った。これほど長時間グレート・バンガスから逃《に》げ回《まわ》った者を見たことがなかった。

そこへどこからともなく、ユーガッブが現れバンガスに襲《おそ》いかかったのだ。

ユーガッブはチャンスがあれば、すかさずバンガスを倒《たお》そうとするだろうとクリッテンは睨《にら》んでいた。権力《けんりょく》を持つ者からそれを奪《うば》い取《と》る——これがピグリン方式である。

しかしバンガスはユーガッブより大柄《おおがら》で力強いうえ、ずる賢《がしこ》く、砦《とりで》の主として君臨《くんりん》する何年ものあいだ隙《すき》を見せたことが一度もなかった。このような支配者《しはいしゃ》は年老いて弱っていくのを何年もかけて待つしかないものだ。

しかしユーガッブはそんなにしんぼう強くなかった。ここ数年、バンガスに引導《いんどう》を渡《わた》す機会をずっとうかがっていたが、ついにそのチャンスが到来《とうらい》したのである。

ユーガッブは卑怯者《ひきょうもの》だが——自分たちのリーダーに背後《はいご》から不意打ちをかけるようなタイプの——こんな企《くわだ》てを実行できる者は他にいない。バンガスを倒《たお》せればユーガッブが新たな支配《しはい》者《しゃ》となるが、そんな彼《かれ》に体格《たいかく》や気力、そして狡猾さで太刀打ちできるライバルは一人もいない。

クリッテンとバンガスの付き合いはとても長く——若いときからずっと顧問《こもん》として助言してきたので——その落日を見る心の準備《じゅんび》ができていなかった。頭の中では、いつか起きることだとわかっていた。事実、クリッテンみずから行動を起こそうと考えたこともある。しかし実際《じっさい》に起きてみると、気持ちの整理がつかない。

ユーガップがバンガスを溶岩《ようがん》プールに突《つ》き落《お》とした瞬間《しゅんかん》、心の中で何かが壊《こわ》れた。炎《ほのお》につつまれる脚《あし》。その炎《ほのお》を消すために転げまわるバンガス。火は消えたものの、くすぶりつづける黒《くろ》焦《こ》げの脚《あし》。

絶望《ぜつぼう》に打ちひしがれたクリッテンに容赦《ようしゃ》なく突《つ》きつけられる現実の数々。ふと気づくとトンネルから出ており、足が勝手に動きだした。そのままどんどん前へ進む。

最初は、長年の支配者《しはいしゃ》であり旧友でもあるバンガスのところへ向かっていた。ピグリンのリーダーは何年もクリッテンを虐待《ぎゃくたい》していたが、おたがいに理解《りかい》し、支えあう仲でもあった。たしかに砦《とりで》から追放されたが、あんな処罰《しょばつ》が長続きするはずもなく、クリッテンもすぐ許《ゆる》されると思っていた。

しかしユーガップの治世になれば、生活は一変する。大半のピグリン同様、みじめで短命な一生を送ることになる。あの裏切《うらぎ》り者《もの》はクリッテンを嫌《きら》っている。おそらく彼《かれ》を殺《ころ》して、もっと頭の悪い誰《だれ》かに代えるだろう——もし交代させればの話だが。

そもそもピグリンのリーダーたちは顧問《こもん》という存在《そんざい》を認《みと》めない。第三者の意見に耳を傾《かたむ》けるのは弱さのあかしにすぎず、弱みを見せるとたちまちつけこまれる立場なのだ。

そんなことを考えていたせいか、気づくとバンガスではなくユーガップの方へ向かっていたが、別に驚《おどろ》かなかった。バンガス時代は終わったかもしれないが、ユーガップ時代はまだ始まっていない。クリッテンがその気になれば、実現することはないだろう。

いつも持ち歩いている短剣《たんけん》――ファーナムに隠《かく》していただけでなく、彼《かれ》を囲《かこ》いに放《ほう》り込《こ》んだユーガップにも存在《そんざい》を悟《さと》らせなかったものだ――をひきぬくと、裏切《うらぎ》り者《もの》めがけてまっしぐらに突《つ》き進んだ。

ユーガップはクリッテンの接近《せっきん》に気づきもしなかった。裏切《うらぎ》りの成功と新支配者《しんしはいしゃ》として名乗りをあげたことに有頂天になっていたからだ。

一方、ピグリン兵たちもユーガップに声援《せいえん》を送るのに忙《いそが》しかった。前支配者《ぜんしはいしゃ》バンガスの終焉《しゅうえん》と新支配者《しんしはいしゃ》ユーガップの誕生《たんじょう》を認識《にんしき》するのにさほど時間を要しなかった。その新支配者《しんしはいしゃ》に睨《にら》まれるのは嫌《いや》なので、みんな精いっぱい声を張りあげて喝采《かっさい》していた。

クリッテンもそんな一人だと誰《だれ》もが思った。あの顧問《こもん》はユーガップの前にひれ伏《ふ》し、慈悲《じひ》を乞《こ》うのだろうと。しかし、そんなものが与えられるわけがなく、せいぜい望みうるのは苦痛《くつう》のないすみやかな死くらいのものだ。

クリッテンの希望はそれを上回っていたが、すべてはファーナムの助力にかかっていた。あの動物園のオーナーが早く気づいてくれないと、二人ともおしまいだ――それこそ町もろとも。

クリッテンは短剣《たんけん》を胸元《むなもと》に隠《かく》したままユーガップの前に出た。そして、ひざまずく代わりに、両手でにぎりしめた短剣《たんけん》を持ち上げると相手の足の甲《こう》めがけて振《ふ》り下《お》ろした。

刃は足の甲《こう》をつらぬき石の床にまで達した。

得意満面《とくいまんめん》だったユーガップはたちまち顔をゆがめ苦悶《くもん》の色を浮《う》かべた。クリッテンが刃を引き抜《ぬ》くと、ユーガップは刺された足を引《ひ》っ込《こ》め、無傷《むきず》の足でぴょんぴょん跳《と》びはねながら苦痛《くつう》の叫《さけ》び声《ごえ》をあげた。

しばらくのあいだ何が起きたのか誰《だれ》にもわからなかった。ユーガップは強力な支配者《しはいしゃ》のはずだ。それが傷《きず》つき泣きわめいているさまはピグリン兵士たちの信頼感《しんらいかん》を著《いちじる》しく損《そこ》ねるものだった。兵士たちは思わず後ずさりした。

クリッテンは時間をムダにしなかった。ユーガップがぴょんぴょん跳《と》びはねながら逃《に》げ出《だ》すと、その後を追いかけた。もう一度どこかを刺すつもりだった。「ファーナム！」と大声で呼《よ》びかけながら、オーバーワールド人に理解《りかい》してもらえそうな単語を選び出した。「掘《ほ》れ！」それは恐怖《きょうふ》に直面したファーナムが決まってつぶやいていた言葉だった。

ファーナムは目を丸くしてクリッテンを見つめていた。その勇敢さに驚嘆《きょうたん》しながら——それはクリッテンの狙《ねら》いでもあった。彼《かれ》みたいなチビがユーガップのような巨漢《きょかん》に立ち向かう姿《すがた》を見たらオーバーワールド人は感銘《かんめい》を受けるだろうと。しかし、すぐに反応《はんのう》して動いてくれないと、せっかくの勇敢な行為が単なる愚行《ぐこう》に終わってしまう。

喜ばしいことに、ファーナムは奇妙《きみょう》な仕掛《しか》けをストライダーの鼻面にぶら下げてこの動物を動かしはじめた。たちまち溶岩《ようがん》プールの安全地帯から通用口の開けっぱなしの門扉《もんぴ》へと向かった。門扉《もんぴ》に達すると、ファーナムは身を乗り出すようにして鉄製のシャベルを拾いあげた。グレート・バンガスにトンネルから引きずり出されたときに落としたものだ。

ファーナムは速度を落とすことなく前進をつづけた。クリッテンは自分の行く手に目をやったが、すでにユーガップがこちらを振《ふ》り返《かえ》っていた。

奇襲《きしゅう》のショックから立ち直ったピグリンの巨漢《きょかん》は、早くも傷《きず》ついた足で地面を踏《ふ》みしめ、傷《きず》口から伝わってくる激《はげ》しい痛《いた》みに怒《いか》り狂《くる》っていた。足を一歩動かすたびに恐《おそ》るべき激痛《げきつう》が走り、憤怒《ふんぬ》のこもったうなり声が響《ひび》きわたる。クリッテンは恐怖《きょうふ》に身《み》を震《ふる》わせた。

「おのれは死ぬのだ！」ユーガッブはクリッテンの方へ向かいながら怒号《どごう》した。「八《や》つ裂《ざ》きにしたうえで粉々《こなごな》にしてやる！」

こうなったら、できることはただ一つ。クリッテンは背《せ》を向けて逃《に》げ出《だ》した。

ユーガッブは足を負傷《ふしょう》しているので振《ふ》り切《き》るチャンスは充分にある。通常《つうじょう》ならてんで勝負にならないところだ。ユーガッブの脚《あし》は長く、ずっと速い。数歩も行かないうちに追いつかれてしまうだろう。

だが残念なことに、ピグリン兵の大半が新支配者《しんしはいしゃ》に味方することに決めた。

通常《つうじょう》ならこんな場合、ピグリンは様子見を決《き》め込《こ》む。新支配者《しんしはいしゃ》が敵対者《てきたいしゃ》を倒《たお》して権力《けんりょく》を確立《かくりつ》するまで待つのだ。すでにファーナムを追いかけて動きだしていた者が数名、通用口へ向かおうとしているクリッテンの前に立ちふさがる格好《かっこう》になった。兵士たちはくるりと振《ふ》り返《かえ》ると戦《せん》斧《ぷ》を振《ふ》りかざし、クロスボウをクリッテンに向けた。とっさの自衛行動《じえいこうどう》である。

クリッテンはこれを見て、兵士たちとの衝突《しょうとつ》を避《さ》けるために脇へ身をかわした。そのため囲《かこ》いの内側《うちがわ》へ逆戻《ぎゃくもど》りすることになり、ユーガッブとの距離《きょり》が縮《ちぢ》まった。捕《つか》まりたくなければ、迅速に行動する必要があった。

ユーガッブが大声で命じた。「そのチビの裏切り者《うらぎもの》を逃《に》がすんじゃないぞ！　そんなヘマをしたら命はないと思え！」

この命令を耳にして残りの兵士たちも包囲網《ほういもう》に加わり、クリッテンを通用口からユーガッブの方へ押《お》し返《かえ》す動きに出た。誰《だれ》も直接攻撃《ちょくせつこうげき》はしない。そんなことをしたら、ユーガッブから報《ほう》復《ふく》の機会を奪《うば》うことになり、感謝《かんしゃ》されるどころか怒《いか》りの鉄槌《てっつい》をくらうことになる。そのためクリッテンと距離《きょり》を置いたまま、少しでも近づいてきたら囲《かこ》いの中央へ追い返した。

ユーガッブとの距離《きょり》が縮《ちぢ》まるのは願《ねが》い下《さ》げだが、このピンチをチャンスに変えられないものか。ファーナムがこちらの希望どおりの動きをしてくれたら、別にユーガッブを打《う》ち倒《たお》す必要はない――どうせ不可能《ふかのう》だし。ファーナムがやるべきことをやり終えるまで命がもてばそれで充分なのだ。

「どうした、卑怯者《ひきょうもの》！」ユーガッブはクリッテンをあざけった。「逃《に》げられるだけ逃《に》げてみろ！　疲《つか》れ果《は》てるまで！　貴様《きさま》はおれの怒《いか》りが収《おさ》まらないうちに疲《つか》れきり、くたばることになるのだ！」

第29章　溶岩《ようがん》と黒曜石

クリッテンがトンネルから出てきたとき、ファーナムは生き延《いの》びる希望をほとんど失いかけていた。あのピグリンに裏切《うらぎ》られてから助力は期待しないようになっていただけに、トンネルから出ても逃《に》げようとしない姿《すがた》にひどく元気づけられた。

それから、ユーガッブと争いだしたクリッテンがこちらに向かって何事か叫《さけ》んだ——他のピグリンたちにはまったく理解《りかい》できない言葉で「ファーナム！　掘《ほ》れ！」と言ったのだ。

クリッテンはそう叫《さけ》びながら溶岩《ようがん》プールとトンネルを指差しているのに——。

本気だろうか。トンネルは、ピグリンたちがネザーから運《はこ》び込《こ》んだ黒曜石の貯蔵場所《ちょぞうばしょ》まで通じているのに——。

クリッテンの指示が判然《はんぜん》としないので、ファーナムは黒曜石をめぐる過去《かこ》のやりとりを思い返してみた。溶岩《ようがん》を水で冷やせば黒曜石になるが、その採取には注意が必要だ。ぞんざいに扱えば、黒曜石はふたたび溶岩《ようがん》に飲《の》み込《こ》まれて元の木阿弥である。

ファーナムはストライダーに騎乗《きじょう》したまま溶岩《ようがん》の真上にいた。黒曜石をこの中に落とせば残らず溶けてしまうだろう。しかし、あまりいい方法とは言えない。黒曜石の入ったチェストと溶岩《ようがん》プールのあいだにはピグリン兵がわんさか立っているからだ――あのユーガップも含めて。あいつに見つかったらたちどころに殺《ころ》されてしまうだろう。

それにクリッテンは黒曜石を溶岩《ようがん》のところまで運べとは言わなかった。ただ「掘《ほ》れ！」と叫《さけ》んだのだ。

最初は意味がさっぱりわからなかった。溶岩《ようがん》を掘《ほ》り返《かえ》すことなんかできない。そんなことをしたらたちまち死んでしまう。

しかし地面の下を掘《ほ》ればどうだ。黒曜石の貯蔵場所《ちょぞうばしょ》から溶岩《ようがん》プールまでトンネルをつなげるのだ。黒曜石を溶岩《ようがん》まで運べないのなら、溶岩《ようがん》を黒曜石のところまで引《ひ》き込《こ》めばいい！

もちろんユーガップやピグリン兵たちがうろつきまわっている地面の下を掘《ほ》り進《すす》むのは難《むずか》しい。唯一《ゆいいつ》の救《すく》いは、クリッテンがユーガップの気をそらしていることだ。ずっとそんな状態《じょうたい》がつづくとは思えないので、迅速に動く必要があった。

黒曜石の貯蔵場所《ちょぞうばしょ》のすぐそばのトンネル口まで来ると、ファーナムはストライダーから下りてその穴に飛《と》び込《こ》んだ。そしてすぐさまシャベルを使って作業を開始した。

最初は貯蔵場所《ちょぞうばしょ》の真下に地下空間をこしらえて、そこに溶岩《ようがん》を流《なが》し込《こ》むつもりだった。そこに溜《た》まった溶岩《ようがん》の中にチェストを残らず落としてしまうのだ。しかし地下空間の天井が地面に近づくにつれて気づかれる恐れが強まってきたので、ある程度《ていど》まで掘《ほ》り広《ひろ》げてから、いったん作業を中断《ちゅうだん》した。

そしてファーナムは、トンネルの穴からおそるおそる顔をのぞかせて、あたりの様子をうかがった。

クリッテンはユーガッブを相手に奮闘《ふんとう》していたが、旗色《はたいろ》はよくなかった。ピグリンの巨漢《きょかん》は両手でクリッテンの首をつかんで高々と持ち上げて絞《し》め殺《ころ》しにかかった。

一方、小柄《こがら》なピグリンは必死にもがきユーガッブの腕《うで》を蹴《け》りつけようとした。残りのピグリン兵たちはユーガッブを取り巻いて声援《せいえん》を送り、新支配者《しんしはいしゃ》がクリッテンを血祭りにあげるのを見守った。

ファーナムにはどうしようもなかった。クリッテンは一度裏切《うらぎ》っただけでなく、いままた新《しん》支配者《しはいしゃ》を裏切《うらぎ》る手伝いをさせようとしているのだ。こんな目に遭《あ》うのはいわば自業自得《じごうじとく》といえた。

しかしそれでも見殺《みごろ》しにはできない。クリッテンの二枚舌に怒《おこ》っているのはファーナムも同様だが、いかに身から出た錆《さび》とはいえ、見殺《みごろ》しにするわけにはいかない。

ファーナムは衝動的にトンネルから這《は》い上《あ》がると、ふたたびストライダーに跳《と》び乗《の》った。

「行け！」遠くからメイクレアの声が聞こえた。「行ってあいつを助けるのよ！」

ファーナムはストライダーに拍車《はくしゃ》をかけてユーガッブめがけて突進《とっしん》した。「そのピグリンを放せ！　クリッテンを自由にしろ、この人でなし！　ぼくの友だちを放せ！」

ユーガッブは振《ふ》り返《かえ》ると信じがたいといった面持ちでファーナムを見つめた。人助けに駆《か》けつけてくるようなピグリンはいない——ましてその相手は性根《しょうね》の腐《くさ》った裏切《うらぎ》り者《もの》だ。まったく理解《りかい》しがたい行動であった。

おそらくそのせいで対応《たいおう》が遅《おく》れた。ファーナムはすれ違《ちが》いざまにシャベルを相手の顔にたたきつけた。

ファーナムの登場以上にこの奇襲《きしゅう》に仰天《ぎょうてん》したユーガッブは、後ろへよろめきクリッテンを手放した。そしてそのまま倒《たお》れると両手で顔を押さえた。

溶岩《ようがん》プールのすぐ手前でストライダーを止めたファーナムは、すぐさま方向転換《ほうこうてんかん》してクリッテンの元へ向かった。そして拾いあげると、ストライダーに乗せて一緒《いっしょ》に走り去ったが、逃《に》げているだけでは何も始まらない。いまこそ行動を起こすときだった。

ファーナムはストライダーに乗ったまま穴を掘《ほ》り出した。まず真下に向けて――ファーナムとストライダーが地下にもぐれるほどの深さに。プールから溶岩《ようがん》が流《なが》れ込《こ》み、ファーナムのすぐ後ろまで迫《せま》ってきた。すさまじい熱気だ。ストライダーに乗っていなかったら、この溶岩《ようがん》でたちまち黒焦げになってしまうだろう。

ある程度の深さに達すると、今度は黒曜石の貯蔵場所《ちょぞうばしょ》に向けてトンネルを掘《ほ》りつづけた。できるだけ急いで作業を進める。溶岩《ようがん》が追いついてくるのを確認《かくにん》しながら。

その頃にはユーガッブも顔面を殴《なぐ》られた衝撃《しょうげき》から立ち直っており、ファーナムが掘《ほ》り進《すす》むトンネルの壁《かべ》を揺《ゆ》るがすような鼻息を吹きつけてきた。それでもファーナムが作業をつづけていると、地表から土を掘《ほ》り返《かえ》す音が聞こえた。その直後、トンネルの天井が引き剥《は》がされて明かりが差《さ》し込《こ》んできた。

振《ふ》り返《かえ》ると、ユーガッブが地面を掘《ほ》り返《かえ》しながら追いかけてくるのが見えた。ファーナムを見つけ出して殺《ころ》すつもりだ。

ファーナムはさらに力を入れて作業を続行した。ユーガッブに追いつかれたら、間違《まちが》いなく一巻の終わりだ！

ユーガッブに行き先を見抜《みぬ》かれて先回りをされる可能性《かのうせい》があった。ファーナムにとって唯一《ゆいいつ》の希望は、ユーガッブの頭がさほどよくないことだ。それ以外に頼むべき利点はなかった。

トンネルの天井をくりかえし剝《は》がしてみたものの、ファーナムの姿《すがた》をいっこうに見つけられず、ユーガッブはそのたびに不満と怒《いか》りを爆発させている――一方、ファーナムとしてはひたすら掘《ほ》り進《すす》むしかなかった。

しだいに腕《うで》が疲《つか》れてきたし、ストライダーもおびえて制御するのが難《むずか》しくなってきた。そろそろ限界《げんかい》だが、作業を中断《ちゅうだん》することは死を意味した。

黒曜石の貯蔵場所《ちょぞうばしょ》の真下にこしらえておいた地下空間にたどり着く頃には、腕《うで》は石のように重たくなり、持ち上げることすらままならなかった。それでも壁《かべ》をぶちぬいて地下空間に転《ころ》げ込《こ》むことができたときには、安堵《あんど》のあまり泣きそうになった。苦しいながらもストライダーは歩みを止めず、溶岩《ようがん》の流れも途絶《とだ》えることなく後につづいていた！

またしても荒々《あらあら》しい鼻息が聞こえてきた。ユーガップが地面を剝《は》がしながら近づいてくる。そのユーガップが目にしたのは溶岩《ようがん》が流れるトンネルではなく、その先にある地下空間であった！

ユーガップは苛立《いらだ》ちもあらわに咆哮《ほうこう》した。その地下空間をファーナムの隠《かく》れ場所だと思《おも》い込《こ》んだらしい。こんなところへ逃《に》げこまれたら捕《つか》まえるのがますます難《むずか》しくなる。そのままユーガップが飛《と》び降《お》りてくれれば好都合だったが、そこまで愚《おろ》かではなかった。

ユーガップが追跡方法《ついせきほうほう》を思案しているあいだに、ファーナムは地下空間の四隅《よすみ》に細工をしはじめた。腕《うで》はほとんど持ち上がらないが、作業に支障はなかった。固い地面を掘《ほ》るわけではなく、頭上の砂利《じゃり》の層《そう》を動かすだけだ。そうすれば黒曜石のチェストを載《の》せている土の層《そう》がむき出しになる。その薄《うす》い地層《ちそう》を壊《こわ》してチェストをまるごと下の溶岩溜《ようがんだま》りに落とすという作戦だ。

ファーナムがほぼ細工を終えたとき、地下空間の天井が消滅《しょうめつ》した！

遅《おそ》まきながらファーナムの意図に気づいたユーガップは、そのたくらみを食い止めようとしたのだが、そのためには地下に降《お》りなくてはならず、邪魔《じゃま》になる地面の一部を取り除いた。その結果、地面を支えていた砂利層《じゃりそう》が大きく動いてしまい、天井が丸ごと溶岩溜《ようがんだま》りに落下することになったのだ。黒曜石のチェストを残らず道連れにして！

チェストの落下を食い止めようとした数名のピグリン兵も運命をともにした。ファーナムは気の毒に思った。可能《かのう》であれば、ストライダーに乗ったまま溶岩溜《ようがんだま》りに突《つ》っ込《こ》んで救《すく》い上《あ》げてやりたいところだ。それが賢明《けんめい》かどうかは別にして。

しかしユーガッブはそんな時間をくれなかった。

天井がなくなるとファーナムの姿《すがた》は丸見えになった。すかさず腕《うで》を伸《の》ばしてストライダーにまたがったファーナムを捕《つか》まえる。ファーナムもじっとしていたわけではなく、ストライダーを方向転換《ほうこうてんかん》させようとしたのだが、その前に捕《つか》まってしまった。

宙に持ち上げられたファーナムは身をよじって逃《のが》れようとした。しかしユーガッブは大柄《おおがら》で力が強く敏捷《びんしょう》だった。ファーナムがいくらあがこうと、疲《つか》れきった腕《うで》の力でかなうわけがない。

時間があれば、何か方策《ほうさく》を見つけられるかもしれないが、ユーガッブは腕を振《ふ》りかぶるとファーナムを溶岩溜《ようがんだま》りに投げこもうとした。そんなことになれば、間違《まちが》いなく死ぬことになる。

ファーナムは最後の力をふりしぼってユーガッブの手にしがみついた。

その粘《ねば》りに苛立《いらだ》ったユーガッブはくるりと振《ふ》り向《む》くと、奥《おく》の囲《かこ》いめがけてファーナムを投げつけた。今度はファーナムも手を放した。

地面に落ちたファーナムはそのままゴロゴロと転がり、囲《かこ》いの通用口の門扉《もんぴ》にぶつかって止まった。その衝撃《しょうげき》が強かったので、門扉《もんぴ》にぽっかり穴があいた。

「ファーナム！」

あれはメイクレアの声ではないか。しかし、門扉《もんぴ》にぶつかったせいで頭がぼんやりしており確信《かくしん》はなかった。息が詰《つ》まり、目を開けるのがやっとだ。顔をあげると、こちらに猛然《もうぜん》と迫《せま》ってくるユーガッブの姿《すがた》が見えた。とどめを刺すつもりだ。

そのとき門扉《もんぴ》にあけられた穴から二本の手が伸《の》びてきてファーナムをつかむと、囲《かこ》いの内側《うちがわ》へ引《ひ》っ張《ぱ》り込《こ》んだ。

「えっ？」誰《だれ》が助けてくれたのだろう。ファーナムにはわからなかった。「いったいどうなってるんだ？」

顔を上げるとメイクレアが見えた。彼女《かのじょ》がファーナムを引《ひ》っ張《ぱ》り込《こ》んでくれたのだ。メイクレアとグリンチャードがそろって笑顔を向けてきた。

ファーナムが礼を述べる暇もなく、門扉《もんぴ》にドスンと体当たりしたユーガッブが通用口をこじ開けにかかった。

第30章　大逆転《だいぎゃくてん》！

通用口の門扉《もんぴ》はユーガッブの猛攻《もうこう》を受けていまにも開きそうになったが、グリンチャードが反対側《はんたいがわ》から飛びつき、全力で抵抗した。門扉《もんぴ》の上部に肩《かた》を押《お》し当《あ》て、下のすき間にはブーツの先をねじ込《こ》む。これではいくらピグリンの巨漢《きょかん》でも数センチほど押《お》し込《こ》むのがやっとだ。

「手を貸《か》せ！」グリンチャードは友人たちに声をかけた。二人とも探険家《たんけんか》の勇猛《ゆうもう》さに目を見張るばかりだ。「おれ一人だとこれ以上支えきれない！」

メイクレアはファーナムから離《はな》れると、グリンチャードのところへ駆《か》けつけて加勢《かせい》した。ユーガッブがまたしても門扉《もんぴ》に体当たりしてきたので、門扉《もんぴ》を押さえている二人は悲鳴をあげた。

そうした物音に誘われるようにファーナムもやっと動きだした。しかし立ち上がっても足元がふらつき、うまく歩けない。それでもよろよろと門扉《もんぴ》までたどり着くと、その前に身を投げ出すようにして座《すわ》り込《こ》んだ。

ユーガッブが三度目の体当たりをぶちかましてくると、ファーナムの歯がカタカタと鳴った。このままだとまずいことになる。脱出用《だっしゅつよう》のトンネルを掘《ほ》ったらどうだろうと思い手を見ると、シャベルが消えていた。さっきユーガッブに放り投げられたときに落としたのだろう。

そのときこの囲《かこ》いの内側《うちがわ》からトンネルを掘《ほ》りだしたことを思い出した。よろよろとトンネル口に歩《あゆ》み寄《よ》ってみると、トンネルはすでに溶岩溜《ようがんだま》りから流《なが》れ込《こ》んだ溶岩《ようがん》であふれかえっていた。こちらの逃《に》げ道《みち》も封《ふう》じられてしまったわけだ。


クリッテンは、どうにかしてグレート・バンガスが無傷《むきず》の脚《あし》を使って立ち上がるよう、はげましていた。溶岩《ようがん》プールで負った火傷《やけど》はいまもひどく痛《いた》むみたいだが、その足を焦《こ》がした炎《ほのお》よりずっと激《はげ》しく燃え上がっているものがあるとすれば、それは復讐《ふくしゅう》への執念《しゅうねん》であった。

クリッテンの奮闘《ふんとう》の甲斐《かい》あってようやくバンガスが気力を取りもどした。あとはこの手負いの巨人《きょじん》を正しい方向へ導《みちび》いてやればいい。

「ほら、あそこに」クリッテンはバンガスにささやきかけた。「ユーガッブがおります。負傷《ふしょう》して気もそぞろ。こちらに背中《せなか》を向けておりますから、またとない攻撃《こうげき》のチャンスですぞ。あいつがオーバーワールド人たちを始末するまで待っていたら、そのあと火の粉がこちらにも降《ふ》りかかってきます。あやつは躊躇《ちゅうちょ》することなくあなたを手にかけるでしょう。家来どもに命じて溶岩《ようがん》の中にたたき込《こ》むに違《ちが》いありません」

仕返しの機会《きかい》を得《え》たうえ、無残な死をまぬがれると聞かされたバンガスはたちまち傷《きず》の痛《いた》みを忘《わす》れ、ユーガッブへの復讐心《ふくしゅうしん》をつのらせた。必殺《ひっさつ》の一撃《げき》を加えるべくバンガスが足をひきずりながらユーガッブのところへ向かうと、クリッテンはこっそりそのそばから離《はな》れてファーナム宅に姿《すがた》を消した。

ファーナムがユーガッブに追い回されているあいだ、クリッテンは遊んでいたわけではなかった。ファーナムから見れば、時間のムダと思われる行為をくりかえしていたのだが、実際《じっさい》にはそれは、半死半生のバンガスを奮起《ふんき》させるという、重大な意味があったのだった。

片脚《かたあし》が黒焦《くろこ》げになった巨漢《きょかん》が、新支配者《しんしはいしゃ》の背後《はいご》に忍《しの》び寄《よ》る。怒《いか》り狂《くる》ったユーガッブは門扉《もんぴ》をぶち壊《こわ》そうと躍起《やっき》になっていた。だからまったく気づかなかったが、兵士たちは前支配者《ぜんしはいしゃ》を見つけると鼻を鳴らして警告《けいこく》した。兵士たちはまるで亡霊《ぼうれい》でも見るかのように目をまるくしてバンガスを指さした。

ユーガップは門扉《もんぴ》の格子《こうし》をつかんで揺《ゆ》さぶっていた。ファーナムの友人たちを払《はら》いのけるというより、蝶番《ちょうつがい》ごと引きちぎるつもりらしい。ちょうど脚《あし》を門扉《もんぴ》のすき間に押《お》し込《こ》んだとき、兵士たちのざわめきがひときわ大きくなり、ユーガップの注意を引いた。振《ふ》り返《かえ》ってみると、バンガスが迫《せま》りつつあった。

いまだくすぶりつづける脚《あし》を引きずりながら近づいてくるバンガスの姿《すがた》に——それも純然たる憤怒《ふんぬ》と激痛《げきつう》をものともしない精神力だけを頼りに——ユーガップは衝撃《しょうげき》をおぼえたが、いまさら支配権《しはいけん》を返上するつもりはなかった。すかさず門扉《もんぴ》から離《はな》れたユーガップは、裏切《うらぎ》ったかつてのリーダーに向き直り、雌雄《しゆう》を決するかまえをみせた。今度こそ息の根を止めてやる。

ずっとへたり込《こ》んでいたファーナムもどうにか立ち上がり、友人たちに力を貸《か》せるようになった。二人とも別れたときより調子がよさそうだ。

「可能《かのう》なかぎり応急処置《おうきゅうしょち》したのよ」メイクレアは言った。「グリンチャードは見かけより頑丈《がんじょう》だし」

「きみだってそうだろ！」グリンチャードが言い返した。「でもきみが治療してくれなかったら、いまも気絶してたよ」

突然《とつぜん》耳をつんざくような鼻音が聞こえて会話を中断《ちゅうだん》させた。三人がそろって振《ふ》り返《かえ》ると、ユーガッブがバンガスに攻撃《こうげき》を仕《し》掛《か》けたところだった。裏切《うらぎ》り者《もの》の巨漢《きょかん》は前支配者《ぜんしはいしゃ》より頭ひとつ低いのだが、脚《あし》を負傷《ふしょう》した相手をあきらかに見下していた。

バンガスは体当たりに備《そな》えて身構《みがま》えたが、ユーガッブはさらに姿勢《しせい》を低くして相手の顎《あご》に頭《ず》突《つ》きをぶちかました。その衝撃《しょうげき》であお向けに倒《たお》れたバンガスにすかさず馬乗りになったユーガッブは勝負を決めにかかった。

残りの兵士たちはやや離《はな》れて立っており、どちらかに味方する者は一人もいないようだ。どちらにせよ、勝った方をリーダーとして迎《むか》えるのだろう。ずっと支持《しじ》してきたような顔をして。だがいまのところは手出しせず、二人の巨漢《きょかん》が雌雄《しゆう》を決するまで、観戦をつづけるつもりらしい。

「おれたちはどうする？」グリンチャードが問いかけた。「どちらが勝つにせよ、その勝者に追いかけまわされることになるぞ」

「たぶんそんなことにはならないよ」ファーナムは期待を込《こ》めて答えた。「前みたいに放っておいてくれるさ」

「あんたが逃《に》げ出《だ》す前ならね。あたしたちが元気になる前ならね」メイクレアは事実を指摘《してき》した。「状況《じょうきょう》は変わったのよ」

「この囲《かこ》いから抜《ぬ》け出《だ》す方法が何かあるだろ?」グリンチャードはあたりを見回した。友人たちの予想は見当はずれだと言わんばかりに。

「シャベルがあれば何とかなるよ」ファーナムは答えた。「使えるシャベルがあればね」

三人は顔を見合わせると、それぞれ首を振《ふ》った。


ファーナム宅に忍《しの》び込《こ》んだクリッテンは家捜《やさが》しを始めた。初めてファーナムと取引をしたときからずっと目をつけていたダイヤモンド製のつるはしを見つけなくてはならない。もちろん黒曜石に使うためだ。

黒曜石のゲートを造《つく》れば、ネザーからオーバーワールドへ兵士を送《おく》り込《こ》むことができる。そうしたゲートを制御するのがダイヤモンド製のつるはしなのだ。このつるはしを使えばゲートを建《た》てるだけでなく閉鎖《へいさ》することも可能《かのう》だ。

バンガスやユーガッブをはじめピグリン勢《ぜい》はこの点を考えたことがない。しかしクリッテンは違《ちが》った。そしていまこそ、この閉鎖《へいさ》プランを発動させるときであった。

ファーナムが黒曜石の在庫《ざいこ》を残らず消滅《しょうめつ》させたいま、ネザー帰還用《きかんよう》の新たなゲートを造《つく》ることはできない。残された唯一《ゆいいつ》のゲートは動物園にある黒曜石のゲートだけだ。それを破壊《はかい》できる唯一《ゆいいつ》の道具、それがダイヤモンド製のつるはしであった。

このつるはしをめぐるファーナムとメイクレアのやり取りはほとんど理解《りかい》できなかったクリッテンだが、その重要性《じゅうようせい》はいち早く理解《りかい》していた。

つるはしはことさら隠《かく》されることもなくチェストにしまってあった。両手で持ち上げたクリッテンは一瞬《しゅん》感動をおぼえた。実用的な道具にしてはあまりにも美しかったからだ。

バンガスの咆哮《ほうこう》がとどろき、クリッテンは我《われ》に返《かえ》った。あまり時間は残っていない。もうじきユーガッブたちが自分を捜《さが》しに来るだろう。そうなれば脱出《だっしゅつ》のチャンスはゼロになる。

クリッテンはすぐさまファーナム宅を飛び出し、黒曜石のゲートへ向かった。ダイヤモンド製のつるはしをしっかり握《にぎ》りしめながら。バンガスとユーガッブの方をちらっと振《ふ》り返《かえ》ると、わが旧友は大の字になって倒《たお》れていた。ユーガッブにとどめを刺されるのも時間の問題だろう。

「急いで逃《に》げなきゃ」メイクレアが言った。「ここの門扉《もんぴ》は半分壊《こわ》れてるから、すぐこじ開けられちゃう」

「でもピグリンたちは大将同士の派手なバトルに夢中《むちゅう》だぜ」

その指摘《してき》を裏付《うらづ》けるかのように、バンガスはユーガッブの隙《すき》をついてその目に指を突《つ》っ込《こ》んだ。ユーガッブは悲鳴をあげながら傷《いた》めた目を押さえる。それがバンガスによる最初の反撃《はんげき》だった。これで形勢《けいせい》が逆転《ぎゃくてん》するかもしれない。

「しょぼい一発だなあ」ファーナムが言った。

「死に物狂いで闘《たたか》っている最中だぜ。練習なんかじゃなくて」グリンチャードは言い返した。

「命がかかっていれば何でもありさ」

「何でもありはピグリンの十八番でしょ」メイクレアが指摘《してき》した。「名誉《めいよ》なんかクソ食らえって連中だもの」

「ぼくらもそろそろ逃《に》げた方がいいんじゃないのかな?」ファーナムは不安そうに問いかけた。

いますぐ駆《か》け出《だ》したい気分だが、よれよれの状態《じょうたい》なので、たちまちピグリン兵たちに追いつかれそうだ。

「ここでじっとしていた方がいいわ」メイクレアは言った。その視線《しせん》は友人たちにも目の前の一騎打ちにも向けられていなかった。メイクレアは派手なバトルの向こうで起きている何かをじっと見つめていた。「とても追いつけないわよ。足でかなう相手じゃないもの」

「いったい何の話をしてるんだ？」ファーナムはメイクレアの横に並《なら》ぶと、首を伸《の》ばして同じ方角に視線《しせん》を向けた。

遠くの方にクリッテンの姿《すがた》が見えた。ちょうど一般入場者が立ち入りを禁止されている区画にある、ファーナム宅から出てきたところだ。バンガスを煽《あお》ってユーガッブと闘《たたか》わせてからどこへ行ったのだろうと不思議に思っていたのだ。たとえ黒曜石のゲートをくぐってネザーへ逃《に》げ帰《かえ》っていても、ファーナムは責《せ》めるつもりはなかった。

クリッテンにしてみれば、それは計画の一部であり、まさに一番の狙《ねら》いでもあった。ほかのピグリンたちは派手な決闘《けっとう》に目を奪《うば》われてクリッテンの動きにはまったく気づいていない。ファーナム宅に忍《しの》び込《こ》んだことも、そこから遠ざかりつつあることも知らないのだ。

ファーナムから見て、ピグリンたちは致命的《ちめいてき》なミスを犯《おか》しつつあった。

「クリッテンはダイヤモンドのつるはしを持ってる！」

メイクレアはうなずいた。「あのチビの裏切り者《うらぎもの》はあたしたちの話を聞いていたのね。しゃべることはできないけど、あたしたちが思っている以上にいろいろと聞き取っていたみたい」

「で、ピグリンのお友だちはあのつるはしで何をしようっていうんだ？」グリンチャードが問いかけた。その声には疲《つか》れがにじんでいる。「黒曜石を残らずかっぱらうつもりか？」

ファーナムがクスッと笑った。「黒曜石はすべて溶かしちゃったから、もうひとかけらも残ってないよ！」

「ゲートを作らないとしたら残るは一つ」メイクレアが鋭《するど》く指摘《してき》した。

決闘現場《けっとうげんば》のはずれにいたピグリン兵の一人が、とうとうクリッテンの姿《すがた》に気づき睨《にら》みつけた。

どちらが勝つにせよ、クリッテンに友人がいないことは明らかだった。

「おい！」ファーナムは石ころを拾って、睨《にら》みつけているピグリン兵に投げつけた。命中はしなかったが、注意を引きつけるには充分だった。「おい、こっちだってば！」

そのピグリン兵はファーナムを睨《にら》みつけたが、近づいてこようとはしなかった。ファーナムの狙《ねら》いは、決闘《けっとう》の場から離《はな》れさせてこちらへ引《ひ》き寄《よ》せることにあった。

また石ころを拾ってそのピグリン兵に投げつけた。今度は脚《あし》に命中して、敵意《てきい》にみちたキーキー声が響《ひび》きわたった。

してやったとばかりに笑顔になったファーナムだが、その笑みはたちまち消えうせた。仲間のピグリン兵たちが何事かといっせいに振《ふ》り返《かえ》ったからだ。その目に止まったのは、石の当たった脚《あし》をかかえてぴょんぴょん跳《と》びまわっている兵士、そして自分たちの背後《はいご》をこっそり通《とお》り抜《ぬ》けようとしているクリッテンであった。

ユーガッブまでが気がつき、バンガスへの攻撃《こうげき》を中断《ちゅうだん》した。あと一息でバンガスをあの世へ送れたのに、クリッテンを見つけたとたんとどめを刺すのを忘《わす》れて、咆哮《ほうこう》をあげたのだ。

クリッテンは一瞬《しゅん》立ちすくんだ。どさくさにまぎれて逃《に》げ出《だ》すつもりだったのに、その目論見《もくろみ》は水の泡になった。その直後、バンガス――この前リーダーはたたきのめされて、もはや動けなかった――以外の誰《だれ》もがクリッテンめがけてわめきだした。

「逃《に》げろ！」ファーナムが叫《さけ》んだ。

その声がクリッテンを我《われ》に返《かえ》らせた。小柄《こがら》なピグリンは短い脚《あし》をできるだけ速く動かして逃《に》げ出《だ》した。

「あれじゃ遠くへは行けないな」グリンチャードは予測《よそく》した。「で、捕《つか》まったら先は長くない」

「動物園の正門までなら行けるかも」メイクレアは言った。「でも門を出たあとはどうなるんだろう？　暗いから迷子《まいご》になるかもね」

「行こうとしているのは正門じゃないよ」ファーナムが言った。

「何ですって？」

ファーナムは首を振《ふ》ったが、真の目的地へ向かうクリッテンから目を離《はな》さなかった。「黒曜石のゲートへ行くつもりなんだよ！」

その直後、クリッテンの姿《すがた》はゲート内で渦巻《うずま》く紫色《むらさきいろ》のフィールドに飲《の》み込《こ》まれて消えてしまった。追跡《ついせき》してきたピグリン兵たちは、そのまま後を追うべきかどうか決めかねて足を止めた。

「あんなことして何になるんだ？」グリンチャードは言った。「ネザー以外のどこかへ逃《に》げないとすぐに見つかってしまうだろ？」

「あいつが何を持って行ったか見たろ？」ファーナムは思わず顔をほころばせた。

「あたしの大切なダイヤモンドのつるはしよ」メイクレアはグリンチャードに説明した。

グリンチャードは戸惑《とまど》いの色を浮《う》かべた。どうしてそんなものを持っていたか解《げ》せないからだ。「なんだかうれしそうだな？」

「大事な道具を取られてうれしいわけないでしょ。あたしが楽しみなのはこれから起きること。あのチビの裏切《うらぎ》り者《もの》がドンピシャで間に合えばね」

残されたピグリン兵たちが続々と黒曜石のゲートの前に集まってきた。そのうちの数名がゲートに触れたとたん、紫色《むらさきいろ》の渦巻《うずま》きが一瞬《しゅん》のうちにかき消えてしまった。あとには何もなく無の空間があるだけだ。

ユーガップをはじめピグリンたちはその場に立《た》ち尽《つ》くした。ピグリン兵たちはユーガップに命令されるまま、黒曜石のゲートの機能《きのう》を回復《かいふく》させるべく、ありとあらゆる手を試しはじめる。矢を放ち、戦斧《せんぷ》で殴《なぐ》りつけた。目につく物を片っぱしから投げつけた。

しかし、まったく反応《はんのう》はなく、ゲートは空っぽのままだ。

ユーガップが絶望《ぜつぼう》したような鼻息を漏《も》らすと、残りのピグリンたちも――半死半生のバンガスまで――それにならい、やがて苦悶《くもん》のうめき声をあげはじめた。

第31章　ネザーの掟《おきて》

初めて砦《とりで》を追放されたときから練《ね》り上《あ》げてきたクリッテンの計画は、思いのほかうまくいった。あのときはグレート・バンガスの信頼《しんらい》を失っただけでもまずかったのに、砦《とりで》に味方は一人もおらず、クリッテンがいかなる計画を立てようとも実現の可能性《かのうせい》はなかった。砦《とりで》から逃《に》げ出《だ》したときの唯一《ゆいいつ》の希望は、その夜をなんとか乗り切ることだった。スタートとしてはそれでも上々の成果《せいか》だった。

いまはどうか？　いまや権力《けんりょく》を握《にぎ》ろうとしている。それも王者の威《い》を借りたものではなく、みずから王者そのものになろうとしているのだ。

果たしてそんなことが可能《かのう》なのか？　ピグリン社会で人々は力を持った者に従《したが》う。たいていは体格《たいかく》がものを言う。大柄《おおがら》なほど支配者《しはいしゃ》になるチャンスが大きく、権力《けんりょく》も維持《いじ》しやすい。

その基準《きじゅん》だとクリッテンは当てはまらないので、新モデルをこしらえることにした。バンガスやユーガッブやそれにつづく精鋭《せいえい》の戦士たちを排除《はいじょ》できなければ計画はうまくいかなかった。そしてファーナムに出会うことがなければ不可能《ふかのう》だった。

クリッテンはあの動物園オーナーとの運命の出会いを思い起こして笑みを浮《う》かべた。二人とも人生のどん底にいた時で、そこから長い道のりを這《は》い上《あ》がってきたのだ。

すくなくともクリッテンはそうだ。

ファーナムの今後の運命は知ったことではない。あいつのためにできるだけのことはしてやった。普通のピグリンなら人助けなんかしない。

もちろんファーナムを助けたことはクリッテンにも役立った。その事実は充分わきまえている。バンガスや他のピグリンたちに黒曜石のゲートの作動方法を教えていたら、今回の計画はうまくいかなかった。もちろん機能停止方法《きのうていしほうほう》も秘密《ひみつ》にしていた。

ネザーへたどり着くとすぐさま、振《ふ》り返《かえ》ってゲートの機能《きのう》を停止《ていし》させた。それからダイヤモンド製のつるはしを使って黒曜石のブロックを一つずつ外していった。

黒曜石のブロックを引き抜《ぬ》くのに時間はさほどかからず、これで追っ手を封《ふう》じることができる。そうして放置された黒曜石ブロックを見つけてゲートの再建《さいけん》に乗り出す連中がいるとまずいので、黒曜石ブロックは原形をとどめなくなるまで打《う》ち砕《くだ》いた。

ようやく作業を終えると腰《こし》を下《お》ろして一息ついた。ちょうど黒曜石のゲートがあったあたりにしゃがみ込《こ》み、ダイヤモンド製のつるはしを膝《ひざ》の上に置いたまま物思いにふけった。

そしてやおら勝利の歓声《かんせい》をあげた！

人生最悪の時期を過《す》ごしてきたクリッテンは勝利者として凱旋《がいせん》したのだ。もはやその前途《ぜんと》に立ちふさがる者はいない！

小柄《こがら》な顧問《こもん》は黒曜石のゲートの跡地《あとち》からグレート・バンガス砦《とりで》まで意気揚々《いきようよう》と歩みはじめた。砦《とりで》に着くと、いままでになく誇《ほこ》らしげな態度《たいど》で正門を通《とお》り抜《ぬ》けた。衛兵《えいへい》たちは目を丸くしてクリッテンを見つめ、オーバーワールド征服《せいふく》へ出かけた兵士が一人も付《つ》き従《したが》っていないことにショックを覚えた。

「他の連中は？」衛兵《えいへい》の一人が思い余って、通《とお》り過《す》ぎてゆくクリッテンに問いかけた。そして返事を聞こうと砦《とりで》の中までついていった。

「彼《かれ》らの野望は実現することなく敗退《はいたい》した！　ただし、このわたしは別だ！」

衛兵《えいへい》たちは、謁見室《えっけんしつ》へ向かうクリッテンのあとにくっついていった。それを目にした連中も好奇心を掻き立てられた。やがてクリッテンが謁見室《えっけんしつ》にたどり着く頃には、そうした連中が列《れつ》をなしてつづいていた。

誰《だれ》も止める者がいないので、クリッテンはそのままグレート・バンガスの玉座《ぎょくざ》に腰《こし》を下《お》ろした。しばし体をよじって座《すわ》り心地《ごこち》を確《たし》かめると、目の前に集まったピグリンたちを見渡《みわた》した。

「グレート・バンガスは死んだ！」クリッテンは断言《だんげん》した。すくなくとも死にかけていたからな。聴衆《ちょうしゅう》のどよめきが収《おさ》まるのを待って、ふたたび口を開いた。

「ユーガッブは——グレート・バンガスを裏切《うらぎ》ったすえ——これまた死んだ。オーバーワールドへ同行した兵士たちとともに！」

さっきより大きなざわめきが起きた。居合《いあ》わせたピグリンたちは損失《そんしつ》の大きさに衝撃《しょうげき》を受けたのだ。偉大《いだい》なリーダーであるばかりか最強の戦士でもある両名が同時に死亡《しぼう》するなんて。いったい何が起きたのだろうか？

クリッテンの対応《たいおう》にぬかりはなかった。

「いまやここの主人はわたしである！　腕力《わんりょく》や筋力《きんりょく》でゴリ押《お》しする時代は終わったのだ！　い

ま必要とされるのは知性《ちせい》であり戦略《せんりゃく》であり知恵である。図抜《ずぬ》けた知性《ちせい》こそ恐怖《きょうふ》と混乱《こんらん》をしのぐ決め手であり、われらをさらなる高みへと導《みちび》くであろう！」

正門からついてきた衛兵《えいへい》の一人が、誰《だれ》もが不思議に思いながら口にしなかった疑問《ぎもん》をぶつけてきた。「あなたがリーダーに選ばれる理由は？」

クリッテンはこの質問を予期していた。すかさずダイヤモンド製のつるはしを引きぬくと、その衛兵《えいへい》の頭部を一撃《げき》する。傷《きず》ついた衛兵《えいへい》がよろよろと後ずさると、クリッテンは玉座《ぎょくざ》からすっくと立ち上がった。「なぜならオーバーワールドの秘密《ひみつ》を知っているからだ！　あそこへの行き方も知っている！　あそこでの身の守り方も知っている！　そしてどうやって征服《せいふく》すればいいかも知っているからだ！」

哀《あわ》れなピグリンたちは――すでに甚大《じんだい》な損失《そんしつ》に衝撃《しょうげき》を受けていたので――クリッテンの有無を言わさぬ物腰《ものごし》と高らかな演説にやすやすと乗せられてしまった。誰《だれ》もあんなすごい武器を見たことがなかったし、どう対処すればいいかもわからなかった。そんな武器を持っている相手に逆《さか》らえるものだろうか。

クリッテンに付き従《つしたが》ってきたもう一人の衛兵《えいへい》が、新リーダーを称《たた》える言葉を唱えはじめた。

「グレート・クリッテン万歳《ばんざい》！　グレート・クリッテン万歳《ばんざい》！　グレート・クリッテン万歳《ばんざい》！」

近くにいた者たちがその唱和に加わると、賛美《さんび》の声は瞬《また》く間に謁見室《えっけんしつ》を越《こ》えて砦《とりで》全体にひろがり、いつ果てるともなくつづいた。

「グレート・クリッテン万歳《ばんざい》！　グレート・クリッテン万歳《ばんざい》！　グレート・クリッテン万《ばん》歳《ざい》！」

砦《とりで》の元顧問《こもん》――現在の支配者《しはいしゃ》――はダイヤモンド製のつるはしを高々と掲《かか》げ、自分の名が唱和されるたびに、そのつるはしを誇《ほこ》らしげに突《つ》き上《あ》げた。

砦《とりで》の新米支配者《しんまいしはいしゃ》クリッテンは、実のところ、オーバーワールドの攻略法《こうりゃくほう》など知らなかった。しかし、持てる知力とピグリンたちのパワーを結集すればいずれ実現できる。そう確信《かくしん》していた。ある日――近い将来《しょうらい》のいつか――オーバーワールドはわれらの軍靴《ぐんか》に踏《ふ》みにじられて震《ふる》えおののき、そこで暮《く》らす者たちは残らずクリッテンの名を唱和することになろう。

第32章　ゾンビ動物園オープン！

ユーガッブと残りの兵士たちはクリッテンにまんまとしてやられたと気づき、キーキーわめいていたが、やがて注意をファーナムたちに向けた。怒《いか》りの矛先を向けるとすれば、囲《かこ》いに閉《と》じ込《こ》められた人間どもは格好《かっこう》の標的であった。

通用口まで引き返してきたユーガッブは、ごつい手でその門扉《もんぴ》の格子《こうし》をつかんだ。蝶番ごと門扉《もんぴ》をひきちぎって囲《かこ》いに乱入《らんにゅう》、人間どもを皆殺《みなごろ》しにするつもりだ。しかしファーナムの見るところ、ユーガッブの顔には怒《いか》りだけではなく恐《おそ》れの感情も色濃くにじみ出ていた。

ファーナムに恐怖心《きょうふしん》を見抜《ぬ》かれたことを知ったユーガッブは、がっくりと片膝《かたひざ》をつき、ぶるぶる震《ふる》えたりしないよう頑張《がんば》った。

ファーナムは長々とため息をついた。「こいつらは死ぬよ」友人たちに伝える。「クリッテンに残らず殺《ころ》されてしまう」

「まさか？」メイクレアにしてみれば、命の危険《きけん》にさらされているのは敵《てき》ではなく自分たちの方であった。

「こいつらはネザーの外で生き抜《ぬ》くための解毒剤《げどくざい》を持っていないもの。それに薬の効能《こうのう》が切れるまでにネザーへ引き返す手段《しゅだん》もない。あのホグリンみたいにぶっ倒《たお》れて死んでしまうのは時間の問題だね」

グリンチャードは息《いき》を呑《の》んだ。「だったら、ホグリンみたいにゾンビになって復活《ふっかつ》するんじゃないのか？」

「そうなるまで待ってられないわ」メイクレアは言った。「ゾンビ化したピグリンに町を荒《あ》らされるなんて真っ平ゴメンよ」

「黒曜石のゲートを再稼働《さいかどう》させればいい」ファーナムは指摘《してき》した。「そうすれば帰れるから」

「で、好きなときにまた侵略《しんりゃく》に来させるのか」グリンチャードは反論《はんろん》した。「勘弁《かんべん》してほしいね」

「こいつらは自分で行き来する方法を考案したわけじゃないのよ。その点はラッキーだったわ」メイクレアは言った。「でなきゃ、いまごろみんな死んでたわよ」

そう考えると身も凍《こお》る思いがする。そのとき、解決策《かいけつさく》がファーナムの脳裏《のうり》に浮《う》かんだ。おそらくうまくいく。そのためにはまずユーガッブを説得《せっとく》する必要があった。

「名案があるんだ」ファーナムは通用口の門扉《もんぴ》に近づきながらユーガッブの注意を引こうと手を振《ふ》った。

「頼むからあいつらを助けるなんて言わないでくれよ」グリンチャードは言った。

「それはどうかな」ファーナムはとぼけた。「一つ確《たし》かなのは、彼らはこちら側《がわ》では生き残れないってことさ」

ユーガッブはファーナムに気づくと、門扉《もんぴ》をガタガタ揺《ゆ》さぶってハリケーン並《な》みの鼻息を吹き付けてきた。ファーナムは動じなかった。びくついている暇はないのだ。

「クリッテンが何をやらかしたか知ってるよ！」ファーナムは大声で言った。しゃべっていることが伝わることを願《ねが》いながら。クリッテンの名が出たとたん、ユーガッブの目がギラリと光った。

ファーナムは毒で窒息《ちっそく》して倒《たお》れるさまを身ぶりで示した。状況《じょうきょう》が異なっていれば、ユーガッブはこのパントマイムをそれなりに面白がったかもしれないが、同じような運命が目前に迫《せま》っているいま、ピグリンの巨漢《きょかん》は恐怖《きょうふ》に押《お》しつぶされそうな思いを味わった。

そうやって相手の注意をひきつけておいてから、ファーナムは両手を使って黒曜石のゲートを描いてみせた。そしてそのゲートを歩いて通《とお》り抜《ぬ》けるところを身ぶりで示し、向《む》こう側《がわ》にたどり着くと、楽々と息をしてみせた。

ユーガッブは不満そうになり、クリッテンが残していった空っぽの黒曜石のゲートを指差した。

「そのとおり！」ファーナムはよくわかってくれたとばかりに返答した。「でもゲートはあれだけじゃないんだよ。べつのところにもう一つある」

ファーナムは眉《まゆ》をつり上げると声を張りあげながら、地下にもぐってもう一つのゲートを見つけ安堵《あんど》するさまを身ぶりで示した。それからユーガッブを振《ふ》り返《かえ》り、期待どおりの反応《はんのう》が返ってくるのを待った。

ピグリンの巨漢《きょかん》はじっとファーナムを見つめ何度も瞬《まばた》きした。時間はかかったが、ようやく意思が通じた。明らかにユーガッブの目《め》が輝《かがや》きだしたのだ。

それから、ふと考えこむように小首をかしげた。ファーナムには相手の考えることがだいたいわかった。もう一つのゲート――地下洞窟《ちかどうくつ》の川べりにある黒曜石のゲート――まで行く時間は充分にあるのか。すでに手遅《ておく》れではないのか？

ファーナムは肩《かた》をすくめた。「わからない。だけど、ほかに選択肢《せんたくし》はある？　イチかバチかやってみるか死ぬか、そのどちらかしかないだろ」たとえ言葉は聞き取れなくても、言いたいことがわかってもらえると助かるのだが。

ユーガップは門扉《もんぴ》から手を放し、後ろへ下がった。思いつめた表情だが、まだまだ死にそうにない。いかめしい顔でファーナムにうなずき、動物園の出口を指差した。

ファーナムは目を丸くした。相手の言わんとすることがわかったからだ。「もう一つのゲートまで案内しろってさ」

「そんなの厚《あつ》かましいにもほどがあるわ」メイクレアが言った。

グリンチャードも同意した。「あいつらの命を助ける理由があるとは思えないんだがな。おれたちや町への仕打ちを考えると」

メイクレアがボソッとつぶやいた。「でも、他にやることがないでもないわね。たとえば残り時間を使って、あたしたちを皆殺《みなごろ》しにするとか」

メイクレアの突《つ》き放したような話しぶりがおかしくてファーナムはクスッと笑った。「それは言えるね」そしてユーガッツブを見つめるとうなずいた。「道案内をしてやるよ」

「気は確《たし》かか、おまえ？」グリンチャードはファーナムを睨《にら》みつけたが、何事か思いついたらしくすぐに表情をやわらげた。「本気でゲートまで案内するつもりか？　それとも適当《てきとう》にひきまわして迷子《まいご》にさせる気なのか？」

「それはぼくも考えた」ファーナムは通用口をくぐりながら告白した。「町で暴《あば》れられるよりマシだもの。だけど、あのゲートまで案内することにしたよ。すくなくとも、ぼくが掘《ほ》りぬいたトンネルまではね」

グリンチャードはファーナムの後ろに並《なら》んだ。メイクレアと同じように。「でも、どうして？　あいつらは何もしてくれなかったろ。ピグリンは決して情けを見せない」

ファーナムは友人たちを連れてピグリン兵の隊列《たいれつ》を横切ったが、睨《にら》みつけてくる者は一人もいなかった。みんなうなだれて、ファーナムたちがそばを通っても小声でぶつぶつ言うだけだ。

「あいつらの基準《きじゅん》に合わせるつもりはないよ」ファーナムは説明した。「あいつらの故郷を襲《おそ》ったりもしないしさ。これで親切ってものについて教訓を学ぶんじゃないかな」

「で、もし学ばなければ？」メイクレアが問いかけた。

「そのときは、ぼくが教訓を得《え》ることになるね」

どうやらファーナムがすっかり腹を決めているのだとわかって、二人は友人としてうなずくしかなかった。ファーナムは園内を見回して全員そろっているかどうか確《たし》かめた。そのとき、意識不明で地面に横たわるバンガスを見つけた。

「あいつはどうするんだ？」ファーナムはピグリンの前リーダーを指さした。

ユーガッブはバカにしたように鼻を鳴らした。しかしファーナムとしては、このまま置き去りにするわけにもいかない。たとえ命を救《すく》えないとしても。

友人たちを連れてバンガスのところへ行き、引き起こすことにした。前リーダーはなんとか膝《ひざ》をつくまではできたが、それ以上は無理だった。

「こんな状態《じょうたい》じゃ、もう一つのゲートへなんか行けっこないわ」メイクレアは指摘《してき》した。「それにデカすぎて運べないし」

「かといってほったらかしにもできないぜ」グリンチャードは言った。明るい顔になったファーナムに、すぐさま真意を補足して聞かせる。「いや、そうじゃなくて、町中を勝手気ままにうろつかせるわけにはいかないってことさ」

バンガスはじっとこのやり取りに耳をかたむけ、何が問題になっているかを明確《めいかく》に理解《りかい》した。そして同行を求めることなく、空っぽの囲《かこ》いまで這《は》っていくと、中に入ってから出入口の扉《とびら》をぴしゃりと閉《し》めた。

「これなら置いておけるんじゃない？」メイクレアが問いかけた。

「これだけじゃダメだね」ファーナムは即答《そくとう》した。「ちゃんとロックして扉《とびら》が開かないようにしておかないと」

囲《かこ》いの封鎖《ふうさ》作業《さぎょう》は粛々《しゅくしゅく》と進められた。待たされているあいだ、ユーガップたちは最大限《さいだいげん》の忍耐力《にんたいりょく》を発揮《はっき》した。メイクレアは敷地内《しきちない》を歩き回り、ファーナムがなくした鉄製のシャベルを見つけた。奇跡的《きせきてき》に無傷《むきず》だった。

バンガスは囲《かこ》いの封鎖《ふうさ》に抵抗しなかった。作業が終了するとファーナムに手を振《ふ》り、一番やわらかそうな場所に倒《たお》れこんだ。

「これで準備《じゅんび》オーケー」ファーナムは動物園の正門から外へ出ると、松明《たいまつ》を灯《とも》して闇《やみ》の中を歩き出した。

先は長いが、ピグリンたちの時間は限《かぎ》られている。どれくらい限《かぎ》られているか不明だが、全行程を走って行こうと思えば行けないこともない。ただ自分のペースを守らないと、ファーナムの場合、間違《まちが》いなくぶっ倒《たお》れてしまう。

「あのごついのが不満そうだぜ」グリンチャードは親指をそらせてユーガッブを示した。

「気が急《せ》く理由はわかってるけど」ファーナムは急ぎ足に進む巨漢《きょかん》を見ながら答えた。「これ以上の早足、ぼくには無理だよ」

ユーガッブは大股《おおまた》で前に出ると、ファーナムを持ち上げて肩《かた》にのせた。抗議《こうぎ》をする暇もなかった。それからは驚《おどろ》くべき速度で進み、ピグリン兵たちはついて行くのがやっとだった。

ファーナムはそのあいだ道案内をつとめ、進むべき道を指差すとユーガッブはすかさずそれに従《したが》った。ピグリン兵の中には早足についてゆけず脱落する者が出てきたが、ユーガッブは歩調を緩《ゆる》めようとはしなかった。しんがりをつとめるメイクレアとグリンチャードは、そうした脱落兵をまとめて可能《かのう》なかぎり急き立てた。

ようやくトンネルの出口に到着した。地下洞窟《どうくつ》で見つけた黒曜石のゲートのところから地上に向かって掘《ほ》りまくった結果、たどり着いた地点である。ファーナムがユーガッブの肩《かた》をたたいてその出口を指差すと、ピグリンの巨漢《きょかん》はファーナムをトンネル口のすぐそばに下ろした。ファーナムはユーガッブとトンネル口を指さしてから両腕《りょううで》をひろげてみせた。さっさと行けという合図である。

ユーガッブの顔はすでに青ざめはじめていた。もしそうでなかったら、ファーナムの指示に文句《もんく》をつけてきたかもしれない。しかしユーガッブは何もいわずに穴に飛《と》び込《こ》んだ。毒にやられる前にトンネルの底まで行きつかなくてはならない。

残りの兵士たちもユーガッブの後を追った。キーキー叫《さけ》びながら一人ずつ穴に飛《と》び込《こ》んでいく。先を争って乱闘《らんとう》になる場面もあったが、それでもトンネル落下は滞りなくつづき、とうとう最後の一人が穴に飛《と》び込《こ》んで姿《すがた》を消した。

すかさずファーナムが意味ありげに穴を指差したが、メイクレアはすでに待ちかまえていた。ファーナムの鉄製シャベルを使ってトンネルを埋めてしまうのだ。ピグリン兵の気が変わって戻《もど》ってきたりしないように。

「これでよかったのかなあ」グリンチャードは信じられないというふうに首を振《ふ》った。「あいつらが生《い》き延《の》びてまた襲《おそ》ってきたらどうする？」

ファーナムは肩《かた》をすくめた。「あんな連中がいることがわかったんだから、次回にそなえて準備《じゅんび》しておけばいい。町の人たちと力を合わせてね」それ以上の答えはなかった。

「あいつら具合悪そうだったから」メイクレアが指摘《してき》した。「問題そのものが自然消滅《しぜんしょうめつ》するかも」

「ネザーに無事帰り着く可能性《かのうせい》もあるだろ」グリンチャードが反論《はんろん》した。「でも確《たし》かめようがないものな」

ファーナムはため息をついて同意すると、背《せ》を返して友人たちと帰途《きと》についた。「ずっとわからなければ、それが一番さ」

ちょうど三人が町に帰りつく頃、夜が明けた。町民たちはすでに外に出ており、ピグリン災害の後片付けをしたり負傷者《ふしょうしゃ》の手当てにあたっていた。侵略者《しんりゃくしゃ》たちが短時間のうちに残した爪痕《つめあと》は甚大で、そこら中を荒《あ》らしまわっていたが――すくなくともファーナムの見るかぎり――近隣《きんりん》に死者は一人もいなかった。

いずれ町民たちに事情――ファーナム自身の関わりをふくめて――を説明しなくてはならないが、いまはそんな重責《じゅうせき》を果たす気分ではなかった。とにかく休みたかったので、友人たちを連れて動物園に引き返した。

正門を通《とお》り抜《ぬ》けると、地響《ひび》きのような低いうなり声が聞こえてきた。その声の主はすぐに見当がついたので、ファーナムたちは捕虜《ほりょ》を閉《と》じ込《こ》めた囲《かこ》いに向かった。

囲《かこ》いをのぞいてみると、バンガスはオーバーワールドの毒にやられて死んでいた。ネザー生まれのピグリンはこの毒に勝てない。クリッテンが服用させた解毒剤《げどくざい》の効果《こうか》がいつ途切《とぎ》れるか、ファーナムには予測《よそく》できなかった。かつてバンガスと呼《よ》ばれた巨漢《きょかん》はもはやこの世の者ではない。

それでもなお、うなりながら動き回っていた。

「あんなデカいゾンビ、いままで見たことがないぜ」グリンチャードは顔をしかめながら言った。メイクレアもそうだとばかりにうなずく。

ファーナムはそんなにたくさんゾンビを見たことはないが、あちらこちらを旅してきた友人たちの意見には素直に同意できた。生前から群を抜《ぬ》く巨漢《きょかん》だったのだから当然だろう――もちろん焼失《しょうしつ》した分だけ脚《あし》は短くなっているが。

「息をしていた頃にくらべると、ぐっとおとなしくなった感じがするんだが、どうしてだろう？」グリンチャードが問いかけた。

「まず第一、もはや侵略者《しんりゃくしゃ》のボスではないから」メイクレアが答えた。「第二、前は物凄《ものすご》い声で怒鳴《どな》りまくってたけど、いまはただうなるだけだから。そして第三、檻《おり》に閉《と》じ込《こ》めてあるから。でしょ？」

最後の質問が自分に向けられたものだと気づくのに時間がかかった。「そのとおり！」ファーナムはあわてて答えた。「そもそもあの囲《かこ》いは未知の生き物を収容《しゅうよう》するためにこしらえたものだからね。もちろん大型ゾンビも含まれるよ！」

グリンチャードはゾンビ化したバンガスをじっと見つめていたが、やがて首を振《ふ》った。「それはいいけど、これからどうする？」

「どういう意味だい？」

メイクレアがファーナムのわき腹をひじでやさしくつついた。「つまり、あいつをどうするつもりかってこと」

ファーナムは顔をほころばせると満面に笑みを浮《う》かべた。
「そんなの簡単《かんたん》さ！　ずっとこのまま飼《か》っておくよ！　わが動物園最大のスターとしてね！」

〈おわり〉

訳者あとがき

物語はキャラ次第。

これは小説だけでなくコミックや映画《えいが》なんかにも共通する鉄則《てっそく》で、キャラクターにパワーがないと物語も動かない。

その点から見ると、本書『マインクラフト・レジェンズ』のキャラはくせ者ぞろいで、この上なく魅力的《みりょくてき》。

なかでも悪を代表するクリッテンの屈折《くっせつ》ぶりは半端《はんぱ》じゃなく、とんでもない弾《はじ》けっぷりを予感させる。

同じ作者の前作『マインクラフト・ダンジョンズ　邪悪《じゃあく》な村人の王、誕生《たんじょう》!』に登場するアーチーに匹敵《ひってき》する存在《そんざい》だろう。あるいはそれを上回るかも。

アーチーは自分の村から追放されて荒野《こうや》をさすらううちに支配《しはい》のオーブに出会って悪の大王への道を歩みだす。それしか生き残る道がなかったからだ。

一方、本書のクリッテンは、もともとだまし合いと裏切《うらぎ》りと殺《ころ》し合《あ》いが当たり前のネザーの住人であり、王の黒幕《くろまく》として羽振《はぶ》りをきかせていた。ところがライバルの陰謀《いんぼう》にはめられて、旧友《きゅうゆう》でもあった王から嫌《きら》われただけでなく、あやうく抹殺《まっさつ》されそうになる。

かろうじて絶体絶命《ぜったいぜつめい》のピンチを切《き》り抜《ぬ》けたクリッテンは、たまたまアンダーワールドに迷《まよ》い込《こ》んでいたファーナムと出会う。

オーバーワールドに暮《く》らすファーナムは、クリッテンとは対照的に相手を疑《うたが》うことを知らない無類の好人物。そのため、やすやすとクリッテンの口車に乗せられてしまうのだが、未曽有《みぞう》の危機《きき》が迫《せま》るまで相手への信頼《しんらい》は一ミリもゆるがない。

底ぬけのお人好しとずば抜《ぬ》けて頭の切れる悪党《あくとう》との友情《ゆうじょう》と裏切《うらぎ》り。

この善悪《ぜんあく》のキャラがおりなす冒険物語《ぼうけんものがたり》は意表をつく展開《てんかい》の連続で、ページをめくる手がとまらない。逆転《ぎゃくてん》につぐ逆転《ぎゃくてん》の攻防戦《こうぼうせん》はどこに着地するのか、最後の最後まで目が離《はな》せないだろう。

白熱のスリルと皮肉たっぷりのユーモアにあふれる傑作《けっさく》を存分《ぞんぶん》にお楽しみあれ！

二〇二五年三月吉日　石田享

マインクラフト　レジェンズ　ピグリン来襲！

2025年3月26日　初版第一刷発行

著
マット・フォーベック
訳
石田享

デザイン
小島翔太（bluelamb design studio）

発行所
株式会社 竹書房
〒102-0075
東京都千代田区三番町8-1 三番町東急ビル6F
e-mail: info@takeshobo.co.jp
https://www.takeshobo.co.jp

印刷所
中央精版印刷株式会社

◆定価はカバーに表示してあります。
◆乱丁・落丁があった場合はfuryo@takeshobo.co.jpまでメールにてお問い合わせ下さい。

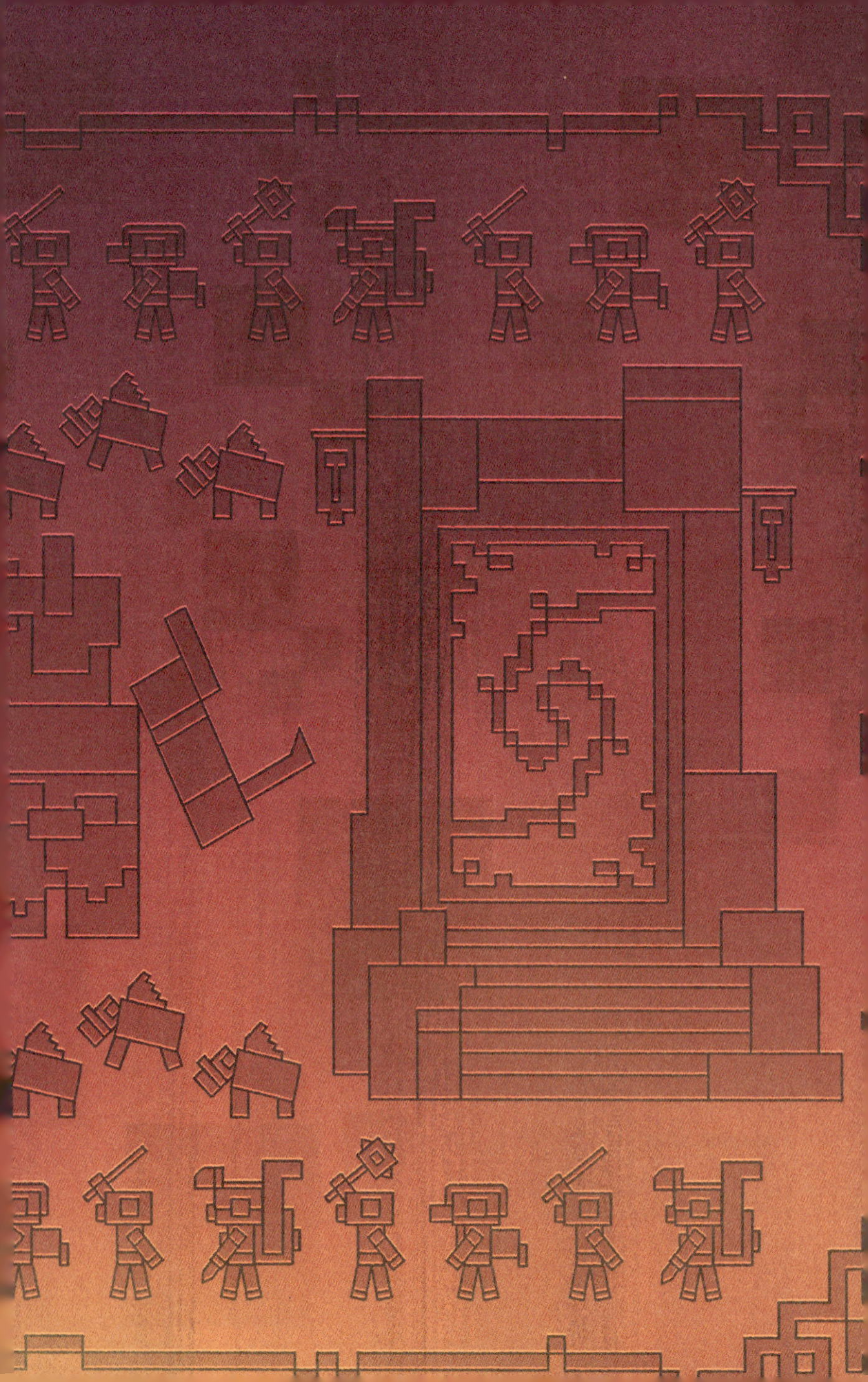